O DIA EM QUE ELE VOLTOU

AUTORA BESTSELLER DO NEW YORK TIMES

PENELOPE WARD

1ª Impressão 2022

Produção Editorial - Editora Charme
Modelo da capa - Christian Hogue
www.imdmodeling.com
Fotógrafo de capa - Brian Jamie
Adaptação da capa e Produção Gráfica - Verônica Goes
Imagens do miolo - AdobeStock
Tradução - Laís Medeiros
Preparação e Revisão - Equipe Charme

Esta obra foi negociada por Brower Literary & Management.

FICHA CATALOGRÁFICA ELABORADA POR
Bibliotecária: Priscila Gomes Cruz CRB-8/8207

W256d Ward, Penelope;

O dia em que ele voltou / Penelope Ward;
Tradução: Laís Medeiros; Preparação e Revisão: Equipe Charme;
Adaptação da capa: Verônica Góes
– Campinas, SP: Editora Charme, 2022.
308 p. il.

Título Original: The day he came back

ISBN: 978-65-5933-067-6

1. Ficção norte-americana. 2. Romance Estrangeiro. –
I. Ward, Penelope. II. Medeiros, Laís. III. Equipe Charme.
IV. Góes, Veronica. V. Título.

CDD - 813

www.editoracharme.com.br

Editora Charme

TRADUÇÃO: LAIS MEDEIROS

O DIA EM QUE ELE VOLTOU

AUTORA BESTSELLER DO NEW YORK TIMES

PENELOPE WARD

PRÓLOGO

Raven

Subi a escadaria grandiosa em espiral. Eu tinha que passar pelo quarto antigo de Gavin para chegar à suíte máster. E toda vez que passava pelo cômodo, eu pensava nele.

Trabalhar nessa casa era irônico, para dizer o mínimo. A mansão que, um dia, possuiu tanta vida entre suas paredes, agora, era uma casca silenciosa, cheia de ecos. Contudo, sua beleza continuava intacta. Situada na elegante Palm Beach, a casa tinha vista para o Oceano Atlântico, com o murmúrio das ondas sempre soando através das janelas abertas.

Foi aqui que me apaixonei e tive meu coração partido, tudo durante o mesmo verão.

Dez anos depois, eu estava de volta. Os únicos funcionários que restavam eram o mordomo, a empregada e eu — a enfermeira diurna. Estávamos aqui por ele, e somente ele. O Sr. M tratou Fred e Genevieve bem no decorrer dos anos, então eles se mantiveram leais, embora eu tivesse certeza de que eles poderiam ter ido trabalhar para alguns outros clientes nesta ilha por ainda mais dinheiro.

E eu? Eu estava aqui porque ele me pediu para ficar. Quando a empresa de enfermeiras particulares para a qual eu trabalhava me deu o endereço para esse serviço, praticamente desmaiei. E quase recusei devido a um conflito de interesses: eu não conseguia imaginar trabalhar para o pai de Gavin depois de todo esse tempo.

Mas então, fiquei curiosa quanto ao que encontraria por aqui, curiosa quanto à severidade da condição do Sr. M. Tinha planejado trabalhar para ele por um dia, e depois pediria que me transferissem para outra tarefa. Presumi que o Sr. M nem ao mesmo se lembraria de mim. Mas então... ele me chamou de Renata. Isso mudou o jogo.

Um dia foi levando a outro, e comecei a sentir que cuidar dele era o mínimo que eu poderia fazer, porque ele nunca foi nada além de bom comigo, tanto naquela época quanto agora. Era como se fosse o destino.

Abri a porta do seu quarto.

— Sr. M, como se sente depois da sua soneca?

— Estou bem — ele disse, encarando o nada.

— Ótimo.

Ele virou-se para mim.

— Você está bonita, Renata.

— Obrigada.

— De nada.

Abri as cortinas para deixar um pouco de luz entrar.

— O senhor gostaria de dar uma volta mais tarde? Não está muito quente lá fora hoje.

— Sim.

— Ok. Combinado.

Isso podia parecer uma interação normal entre um paciente e sua enfermeira, mas era bem longe do comum. Meu nome não é Renata, e fazia um tempo que o Sr. M havia perdido a noção das coisas.

Renata era a minha mãe. Ela trabalhou aqui como governanta por mais de doze anos, e fora muito próxima do Sr. M – Gunther Masterson, advogado renomado das estrelas. Eu o deixava acreditar que eu era ela, sua antiga amiga e confidente. Agora eu sabia o quanto ela foi importante para ele. Eu sabia que me parecia com ela. Não me importava de manter sua lembrança viva. Então, eu colaborava com ele.

Era bem engraçado olhar para trás e pensar sobre um tempo em que eu era estritamente proibida de pisar nessa casa – uma garota rebelde de cabelos escuros do outro lado da ponte que destoava no meio de um mar de debutantes loiras de Palm Beach; a garota que, um dia, ganhou a afeição do amado filho mais velho de Ruth Masterson, herdeiro do legado Masterson, o filho que a havia desafiado para ficar comigo.

Anos depois, as coisas na mansão não podiam ser mais diferentes. Eu nunca imaginei o quanto passaria a me importar com o Sr. M.

No instante em que eu estava prestes a ajudá-lo a sair da cama, houve uma batida na porta.

— Entre — eu disse.

Genevieve apareceu e proferiu as palavras que mudariam todo o curso daquele dia.

— Sr. Masterson? O seu filho, Gavin, acabou de chegar de Londres. — Ela olhou para mim, preocupada. — Não estávamos esperando que ele viesse. Mas ele está lá embaixo e virá vê-lo em breve.

Meu coração afundou.

O quê?

Gavin?

Gavin está aqui?

Não.

Não. Não. Não.

Genevieve sabia o que isso significava. Ela trabalhava aqui no tempo em que tudo aconteceu entre Gavin e mim.

— Sinto muito, Raven — ela sussurrou, baixo o suficiente para o Sr. M não escutá-la.

Depois que ela voltou para o andar de baixo, fui atingida pelo pânico. Ele deveria estar a um oceano de distância! Ele deveria nos avisar se viesse.

Eu não tive a chance de me preparar. Quando dei por mim, virei-me e encarei os olhos chocados do único homem que já amei na vida, e que não via há uma década. Eu nunca imaginei que hoje — uma quarta-feira aleatória — seria o dia em que ele voltou.

CAPÍTULO 1
Raven

Dez anos antes

Minha mãe chegou por trás de mim na cozinha.

— Uma pequena mudança de planos, Raven.

Parei de limpar a bancada central de granito brilhante.

— O que houve?

— Preciso que você pare de limpar e vá ao mercado. Os garotos voltarão de Londres hoje. Ruth só nos disse isso agora.

Os *garotos* eram Gavin e Weldon Masterson, os filhos de Ruth e Gunther Masterson — nossos patrões. Gavin devia ter uns vinte e um anos, e Weldon era três ou quatro anos mais novo. Nunca tive a chance de conhecê-los, porque minha mãe nunca me trouxe para o trabalho quando eu era mais nova. Contudo, ela falava sobre os garotos para mim de vez em quando. Pelo que ouvi, a volta deles da Europa todos os anos era como a segunda volta de Cristo. Eu sabia que Gavin tinha acabado de se formar em Oxford, e Weldon estudava em um colégio interno por lá.

Minha mãe era empregada dos Mastersons há mais de uma década. Eles haviam decidido recentemente que precisavam de ajuda extra na casa durante o restante da primavera e o verão em que os garotos estariam em casa, então mamãe conseguiu um emprego para mim como empregada de meio período este ano. Diferente de muitas outras pessoas na ilha, os Mastersons não eram pássaros de neve que viajavam para o norte durante o verão. Eles ficavam aqui o ano inteiro.

A mansão deles era a uma ponte de distância de onde eu morava, em West Palm Beach, mas era como se fosse a um mundo inteiro de distância.

— A que horas eles chegam? — perguntei.

— Aparentemente, eles acabaram de pousar no aeroporto internacional de Palm Beach.

Ótimo.

Ela me entregou um pedaço de papel.

— Pegue essa lista de compras e vá ao mercado. Não compre nada que não seja orgânico. Ruth vai surtar se não for assim.

A ida ao mercado demorou mais do que eu queria. Ter que ler rótulos e me certificar de que tudo era orgânico foi um pé no saco.

Ao começar a guardar as compras na cozinha, notei uma pessoa sentada à mesa de café da manhã que ficava no canto, perto da janela.

Eu o reconheci das fotos. Era o filho mais novo, Weldon. Ele tinha cabelos loiro-escuros e traços finos, e se parecia muito com Ruth.

Parecendo totalmente indiferente à minha presença, ele devorava uma tigela de chili com o rosto enfiado no celular.

— Olá — falei para ele. — Eu sou a Raven.

Nada. Nem uma palavra.

— Oi — repeti.

Nada.

Estou invisível?

Ele não estava usando fones de ouvido. Eu sabia que ele tinha me ouvido, e mesmo assim, nem ao menos ergueu o olhar.

Murmurei baixinho, certa de que ele não conseguiria me ouvir, já que estava tão concentrado em rolar pela tela do seu celular:

— Ohhh, ok. Entendi. Você é um babaca egocêntrico e estúpido que não acredita que deve reconhecer a presença de qualquer pessoa com uma conta bancária menor. Que tal continuar a encher a fuça de comida como se eu não existisse? Vá se foder, também.

— É, vá se foder. — Ouvi uma voz profunda dizer atrás de mim.

Merda!

Virei-me devagar para encontrar o par de olhos azuis mais hipnotizantes que já vi me encarando.

O outro irmão. Gavin.

Ele abriu um sorriso enorme. Diferente de Weldon, que parecia desprovido de personalidade, Gavin Masterson exalava puro charme só com seu sorriso. Ele também era lindo de morrer. Para ser honesta, ele parecia um astro de cinema – definitivamente bem mais crescido do que nas fotos penduradas nas paredes.

Meu coração desceu até o estômago.

— Hã...

— Tudo bem. Não vou contar. — Ele abriu um sorriso maroto e lançou um olhar para Weldon. — Só para constar, ele merece isso.

— Mesmo assim... — gaguejei. — Isso... foi inapropriado. Eu só...

— Eu acho que foi ótimo. Precisamos de mais pessoas por aqui que mandem a real, digam as coisas como são.

Ok, então...

— Sério, como você ouviu aquilo? — perguntei. — Eu falei baixinho. Não sabia que tinha saído tão alto assim.

Ele apontou para a própria orelha.

— Já me disseram que tenho uma audição muito boa. — Ele estendeu a mão para mim. — Gavin.

Segurei sua mão.

— Eu sei.

Sua mão era muito maior do que a minha. Seus dedos longos e masculinos eram quentes e eletrizantes.

— Prazer em conhecê-la, Raven.

Eu não tinha dito meu nome a ele.

— Você sabe quem eu sou... — falei, sentindo um arrepio percorrer minha espinha.

— Claro que sei. A sua mãe fala de você o tempo todo. Eu sabia que você está trabalhando aqui agora. Estava procurando por você... para dizer oi. Mas eu quase te chamei de Chiquita quando te encontrei.

— Chiquita?

Encolhi-me quando ele estendeu a mão e puxou um pequeno adesivo da minha blusa. O toque leve me deu arrepios. Ele grudou o adesivo na mão e me mostrou. *Chiquita.* O nome da marca de bananas. Deve ter caído do cacho que comprei.

Senti meu rosto esquentar.

— Oh. — Eu devia estar ruborizando.

Olhei para ele novamente. Os cabelos de Gavin eram mais escuros do que os de Weldon — um tom médio de castanho, mais comprido na frente e desgrenhado. Ele parecia uma versão mais jovem do seu pai. Gavin era exatamente o meu tipo: alto e definido, com olhos expressivos e um sorriso matador que carregava um toque de malícia. Ele estava usando uma jaqueta de couro, que contribuía ainda mais para sua *vibe* misteriosa.

— Não te avisaram que está fazendo trinta e dois graus por aqui? Você está vestido como se ainda estivesse em Londres. Estou ficando com calor só de te olhar.

Ok. Isso soou mal.

— Você está, hein?

Ele percebeu o duplo sentido. Ótimo.

— Bem... — ele disse. — Eu saí do ar-condicionado do carro para o ar-condicionado de casa, então o calor ainda não me pegou. Mas estou bem ciente de que está quente pra cacete lá fora. — De repente, ele tirou a jaqueta. — Mas já que você fica com calor só de olhar para mim, vou tirar. — Ele puxou a camiseta pela cabeça, revelando um peito sarado. — Melhorou?

Engoli em seco.

— Sim.

Ele cruzou os braços tonificados.

— Você está fazendo qual faculdade mesmo?

Ergui o olhar para seu rosto.

— Estou tirando um tempinho de folga. Fiz o ensino médio na Forest Hill, em West Palm. Pretendo começar as aulas na faculdade no outono.

— Saquei.

— Espero poder me transferir para uma universidade maior, após alguns anos — acrescentei.

— Legal. E você está pensando em se formar em quê?

— Enfermagem. E você? Acabou de se formar, não foi?

— Sim. Preparatório de Direito — ele disse.

— Você vai para a faculdade de Direito no outono, então?

Ele assentiu.

— Yale.

Tossi, tentando parecer indiferente.

— Não é má escolha.

— Não consegui entrar em Harvard, então essa vai ter que servir. — Ele revirou os olhos. Não de uma maneira presunçosa; foi mais autodepreciativa.

— Ah, certo. Ter que se conformar com Yale. Os seus pais devem estar *muito* decepcionados.

Ele deu risada, e seus olhos se demoraram nos meus. Ele estava simplesmente olhando para mim, mas, de alguma maneira, eu podia *sentir* algo a mais.

Quando Weldon começou a sair dali, Gavin chamou sua atenção.

— O que você está fazendo?

— Como assim? — ele mandou de volta.

Aparentemente, ele conseguia *ouvir.*

— Enxágue a porra do seu prato e coloque na lava-louças.

Bom, se eu já não gostava de Gavin...

Weldon olhou para mim pela primeira vez.

— Não é para isso que *ela* está aqui?

Forçando-me a ficar de boca fechada, olhei entre os dois. Gavin não precisou dizer mais nada. Sua expressão gélida disse tudo.

Espantosamente, Weldon seguiu as instruções de Gavin sem mais discussões. Estava claro quem era o irmão mais velho.

Depois que Weldon saiu apressado, Gavin virou para mim.

— Ele pensa que é a porra do príncipe Harry.

Dei risada.

— Tenho quase certeza de que Harry teria colocado o prato sujo na lava-louças sem que mandassem.

— Você tem razão. Harry parece ser maneiro pra caramba. Will também.

— Por falar na realeza, imagino que seja muito legal morar em Londres.

— É. Se os seus pais vão te mandar para um colégio interno, acho que eles poderiam ter escolhido um lugar pior. Depois de ir para a escola lá, eu não quis ir embora, e foi por isso que escolhi fazer faculdade em Oxford. Foi a minha desculpa para ficar na Inglaterra. Eu adoraria morar lá novamente, um dia. Vou sentir falta. É o completo oposto de Palm Beach, e digo isso da melhor maneira possível. A maioria dos dias lá são nublados, mas as pessoas não são cópias umas das outras.

— Acho melhor eu não comentar isso.

— Ah, mas é tão divertido quando você comenta — ele disse, com um cintilar nos olhos. — Eu prefiro honestidade. Só imagino as coisas que você deve pensar quando vai para casa, em alguns dias.

— Talvez, ocasionalmente. Às vezes, as coisas são um pouco extremas. Mas me sinto sortuda por trabalhar aqui. É o lugar mais lindo em que já estive. É bem melhor do que embalar compras no mercado. — Olhei em volta. — Por falar em compras... é melhor eu terminar de guardar tudo.

Retomei a tarefa de abastecer os armários e a geladeira e, enquanto isso, Gavin ficou por ali. Ele tentou me ajudar e ergueu um pacote de farinha de trigo integral e abriu vários armários, procurando pelo lugar certo onde guardá-la. Dei risada.

— Você não sabe onde guardar nada disso, não é?

— Não faço a menor ideia.

— Nota dez pelo esforço.

Estávamos rindo quando Ruth Masterson entrou na cozinha. Eu sempre tocava uma trilha sonora de terror na minha cabeça quando ela entrava em algum cômodo, como quando a Bruxa Má do Oeste aparece em *O Mágico de Oz*. Para resumir, ela não era uma pessoa muito legal.

— Gavin, aí está você. — Ela olhou para o peito dele. — Vista uma camiseta, por favor. E por que você está segurando a farinha de trigo?

— Eu estava tentando ajudar. — Gavin pegou sua camiseta da bancada e a vestiu. — O que foi, mamãe?

Os olhos dela pousaram em mim rapidamente antes de ela dizer:

— Preciso de você no andar de cima. Encomendei um smoking para o evento de hoje à noite. Você precisa experimentar para ver se será preciso algum ajuste de emergência. Não temos muito tempo. — Seu olhar pousou em mim novamente.

Se olhares pudessem matar...

— Estarei lá em um segundo.

Ela nem piscou.

— Eu quis dizer *agora*.

— Hã... tudo bem, então. — Parecendo irritado, Gavin virou-se para mim. — A gente se fala depois, Raven.

Assenti, nervosa demais para conseguir proferir algum som, diante do olhar que sua mãe me lançou.

Depois que Gavin saiu da cozinha, Ruth ficou ali por mais um tempo. Seu olhar era penetrante, seus olhos cheios de algo que parecia ser nojo, conforme ela me lançava adagas com eles. Ela não disse nada, mas entendi o recado.

Fique longe do meu filho.

Naquela noite, depois que os Mastersons saíram para o evento beneficente, era cerca de oito da noite quando minha mãe e eu atravessamos a ponte para irmos para casa. O sol estava se pondo, e as palmeiras à distância pareciam dançar lentamente com a brisa da noite.

Com exceção de algumas vizinhanças depois da ponte perto da água, West Palm Beach, onde eu morava, era de classe trabalhadora e residencial — o oposto da opulenta e ostentosa Palm Beach. As mansões gigantescas foram substituídas por casas térreas modestas.

Enquanto eu olhava pela janela para uma mulher andando de patins pela Flagler Drive, minha mãe me arrancou dos meus pensamentos.

— Eu estava tão ocupada preparando todo mundo para o evento que não vi se você conheceu ou não os garotos.

— Conheci. Bem rapidinho. Weldon é um otário.

Minha mãe deu risada.

— É, ele pode ser. E o Gavin?

Senti minhas bochechas esquentarem.

O que é isso? Baixe a bola, Raven. Você não tem a menor chance com ele.

— O Gavin até que é muito legal.

Ela lançou um olhar para mim.

— Só isso? Muito legal?

— Ele… — Decidi ser honesta. — Ele é gentil… e um gato.

— Ele é um rapaz muito bonito. Weldon também, mas você acaba não notando muito isso por causa da personalidade dele. Gavin é um bom garoto. Eu os conheço desde que eram pequenos, e a sua avaliação inicial dos dois está correta. É incrível como alguns filhos acabam puxando ao pai, e outros, mais à mãe. Gavin é o Gunther todinho. E Weldon… ele é o clone da Ruth.

Pensar em Ruth me fez estremecer.

— Ela é tão cretina. E qual é a daquele colar de diamantes que ela sempre usa? Parece que acorda e o coloca imediatamente. Eu a vi usando-o quando ainda estava de pijama, outro dia.

— Harry Winston. Ruth gosta de ostentar sua riqueza. Aquele colar é a maneira dela de identificar-se como alguém que está acima de todos os outros.

— Ela é tão esnobe. E grosseira.

Ela sacudiu a cabeça.

— Eu lido com aquela mulher há anos. O único motivo pelo qual ela ainda não me demitiu é porque Gunther não permite.

— Sabe, ela me viu falando com Gavin e me olhou muito feio.

— Bem, acredite em mim, ela não vai te deixar chegar perto dele, se for como ela quiser.

— Você nem precisa me dizer isso.

CAPÍTULO 2

Raven

Quando cheguei à casa no dia seguinte, vi que meu trabalho seria bem difícil. Os garotos Masterson estavam fazendo uma festa na piscina. *Ótimo.* Havia um monte de garotas loiras lindas usando biquínis minúsculos em volta da piscina enorme. A princípio, pensei que Gavin não estava em lugar algum, mas então percebi que ele só estava escondido atrás de uma coleção das ditas cujas que circundavam sua espreguiçadeira. Uma delas, em particular, estava se jogando toda para cima dele.

Odiei quando aquilo me deixou com um pouco de ciúmes. *É melhor você superar isso bem rapidinho.*

Já tinha sido ruim o suficiente ter ouvido essas garotas enquanto estavam se trocando no banheiro mais cedo, fofocando sobre a destreza sexual de Gavin, dentre outras coisas que fingi não ouvir. Consegui evitar saindo de lá.

E então, minha mãe apareceu e disse:

— Raven, leve essas toalhas limpas para elas e pergunte se querem algo para beber ou comer, seja daqui ou de algum outro lugar.

Merda.

A contragosto, fui até lá. O sol me atingiu e água da piscina espirrou nos meus pés, molhando meus sapatos. Tentei apenas deixar as toalhas em uma das espreguiçadeiras vazias para poder fugir de volta para dentro da casa, mas então lembrei que mamãe tinha me pedido para perguntar se queriam alguma coisa.

Embora fôssemos as empregadas, éramos encarregadas de tudo, desde as compras até servir convidados — qualquer coisa, exceto limpar bundas. Normalmente, não me importava de fazer essas coisas. Mas ter que levar comida para as vadias de Gavin e Weldon era a última coisa que eu queria fazer.

— Alguém quer comer ou beber alguma coisa? — tossi as palavras. Minha voz saiu mais alta do que o normal, em uma expressão nada genuína de gentileza.

Torci para que ninguém me ouvisse, mas aconteceu o contrário. Cada pessoa começou a falar uma por cima da outra com pedidos – coisas da Starbucks e sanduíches. Era impossível entender tudo direito.

Gavin finalmente emergiu de trás do harém que o estava rodeando.

— Calma aí. Ela é uma pessoa só. Escolham um lugar. — Quando ninguém parecia capaz de decidir, ele disse: — Tá. Eu escolho. Starbucks. — Ele entregou seu celular para a garota ao lado dele. — Digite aí o que você quer e depois passe para os outros.

Depois que todo mundo escreveu seus pedidos, Gavin pegou o celular de volta, vestiu uma camiseta e acenou com a cabeça para mim.

— Vamos.

— Você vai comigo? — perguntei ao segui-lo.

— Sim. Você não deveria carregar as merdas todas desse pessoal. Você trabalha para os meus pais, não para eles.

Gavin nos conduziu até uma Mercedes preta lustrosa estacionada em frente à casa. Eu geralmente dirigia o Toyota Camry antigo da minha mãe para ir fazer coisas na rua. Nunca estive dentro de um carro tão chique quanto o de Gavin.

Ele desativou o alarme e nós entramos. O couro era quente contra minha pele, e o interior tinha cheiro da colônia amadeirada de Gavin – inebriante e excitante. Parecia ser um pouco perigoso estar ali dentro.

Virei-me para ele.

— Você não precisava vir comigo. Eu podia ter cuidado disso sozinha.

— Eu precisava de uma pausa — ele disse, colocando o cinto de segurança.

Gavin ligou a ignição e saiu dali mais rápido do que eu esperava.

— Você parecia bem feliz, de onde vi — falei para ele.

Ele ergueu uma sobrancelha ao me lançar um olhar rápido.

— Por que você achou isso?

— Bom, você estava com um harém de garotas bonitas te rodeando. Que cara não ficaria feliz com isso?

— Ser um babaca rico tem suas vantagens, mas nem sempre é o que parece.

— É mesmo?

— Vou te dar um exemplo. Você viu aquela loira que estava ao meu lado?

Dei risada.

— Você vai ter que ser mais específico. Elas são todas iguais.

— Acho que é verdade, mesmo. Enfim, me refiro à de biquíni verde que estava me sufocando o tempo todo.

— Ah... sim.

— É minha ex-namorada do ensino médio.

— Ok...

— Sabe o cara que estava de bermuda laranja?

— Sim?

— Aquele é o meu ex-melhor amigo e atual namorado dela. Tenho certeza de que você pode ligar os pontos.

— Ela te traiu com *ele*?

— Não exatamente. Nós terminamos depois que fui embora para Londres. Eu fazia o ensino médio aqui antes da minha mãe decidir que um colégio interno era uma ideia melhor. Enfim, quando vim para casa nas primeiras férias, descobri que eles estavam juntos.

— Que droga. E agora ela está flertando com você na frente dele. Que escrota.

Ele deu risada.

— Só ela? Ele não?

— Os dois.

— Você tem a boca suja, Raven. Gosto de garotas que não têm medo de dizer "escrota".

— Me escapou. Eles se merecem. Por que você os convidou?

— Nenhum deles me incomoda mais. Aquele tempo parece ter sido há eras. Eu segui em frente. São pessoas com as quais cresci. Eu os conheço desde que éramos crianças e não consigo me livrar deles. Eles moram perto e apenas aparecem, mesmo que não sejam convidados.

— E as outras garotas? Você está saindo com alguma delas?

Ele hesitou.

— Fiquei com algumas, no passado.

— Ao mesmo tempo, ao que parece — completei, sem conseguir evitar.

— Por que está dizendo isso?

— Meio que ouvi uma conversa interessante quando as suas amigas estavam se trocando no banheiro esta manhã. Elas estavam comparando avaliações e podem ter mencionado um certo sexo a três.

Elas também comentaram o quão grande você é.

Ele revirou os olhos.

— Que ótimo.

As orelhas dele ficaram um pouco vermelhas. Achei aquilo interessante, porque não achei que ele fosse do tipo de cara que fica constrangido em relação a essas coisas. Mas, aparentemente, ele ficava.

— Aquilo foi só uma vez. Foi burrice. Fiquei meio bêbado e...

— Tudo bem. Você não precisa explicar.

— De qualquer forma, não estou envolvido com nenhuma delas no momento. Isso foi há muito tempo. Mas seria legal se elas não ficassem tagarelando quando as pessoas podem ouvi-las na casa dos meus pais. — Ele parecia estar irritado de verdade.

— Acredite em mim. Garotas são piores que garotos — eu disse.

— Oh, eu não tenho dúvidas. Principalmente *aquelas* garotas.

Paramos em um drive-thru, e ele virou para mim.

— O que você quer?

Pega desprevenida, sacudi a cabeça.

— Ah, eu... é melhor não.

— O que você quer? — ele repetiu.

— Um caramelo *macchiato* grande.

Ele falou para o alto-falante.

— Um caramelo *macchiato* grande e um *triple shot* com gelo, por favor.

— Mais alguma coisa? — a mulher perguntou.

— Não, obrigado.

— E as bebidas dos outros?

— Eles podem esperar. Vamos tomar as nossas em paz primeiro.

Hã? Isso estava ficando interessante.

Ela entregou as bebidas para ele na janela seguinte, e ele me deu a minha antes de seguir até o estacionamento, encontrando uma vaga com sombra para estacionar e aumentando o ar-condicionado.

Tomei o primeiro gole da minha bebida quente e espumosa.

— Obrigada.

Ele apoiou a cabeça no encosto do assento.

— Ahhh... isso é bom.

— Você não se incomoda de deixar os seus amigos esperando?

— Nem um pouco. Se eles precisam tanto assim dos seus cafés, podem ir fazer na cozinha.

Dei risada.

— Como você acabou ficando tão diferente do seu irmão?

— Hum. Ouvi dizer que a babá o derrubou no chão quando ele era bebê.

— Sério?

— Não. Estou brincando.

— Eu teria acreditado. — Suspirei, baixando o olhar para o meu copo. — Bem, essa é uma pausa bem agradável e inesperada. Mas tenho certeza de que a sua mãe surtaria se soubesse que você está aqui comigo.

— Ela não precisa saber.

Ele não tentou minimizar qual seria a reação dela: irada.

— É, eu estaria ferrada, com certeza.

Ele franziu a testa e mudou de assunto.

— O que você gosta de fazer para se divertir, Raven?

Não precisei pensar muito na minha resposta.

— Jiu-jitsu.

Ele arregalou os olhos.

— Porra, mentira... tipo, você poderia me dar uma surra?

— Talvez. Não me faça querer fazer isso e nunca precisará descobrir. — Pisquei.

— Caramba. Me conte mais. Como você começou a treinar?

— Passei em frente ao estúdio um dia, há alguns anos, olhei pela janela, vi uma pessoa prendendo outra no chão e achei que poderia ser divertido tentar. Então, me inscrevi para as aulas e o resto é história.

Hoje em dia, boa parte do dinheiro que eu ganhava era investido em aulas de artes marciais.

— Você faz isso para se proteger?

Dei de ombros.

— Existe essa ideia errada de que o único motivo para garotas quererem aprender a lutar é para defesa pessoal. Quer dizer, esse é um dos benefícios, com certeza. Eu não moro em uma vizinhança muito boa, e é legal saber que eu teria a chance de me defender se algo acontecesse. Mas esse não é o principal motivo pelo qual eu faço. É simplesmente... divertido. É incrível o que o corpo é capaz de fazer, como poder estrangular uma pessoa com as pernas.

— Caramba. Me lembre de não me meter à besta com você. Sem querer ofender, mas você é pequena. Eu nunca imaginaria que poderia me prender no chão.

— Isso que é legal no jiu-jitsu. Você não precisa ser grande para ser um mestre. Consigo dominar uma pessoa que tenha quase o dobro do meu peso.

Os olhos dele praticamente saltaram das órbitas.

— Caralho. É errado eu meio que querer que você tente fazer isso comigo?

De repente, visualizei a imagem: eu prendendo-o no chão, montada dele. Não sei bem por que a mão dele envolvia meu pescoço nessa pequena fantasia.

Engoli em seco, sentindo-me agitada.

— E você? O que você faz para se divertir?

— Acho que não supera o que você faz.

— Você pratica algum esporte?

— Esgrima e lacrosse.

— Esgrima é considerada uma arte marcial, não é? — perguntei.

— Isso está aberto a debate. Em alguns aspectos, é, pela prática da boa pontaria e o uso de proteção. Mas, ao mesmo tempo, é um esporte. Basicamente, tenho que tentar não ser atingido. É uma boa maneira de descontar a frustração que sinto com Weldon.

— Uau. — Dei risada. — O que mais você fazia em Londres?

— Gosto de fazer improviso.

— Isso é, tipo, quando as pessoas ficam inventando bobagens na hora?

— Aham. Exatamente.

— Você assiste a essas apresentações?

— Não. Eu gosto de fazer. Gosto de me apresentar.

— Sério? Isso é tão legal. Onde?

— Tinha um clube perto da minha faculdade. Convenci os donos de lá a me deixarem improvisar também, embora eu fosse o mais novo de todos.

— Deve ser difícil pensar rápido daquele jeito.

— É, mas é isso que faz ser tão divertido. Você ficaria surpresa com o que a sua mente é capaz de fazer sob pressão. E não existe jeito errado de fazer, porque, quando você estraga, fica ainda mais engraçado.

— Os seus pais sabem que você curte isso?

— Eu mencionei, uma vez ou duas. Meu pai achou maneiro. Minha mãe não tem muito senso de humor para achar a mesma coisa.

— Sim. Sei como é.

Por falar na mãe dele... por mais que eu quisesse continuar ali, estava ficando um pouco nervosa por ter saído do meu posto na casa. Minha mãe também se perguntaria onde eu estava. Eu sempre me preocupava com como as minhas ações poderiam afetá-la.

Ainda assim, conversamos no carro dele por mais um tempinho antes de eu finalmente olhar para o meu celular.

— É melhor irmos.

— Temos mesmo que ir? Eu prefiro ficar aqui conversando com você. É muito bom ter uma conversa de verdade para variar, ao invés de ficar ouvindo quantos anos você tem que ter para poder fazer Botox ou qual o melhor lugar na ilha para fazer as unhas. — Ele suspirou. — Mas acho que *devo* mesmo te levar de volta para ninguém te encher o saco.

Gavin ligou o carro e deu a volta para entrar no drive-thru e fazer um pedido enorme de bebidas para seus amigos. Enquanto ele falava no alto-falante, aproveitei a oportunidade para admirá-lo. Suas mãos grandes e cheias de veias segurando o volante. O relógio enorme no seu pulso. Seus cabelos cheios, desalinhados por ele estar o dia inteiro ao ar livre. Ele já parecia estar um pouco mais bronzeado do que no dia anterior, após somente uma tarde no sol.

Ele tinha o rosto muito lindo. Talvez fosse um termo estranho para se referir a um cara, mas era a palavra perfeita para descrever alguém que tinha cílios mais longos do que os da maioria das mulheres, e lábios cheios e perfeitos que eu gostaria tanto de poder sentir contra os meus, mesmo que apenas uma vez.

Ele virou para mim de repente, e desviei o olhar, com medo de ter sido pega no flagra o encarando. Mas ele apenas me entregou alguns suportes de copos para segurar as bebidas no caminho de volta para casa. Coloquei um deles perto dos meus pés. Os cubos de gelo sacudiram nos copos conforme ele acelerava para irmos embora.

Passamos por todas as lojas elegantes na Worth Avenue — lojas onde um item da vitrine custava mais do que o meu salário anual —, antes de pegar a estrada que levava à mansão dos Masterson.

O calor atingiu minha pele quando saí, um forte contraste em relação ao ar-condicionado do carro de Gavin.

Quando retornamos à área da piscina, seus amigos estavam conversando novamente. Agora, uma das garotas estava sentada no colo de Weldon. Aparentemente, elas caíram matando em cima da segunda melhor opção depois que Gavin saiu. Weldon não parecia se importar nem um pouco.

— Por que demoraram tanto? — a Garota do Biquíni Verde perguntou.

Aff. A ex-namorada dele. Odeio essa garota.

— Fila grande pra cacete. — Ele me lançou um olhar cúmplice que me deu arrepios.

Durante o restante daquela tarde, fiquei espiando a piscina enquanto trabalhava dentro da casa. Toda vez que via aquelas garotas pairando sobre ele, eu me encolhia.

Em determinado momento, Gavin escapou do grupo de pessoas, tirou a camiseta e mergulhou na piscina com uma precisão incrível. Eu poderia ficar assistindo àquilo vez após outra sem parar. Fingi que estava limpando os vidros das portas francesas que davam para o pátio só para poder ficar olhando para ele.

Quando Gavin finalmente saiu da piscina e empurrou os cabelos molhados para trás, ele parecia estar se movendo em câmera lenta enquanto eu admirava os músculos definidos do seu torso.

Como se sentisse que eu o estava observando, ele olhou na minha direção. Desviei o olhar, fingindo mais uma vez que estava imersa na limpeza.

Quando espiei novamente, ele ainda estava olhando para mim. Ele abriu seu sorriso malicioso, e eu retribuí. Pude sentir meu rosto esquentar.

Ele veio até a porta e pressionou o nariz no vidro antes de ficar vesgo. Dando risada, borrifei limpador sobre a cara dele e limpei em círculos. Ele abriu um sorriso enorme, e seu hálito embaçou o vidro.

Talvez aquele tenha sido o primeiro momento em que percebi que estava ferrada.

Naquela noite, minha mãe teve que trabalhar até tarde. Ruth precisava que ela servisse o jantar para alguns amigos que convidou. Então, ela me deixou em casa e voltou para a mansão.

Como minha mãe não estaria em casa para o jantar, minha amiga Marni trouxe comida mexicana para nós. Ela era minha amiga de infância. Crescemos na mesma rua e tínhamos muitas coisas em comum, por sermos filhas únicas de mães solo que faziam serviços em Palm Beach. A mãe de Marni, June, trabalhava com bufês.

— Como vai o novo emprego? — Marni indagou, enfiando um taco na boca.

Tirei o papel alumínio do meu burrito.

— Estou gostando mais do que pensei.

— Te admiro por isso. Eu odiaria ter que ficar às ordens de um monte de pessoas ricas e grosseiras o dia inteiro. Foda-se isso. Melhor trabalhar no shopping.

— Nem todas as pessoas ricas são babacas — defendi.

— Bem, essa foi a minha experiência. Minha mãe trabalha em Palm Beach há anos e, acredite em mim, ouvi histórias suficientes para tirar essa conclusão.

— Nem todos são tão ruins assim. — Senti que estava ficando vermelha.

Ela estreitou os olhos e examinou minha expressão.

— Tem algo que você não está me contando.

— Por que você acha isso?

— Você está com um olhar... o olhar que sempre faz quando está escondendo algo de mim.

Limpei a boca.

— O filho mais velho dos Mastersons é muito bonito... e gentil, também.

Ela soltou um suspiro longo e exagerado.

— Tenho pena de você se estiver desenvolvendo uma paixonite pelo Gavin.

A mera menção do nome dele fazia meu coração palpitar.

— Você conhece o Gavin? Eu não sabia disso.

— Minha mãe trabalhou em algumas festas na casa dele, então, sim. Ela já falou sobre aquela família antes. O pessoal que trabalha nesses serviços geralmente se conhece. Eles compartilham histórias e comentam sobre qual casa é a melhor para se trabalhar, quem é a patroa mais chata, coisas assim.

— Bom, o que ela disse sobre o Gavin?

Engoli em seco. *Jesus, estou mesmo ficando nervosa?*

— Nada sobre ele em particular, mas, aparentemente, a mãe, Ruth, quer que os filhos assumam o escritório de advocacia do pai deles um dia. O plano é que voltem da faculdade, se estabeleçam na ilha e casem com uma das Cinco Fabulosas.

Senti como se ela estivesse falando uma língua estrangeira.

— As Cinco Fabulosas?

— Há cinco famílias com filhas que são tão ricas quanto os Mastersons: os Chacellors, os Wentworths, os Phillipsons, os McCarthys e os Spillaines. Aparentemente, Ruth vai fazer de tudo para garantir que os filhos acabem se casando com uma dessas garotas. — Ela revirou os olhos. — Deus não permita que a linhagem seja arruinada.

— Onde você conseguiu essa informação?

— Como eu disse, mamãe trabalhou em algumas das festas deles. Todas essas mulheres ficam bêbadas e revelam seus segredos, sem perceber que os funcionários estão ouvindo. Ruth tem um problema enorme com vodca, ao que parece.

— Bem, sóbria, ela já é difícil de engolir. Nem imagino como ela é quando está bêbada. — Suspirei. — Ok, então por que você está me contando tudo isso?

— Para te alertar. Tenha cuidado. Eu vi sua expressão quando tocou no nome dele, toda gamadinha. Sei que ele é muito cativante e lindo, mas não existe a menor chance de você não acabar se magoando. Não quero ver isso acontecer.

Ela não estava me dizendo nada que eu já não sentisse lá no fundo. Gavin estava muito fora do meu alcance. Ainda assim, não consegui evitar a decepção diante do choque de realidade.

— Você não está tirando conclusões precipitadas? — perguntei. — Eu só interagi com ele duas vezes.

— É, eu sei. Estou apenas pensando à frente.

— Bom, você está pensando demais. Sei reconhecer quando uma pessoa é legal sem que isso signifique algo a mais.

— Você está dizendo que não iria querer sair com Gavin se tivesse a chance?

— Estou dizendo que reconheço que ele e eu somos de mundos diferentes, e que só porque o acho atraente, não significa que vá acontecer alguma coisa. É inútil pensar se eu sairia com ele ou não, se surgisse a oportunidade.

Ela amassou a embalagem do seu taco.

— Deixe-me te dizer uma coisa sobre os ricos e poderosos, Raven. Eles irão te levar para dar uma volta e depois te deixar na merda. Não tenho dúvidas de que Gavin se sente atraído por você. Tenho certeza de que ele nunca viu uma beleza natural como a sua nessa ilha. É verão. Ele está entediado. Tenho certeza de que flertar com alguém como você é estimulante para ele, além de fazê-lo se sentir bem poderoso, também. E se isso fizer a mãe dele pirar? Provavelmente um bônus, só para desafiá-la. Mas, no fim das contas, pessoas que cresceram como Gavin tiveram seus futuros planejados para eles. E esse futuro não inclui pessoas do outro lado da ponte, como nós.

As palavras dela me deprimiram de verdade.

— Credo. Eu não deveria ter tocado nesse assunto.

— Oh, não, fico feliz que você tenha tocado. Pode sempre contar comigo para te mandar a real.

CAPÍTULO 3
Gavin

— Então, aonde você e a Raven realmente foram hoje que demoraram tanto a voltar com as bebidas?

Merda. É sério isso?

Weldon era um babaca de carteirinha. Se ele realmente queria aquela informação, poderia ter me perguntando mais cedo. Em vez disso, escolheu o exato momento em que estávamos à mesa de jantar para poder testemunhar a nossa mãe explodir feito um vulcão. Weldon vivia para provocar encrencas.

— Como é? — minha mãe reagiu, a veia no seu pescoço saltando.

— Ele está falando merda — eu disse.

Ela estreitou os olhos.

— Cuidado com o linguajar.

Weldon deu risada e me jogou ainda mais aos leões.

— *Eu* estou falando merda? Vai dizer que vocês não demoraram quase uma hora e meia, sendo que a Starbucks fica logo descendo a rua?

— O que isso significa? — minha mãe indagou, seu rosto ficando vermelho.

Virei-me para ela.

— Raven veio até a área da piscina para perguntar se queríamos algo esta tarde. Todo mundo pediu café, e ia ser muita coisa para ela trazer para casa sozinha, então eu fui com ela. Simples assim.

— Ele aproveitou a oportunidade — Weldon provocou. — Não te vejo acompanhando o Fred quando ele vai buscar um montão de roupas na lavanderia. Qual é a diferença?

Tentei inventar uma resposta.

— Fred trabalha para *nós*. Ninguém aqui trabalha para os idiotas que vêm ficar na piscina. Eu queria ajudar.

Isso era conversa para boi dormir, mas esperava que minha mãe acreditasse. Eu quis ir buscar as bebidas com a Raven por apenas um motivo: desde o momento em que a conheci, não conseguia parar de olhá-la. Ela era linda, com sua pele macia, cabelos pretos selvagens e olhos verdes incríveis. Mas, mais do que isso, sua personalidade pé no chão era um sopro de ar fresco. Senti-me atraído por ela de todas as maneiras. Não me lembrava da última vez que uma garota capturou minha atenção assim.

Weldon deu risada.

— Sim, claro, não tem nada a ver com aquele belo par de...

— Weldon! — meu pai gritou.

Ele riu.

— Desculpe. Só estou dizendo o que vejo.

Meu pai virou-se para a minha mãe.

— O que há de errado com a Raven, afinal?

Tive que dar crédito ao meu pai. Ele devia saber que aquela era uma pergunta perigosa. A expressão da minha mãe ficou mais severa, e eu sabia que ela estava carregando munição no seu cérebro.

Ela estreitou os olhos para ele.

— Você não pode estar falando sério.

Que os jogos comecem.

— Não faça uma pergunta estúpida como essa novamente, Gunther, ou vai acabar indo dormir no sofá.

Meu pai ergueu o tom de voz.

— Aquela garota é muito trabalhadora e sabe respeitar os outros, assim como a mãe dela, que trabalha para essa família há mais de uma década.

— Não há nada de *errado* com ela — minha mãe disse. — Ela é perfeitamente aceitável para trabalhar aqui, contanto que não fique de olho no nosso filho.

— Fui eu que me ofereci para acompanhá-la e ajudá-la com os cafés — interferi. — Não dei escolha a ela, então como pode ter sido ideia dela?

Ela virou-se para mim.

— Bom, então deixe-me reformular. Não ouse ficar de olho naquela garota ou tentar algo com ela. Não pense que não percebi o jeito como você estava perto dela na cozinha no dia que voltou de Londres, e sem camisa, ainda por cima.

— Então, não tenho permissão para ser amigável com os funcionários?

— Acho que já chega dessa conversa — meu pai decretou suavemente. — Você está fazendo tempestade em um copo d'água, Ruth. Agora, coma seu jantar antes que esfrie.

Passaram-se vários segundos de silêncio. Minha mãe ficou brincando com o salmão no seu prato. Papai me lançou um olhar compreensivo. Weldon abriu um sorriso sugestivo para mim, e precisei me segurar para não arrastá-lo de sua cadeira e bater sua cabeça na parede.

Por fim, minha mãe soltou seu garfo.

— Só vou dizer mais uma coisa. — Ela apontou seu dedo com unha perfeitamente feita para mim. — Talvez você não tenha noção do quanto a sua vida inteira pode ser arruinada com apenas uma decisão ruim, Gavin. Com vinte e um anos, não sabe o que é bom para você. Está pensando com outra coisa, não com o cérebro. Já fui jovem e entendo como pessoas tolas da sua idade podem ser. Se fizer algo para arruinar o que o seu pai e eu trabalhamos tanto para construir para você, eu te garanto que posso fazer muito pior. Vou garantir que você não tenha nada. Terá que se virar para pagar a faculdade de Direito. Está entendendo?

Toda essa conversa era ridícula. Eu não tinha feito absolutamente nada com Raven – exceto ter uma das melhores conversas em muito tempo. Minha mãe levara isso longe demais. Me irritava o fato de que ela estava sempre me ameaçando em relação a dinheiro.

De certas maneiras, eu queria ser pobre, só para poder ser livre desse tipo de merda. As ameaças não me assustavam muito. O que *realmente* me assustava era a possibilidade de que minhas ações fizessem com que ela prejudicasse outras pessoas. Sim, eu gostava da Raven – muito. Eu a chamaria para sair em um piscar de olhos se não achasse que minha mãe faria da vida dela um inferno.

Eu precisava ficar longe de Raven para *seu* próprio bem. Esse seria um longo verão.

Por mais que fosse uma droga, fiz um esforço para me manter distante de Raven durante vários dias seguintes. Eu não queria metê-la em encrenca e sabia que minha mãe a estaria observando — e a mim — como um falcão.

Minha determinação durou um tempo, até certa tarde em que a mamãe estava em um almoço de um evento de caridade no clube. Ela ficaria fora de casa por algumas horas. Eu disse a mim mesmo que, se por acaso esbarrasse com Raven durante aquele tempo, eu a cumprimentaria. Afinal, eu tinha deixado abruptamente de ser amigável e passei a ignorá-la completamente. Não queria que ela achasse que tinha sido algo pessoal, embora ela não parecesse o tipo de garota que ficava remoendo isso.

Mas, é claro, com a mamãe fora de casa, não vi Raven em lugar algum. Quando finalmente saí para ir buscar um café, notei que ela estava curvada na grama, cavando o solo.

Puta. Que. Pariu.

A bunda dela estava incrível naquela calça de uniforme branca e apertada.

Ela esteve aqui fora o dia todo? Deve ter sido por isso que não a vi antes.

Ela estava com fones de ouvido e balançava a bunda no ritmo da música, de quatro no chão.

Droga.

Droga.

Droga.

A bunda dela era pequena, mas perfeitamente redondinha. O jeito como sacudia me deu vontade de ajustar a calça. Senti que fantasiaria com aquela bunda mais tarde no chuveiro.

Por fim, caminhei até ela e toquei seu ombro.

— Oi...

Sobressaltada, ela pulou, removendo os fones de ouvido.

— Oh... oi.

— O que você está ouvindo?

— *I Will Survive.* A versão do Cake.

Não acredito.

— Eu adoro essa música — eu disse.

— Baixei o álbum *Fashion Nuggets* inteiro deles.

Ela conquistou mais um pouco da minha alma ao revelar isso.

— Você curte rock alternativo?

— Curto.

Claro. Ela tinha que ser ainda mais foda do que eu pensava.

— Eu também.

Fiquei torcendo para que surgisse algo nela que me desanimasse e me ajudasse a tirá-la da cabeça.

— O que você está fazendo aí na terra?

Era uma pergunta idiota, considerando que era óbvio que ela estava plantando flores.

— Jardinagem.

— Eu sei. Só estou surpreso.

— Por que isso seria um choque?

— Bom, para começar, nós temos um jardineiro.

— Ao que parece, ele está doente. Então, minha mãe me pediu para ajudar com isso.

— Ah. Acho que só não estou acostumado com garotas que não têm medo de sujar as mãos. Mas quer saber? Agora que você mencionou, isso não deveria mesmo me surpreender.

— Quando você cresce sem um homem por perto, aprende a fazer praticamente qualquer coisa, tanto dentro quanto fora de casa. Não tenho problema nenhum em fazer um trabalhinho sujo.

O rosto dela ficou rosado. Não sei se sua última sentença tinha sido intencionalmente provocativa ou não. Eu quis acreditar que sim.

— O que aconteceu com o seu pai? — Com as mãos nos bolsos, chutei um pouco de grama. — Desculpe se foi uma pergunta indiscreta.

Ela olhou para mim por um momento, e senti uma onda de excitação que não era exatamente apropriada, diante do fato de que eu tinha acabado de fazer uma pergunta séria.

Raven se levantou e limpou a terra das mãos.

— Tudo bem. O meu pai era abusivo. Minha mãe o deixou quando eu era bebê. Ele mora em Orlando.

— Você tem notícias dele?

— Ele liga, vez ou outra, mas não o vejo. Só falo com a minha avó, mãe dele.

— Que droga. Sinto muito.

— É, sim, mas, de uma maneira estranha, acho que não ter tido um pai por perto me fez ser uma pessoa mais forte. Não ter pai é melhor do que ter um pai ruim. — Ela deu de ombros. — Isso não significa que eu não apreciaria o tipo certo de pai, como o seu, que é um homem decente. Ele é gente boa. A minha mãe sempre falou muito bem dele.

— Ele é. Obrigado.

— É. Você tem muita sorte.

O cabelo dela esvoaçou com a brisa. A cor era tão escura que tinha mechas azuladas quando estava no sol. Era cheio e lindo, e eu queria enfiar as mãos nele. Com sua pele clara, ela me lembrava de uma boneca de porcelana, tão pequena e... perfeita. *Porcelana.*

Mas porcelana era frágil; era melhor apenas olhar, não tocar. Se é que me entende.

Ainda assim, eu não conseguia parar de olhar para ela. Sua calça estava toda suja de terra, e ela não dava a mínima para isso. Eu quase me esqueci de que estava indo a algum lugar.

Foda-se.

— Eu estava indo pegar um café. Você pode fazer uma pausa e vir comigo?

Diga que sim.

Ela olhou em volta.

— Não sei se deveria.

Tradução: minha mãe.

Fui direto ao ponto.

— Minha mãe só volta daqui a algumas horas. Ela não vai saber.

Ela mordeu o lábio inferior, e desejei que fosse eu fazendo aquilo.

— Ok — ela disse finalmente. — Acho que não faz mal, se for rápido.

— Legal.

Entramos no carro e fomos à mesma Starbucks da última vez. Raven pediu o mesmo *macchiato*. Dessa vez, optei por um para mim também, para experimentar. Eu queria saber do que ela gostava, o que mexia com ela... tudo sobre ela.

No caminho de volta para casa, decidi parar em uma pequena enseada escondida da qual poucas pessoas sabiam da existência.

— Por que estamos parando aqui? — Raven perguntou.

— Quero te mostrar uma coisa.

Depois que estacionamos e saímos do carro, ela segurou minha mão para se equilibrar conforme subíamos nas rochas que davam para o mar.

Ela olhou em direção à água.

— Isso é lindo. Eu nunca soube desse lugar.

— Sim. É meio escondido. É o meu lugar secreto para quando quero ficar sozinho. Venho sempre aqui para pensar.

Seus olhos verdes cintilaram ao sol.

— É incrível. Belo achado.

Sentamos em algumas rochas e ficamos observando as ondas baterem.

— Não te vi muito essa semana — ela disse, finalmente.

Desviei o olhar, incapaz de olhar para ela e mentir.

— É... eu andei ocupado.

— É mesmo? Pensei que talvez a sua mãe tivesse te mandado ficar longe de mim.

Merda.

— Eu não queria te causar problemas — admiti. — Minha mãe acha que pode controlar todos os aspectos da minha vida. Mas não vou deixá-la fazer isso. O que ela não souber não a afetará. Ela não pode me dizer com quem posso ou não andar. Dito isso, não quero que ela cause problemas para você ou a sua mãe. Esse foi o motivo pelo qual me mantive distante. O *único* motivo, Raven.

— Você não precisava mentir. Posso aguentar a verdade. Não está me dizendo algo que eu já não soubesse.

— Me desculpe por não ter sido honesto. Não vou mais fazer isso.

Fiquei incomodado por saber ter ciência de que eu tinha me afastado intencionalmente. Não só passei a mensagem errada, como também me fez parecer um covarde do caralho. Mas esse era o preço que eu tinha que pagar por tentar protegê-la.

Meus olhos acompanharam um bando de gaivotas que nos rodeava. Eu tinha muita coisa passando pela mente, e decidi desabafar um pouco.

— Todo mundo deve pensar que o meu irmão e eu temos tudo. Mas, para variar, eu gostaria de viver a minha vida sem que me digam o que fazer. — Soltei um longo suspiro. — Minha mãe não percebe que, ao me ameaçar, só me faz querer ir ainda mais contra ela.

Raven juntou as sobrancelhas.

— Então, você está aqui comigo agora como um ato de rebeldia? Porque ela não está em casa?

— Não, não, não. Eu não quis que soasse assim. Estou aqui com você porque te acho maneira pra cacete.

— Por quê? Por que você acha isso?

Por onde eu começo?

— Primeiras impressões são tudo. Você me ganhou no instante em que chamou o Weldon de babaca egocêntrico e estúpido. Foi aí que eu soube que você era das minhas.

Consegui fazê-la rir.

— Sinceramente... — eu disse. — Você é um sopro de ar fresco. Às vezes, sinto-me incapaz de tolerar estar em casa. É sufocante. A mesma merda de sempre. As mesmas pessoas de mente fechada. Minha mãe pensou que, ao nos mandar estudar na Inglaterra, ficaríamos longe de encrenca por aqui, mas estar em Londres me deu liberdade para perceber o que mais o mundo tem a oferecer, na verdade. Se ela soubesse metade das merdas que eu fiz enquanto morava fora, teria me feito vir embora há muito tempo.

Os olhos de Raven brilharam de curiosidade.

— Qual dessas coisas a faria surtar mais?

Eu soube a resposta para a pergunta quase imediatamente, mas não sabia se contar para Raven era uma boa ideia.

Dane-se.

— Eu dormi com uma das minhas professoras.

Ela arregalou os olhos.

— O quê?

— Ok, antes que você se assuste demais, devo ressaltar que ela tinha menos de trinta anos, e eu já tinha dezoito na época.

— Ainda assim, isso foi bem louco.

— É.

— Quem deu em cima de quem?

— Foi mútuo. Mas, tecnicamente, ela tomou a iniciativa assim que me tornei maior de idade.

— No que isso deu?

— Nós paramos, após algumas vezes. Ela acabou se envolvendo com outro professor. Nunca nos descobriram. Ninguém sabe... só você.

— Uau... isso é tão devasso. Ela achou que ficar com você valia o risco de perder o emprego. Impressionante.

— É. Você deveria se lembrar disso. — Pisquei.

Ela deu risada. E eu sorri.

— Estou brincando. Essa foi fácil demais. Tive que dizer.

Nossos olhares se encontraram. O jeito como ela me olhava me fez querer puxá-la para perto e mostrar o *quanto* valia a pena. Eu tinha um tipo diferente de química com essa garota, um tipo que nunca senti antes. Ela não estava tentando provar nada. Só estava sendo ela mesma. Quando olhou nos meus olhos, senti como se ela estivesse realmente me vendo. E adorei o que aquilo me fez sentir.

— E você? — perguntei. — Acabei de te contar um segredo. Me conte algo sobre você que pouca gente sabe.

— Não tenho nada tão empolgante quanto o que você disse.

— Tem que ter alguma coisa.

Ela ponderou por um momento.

— Ok. Alguns anos atrás, criei um alter ego on-line, fingindo ser uma mulher mais velha. Eu usava para interagir com homens com idade suficiente para serem meu pai, e era bem perigoso. Minha mãe descobriu e me deixou sem internet por seis meses.

Caramba. Ela tem um lado bem audacioso.

— Puta merda. Parece ser bem arriscado.

— Nunca tive a intenção de encontrar algum deles ou dar informações pessoais. Mas acho que me dava uma empolgação viver virtualmente como essa outra mulher.

Isso me deixou intrigado.

— Todos precisamos de empolgação, às vezes. A vida foi feita para explorarmos o que tem a oferecer, contanto que se tenha cuidado. Mas que bom que você parou.

— É. Pensando agora, consigo ver que foi bem perigoso e idiota. Nunca dá para saber o quão segura a internet realmente é.

— Concordo. Era perigoso, mas preciso admitir que eu meio que consegui ver esse seu lado de menina má desde o instante em que te conheci. Tenho quase certeza de que é isso que me atrai tanto em você. Não é que seja má, mas é uma boa menina que *quer* ser má. Mas eu posso estar totalmente errado.

Ela abriu um sorriso travesso.

— Você não está tão errado assim.

Aê, porra. Eu sabia.

— Bem, minha mãe colocou a culpa do meu comportamento no fato de ela trabalhar demais e me deixar muito tempo sozinha. Ela não entende que isso provavelmente aconteceria de qualquer jeito. Os pais acham que podem controlar tudo, mas se alguém quiser experimentar alguma coisa, simplesmente vai.

— Entendo.

E eu adoraria experimentar algo com você.

Adoraria demais.

Ela passou a mão pela areia.

— Mas chega de alter egos malucos.

— Ótimo.

— Só sexo por telefone mesmo.

— Como é?

— Brincadeira! — Ela riu. — Mas sua expressão foi impagável.

— Merda. Eu já ia pedir o seu número. Teria planos para o fim de semana. Valeu por me desapontar.

Ela deu risada e terminou de tomar seu *macchiato*.

— Bom, agora que confessamos nossos segredos mais obscuros, acho que está na hora de você me levar de volta.

— Mais cinco minutos?

Ela hesitou.

— Ok.

— Estou sentindo a pressão de extrair o máximo que puder do curto período de tempo que ainda temos.

Raven deu risadinhas.

— Me pergunte alguma coisa, então.

Eu queria saber tudo sobre ela. Cada maldita coisa.

— Qual é o seu lugar favorito no mundo?

— Não estive em muitos lugares fora da Flórida.

Boa, Gavin. Nem todo mundo tem meios para ficar viajando, seu paspalho.

Mas então, ela sorriu.

— Acho que o meu lugar favorito é o pequeno resort que fica a cinco horas daqui, na direção norte, em St. Augustine. Nunca tivemos muito dinheiro, mas a minha mãe economizava todo ano e nos hospedávamos nesse lugar por uns quatro dias nas férias. Eles chamam de resort, mas parece um hotel de beira de estrada. — Ela riu. — Não me entenda mal, pelo preço, é bem chique. Lá tem uma piscina e um campo de minigolfe, e dava para ir andando até a praia. Não era muita coisa, mas eram as *nossas* férias, nossa fuga da realidade por alguns dias. Nós conhecemos os proprietários, e eles nos esperavam todo ano. Não era muito longe de casa, mas eu fazia de conta que era. E não importava. Era como se eu estivesse a um mundo inteiro de distância dos nossos problemas. Fizemos essa viagem até eu completar quinze anos. Ficava ansiosa todo ano.

— Por que vocês pararam de ir?

Ela deu de ombros.

— Eu fiquei mais velha, comecei a arrumar empregos. Acho que a vida atrapalhou. Mas sinto falta de ir.

Esse pequeno hotel havia claramente trazido tanta alegria para ela. Eu quis entrar no carro e levá-la até lá agora mesmo. Um cenário começou a se formar na minha mente... nós dois ficando nesse lugar por dias, longe do resto do mundo.

Ela virou para mim.

— E você?

— Hum? — perguntei, ainda imerso na minha fantasia.

— Qual é o seu lugar favorito no mundo?

Pensei por um segundo.

— South Bank, em Londres. Observar as pessoas perto do rio é quase tão bom quanto esse lugar bem aqui. Esse é o meu lugar favorito, na verdade.

Especialmente nesse momento.

— Aqui? Sério? No mundo inteiro?

— Viajar é superestimado. Os melhores lugares são aqueles onde você encontra paz.

— É. Isso faz sentido. — Ela sorriu.

Aquele sorriso fez coisas comigo. Alguém precisava arrancar esse encanto que eu tinha por ela no tapa.

Baixei o olhar para sua calça branca de elástico, cheia de marcas de terra. Mesmo que ela ficasse sexy pra cacete usando-a, tive que questionar.

— Por que diabos a minha mãe insiste que os funcionários usem branco?

— Você vai ter que perguntar a ela, embora eu goste de pensar nisso como treino para a minha futura carreira de enfermeira.

— Acho que é uma boa perspectiva. Mas isso meio que me assusta. É como se vocês fossem parte de algum tipo de culto. — Dei risada.

— O que será que ela faria se eu aparecesse usando preto? Aposto que me colocaria para correr. — Ela estalou os dedos de maneira brincalhona.

Só que eu não estava rindo. Senti-me péssimo por ela saber exatamente como a minha mãe se sentia em relação a ela.

— Sinto muito por ela ser tão cretina, Raven.

— Não é culpa sua. — Ela olhou para o mar e mudou de assunto rapidamente. — Você deve estar animado para ir para Connecticut no outono.

— Nesse exato momento, graças a você, não estou com a menor pressa de sair desse lugar aqui, muito menos de Palm Beach.

Ela ruborizou.

— Você é engraçado.

— Você é linda pra caralho. — *Isso simplesmente escapou.* — Desculpe se fui muito direto. Mas é verdade — eu disse.

— Não. — As bochechas dela ficaram rosadas. — Obrigada.

— Você tem namorado?

Ela colocou uma mecha de cabelo atrás da orelha.

— Não.

— Eu quero te levar para sair.

Ela olhou para baixo, encarando seu copo vazio.

— Acho melhor não.

Ai.

— Posso perguntar por quê?

— Não é que eu não esteja interessada, mas... você vai embora no outono, então não tenho certeza se faz sentido dar início a alguma coisa entre nós. Além disso, tem o problema maior, que é a sua mãe. Acho que não é uma boa ideia.

— Ok. — Assenti. — Eu entendo.

Puta merda. Eu não estava acostumado com rejeição. Não conseguia me lembrar da última vez que uma garota disse não para mim. Juro por Deus que meu pau enrijeceu. Por que a ideia de conquistar alguém era tão excitante? Eu tinha que encontrar outra maneira...

— Podemos sair como amigos, então?

Ela abriu um sorriso cético.

— Amigos?

— Tem um clube de improviso perto de onde você mora. Eu queria ir lá nesse fim de semana. Você gostaria de ir comigo?

— Quer se aventurar no outro lado da ponte, hein? — ela provocou. — O que a *mamãe* acharia disso?

— Você quer ir comigo, espertinha?

— É sério, e se a sua mãe descobrir?

— Ela não vai. Ela não questiona muito quando saio. Direi que vou encontrar uma amiga. E graças à sua rejeição, isso não vai ser uma mentira, não é?

Raven piscou algumas vezes antes de finalmente responder.

— Ok. Eu vou.

Meu coração disparou.

— Vai?

— Sim... para o clube de improviso com você como *amigos* — ela esclareceu.

— Legal.

Jesus. Eu queria tanto provar os lábios dela. Eles eram tão naturalmente vermelhos. Ela nem estava usando batom. Esse negócio de "amigos" ia ser doloroso. Mas eu toparia.

Meus cinco minutos expiraram. Voltamos de carro para casa, e ela retornou ao seu lugar no jardim. Registrei meu número no seu celular e enviei uma mensagem para o meu para poder gravar o dela.

— Pode ser no sábado à noite?

Ela pensou por um momento antes de responder.

— Sim. Pode ser.

— Busco você na sua casa?

— Na verdade, eu prefiro que a minha mãe não saiba. Então, se você não se importar, eu te encontro lá.

— Como quiser.

Eu teria que esperar até sábado para passar um tempo com ela novamente. Eu sabia que a minha mãe estaria por perto pelo resto da semana, fazendo com que fosse impossível interagir com Raven. Aquilo me deixou triste.

Mesmo que eu precisasse sair dali e deixá-la trabalhar, baixei o olhar para os meus sapatos, em vez disso. Eu estava total e completamente viciado.

— Então, sei que não posso falar com você enquanto estiver trabalhando, porque não quero te meter em encrenca, mas me recuso a passar dias sem me comunicar com você de novo. Você pode mandar mensagens enquanto está no trabalho?

Ela franziu a testa.

— Não. Os funcionários não têm permissão de usar o celular durante o horário de trabalho, a não ser que tenhamos que ir fazer algo na rua. Não fico com o meu. Só o peguei escondido hoje porque a sua mãe estava fora. Normalmente, temos que deixar os celulares em uma gaveta na cozinha.

Que saco.

Coçando o queixo, tentei pensar fora da caixa.

— Ok. Vamos fazer o seguinte: já que não podemos nos falar ou mandar mensagens, vou me comunicar com você de outra maneira.

— Por telepatia? — Ela deu risada.

— Não.

— Como, então?

— Se me ouvir tocando música bem alto, preste atenção. Vai saber que é para você.

— Ai, meu Deus. — Ela corou. — Você é louco.

— Talvez. — Pisquei para ela.

Voltei para dentro da casa me sentindo extasiado. As minhas expectativas não entenderam o recado de que no sábado à noite iríamos apenas sair como "amigos", e não para um encontro. Meu sangue estava pulsando. Senti como se fosse capaz de correr uma maratona. Talvez eu precisasse nadar de um lado a outro da piscina, tomar um banho gelado, qualquer coisa. Não me lembrava da última vez que fiquei tão empolgado com alguma coisa.

Nunca.

Eu *nunca* me senti dessa maneira por uma garota.

Considerando a situação, eu estava ferrado.

Mais tarde, depois que minha mãe voltou do clube, eu estava no meu quarto quando a ouvi repreender Raven por alguma coisa boba — algum item colocado no armário errado, toalhas de mão no lugar onde deveriam ser guardadas as toalhas de banho, ou alguma merda assim. De qualquer jeito, era uma bobagem, e a reação da minha mãe foi completamente desnecessária.

Pegando meu iPod, comecei imediatamente a procurar uma música para a ocasião. Fiz o download de uma com a mensagem exata que eu queria passar.

Ao colocar *Evil Woman*[1], da Electric Light Orchestra, para estrondar na minha caixinha de som, imaginei quanto tempo levaria para Raven ouvi-la. Se a minha mãe percebesse primeiro, eu nem estava ligando.

1 Em tradução livre, Mulher Má. (N.E.)

CAPÍTULO 4

Raven

— Não acredito que estou contribuindo para isso — Marni disse ao passarmos de carro pela Military Trail.

Acabei tendo que contar a ela sobre o meu não-encontro com Gavin, porque eu precisava que ela me desse carona até o clube de improviso. Mas ela não estava acreditando muito em mim. A verdade era que, quando Gavin me chamou para sair, entrei em pânico. Depois da nossa conversa na enseada, percebi o quão rápido eu poderia me apaixonar por ele e o quão perigoso isso era. Eu não sabia se poderíamos mesmo ser apenas amigos. O verão durava bastante.

— Você espera que eu acredite que o Gavin não tem expectativas sobre isso? Por que um cara como ele, que poderia ter a garota que quisesse, passaria uma noite de sábado em um encontro platônico? Isso é conversa fiada.

— Talvez ele apenas queira passar um tempo comigo. Não sei. Ele parece achar que sou pé no chão.

— Ele acha que você está a fim de transar, isso sim.

Aquilo me fez rir, embora não fosse engraçado. Eu não tive tempo de discutir mais com ela, porque, quando paramos no estacionamento, Gavin estava encostado no seu carro ao passarmos por ele.

— Oi, Gavin — cumprimentei ao sair do Kia de Marni.

Senti um friozinho na barriga quando notei o quanto ele estava lindo. A noite estava fria, então ele estava usando a jaqueta de couro preta que usou no dia em que o conheci. Ele parecia o cara sexy de Londres que era.

Ele estendeu a mão para Marni pela janela do carro.

— Oi, eu sou o Gavin. E você é...

— A pessoa que está de olho em você.

Ele recolheu a mão.

— Ok, então.

Marni saiu dali como gato fugindo de água fria, soltando fumaça pelo escapamento do carro.

— Você pode me explicar por que a sua amiga quer me matar?

Deus, que constrangedor.

— Ela só... tem dúvidas.

— Tem certeza de que ela não está a fim de você?

Marni nunca se assumiu para mim, mas também nunca mencionou nenhum cara.

— Ela não gosta de mim dessa maneira.

Ele arqueou uma sobrancelha.

— Tem certeza?

— Ela é uma das minhas amigas mais antigas! E acha que você está brincando comigo, que está fazendo de conta que quer sair comigo como amigo só para tirar a minha roupa, porque você pensa que sou uma qualquer do outro lado da ponte.

— Ok, para começar... se um dia eu tirasse a sua roupa, seria porque você me pediu. Assim, não seria uma via de mão única. Se você não quiser que nada aconteça, nada vai acontecer. Você disse que queria que fôssemos amigos, e é isso que somos.

— Me desculpe por ela ter sido grosseira.

— Eu aguento. Só é ruim ela ser tão negativa. Mas topo o desafio de provar que ela está errada. — Ele gesticulou em direção à porta. — Vamos entrar?

Forcei um sorriso.

— Sim.

O clube era escuro e cheio, com pequenas mesas dispersas e um palco com um holofote. O palco estava vazio no momento, exceto por um letreiro que dizia "Noite de Microfone Aberto".

— O que significa noite do microfone aberto? — perguntei.

— Significa que qualquer pessoa que quiser pode ir fazer um número de improviso. Eu nos inscrevi.

Nos inscreveu?

— Espere aí. O quê? Pensei que íamos assistir a um show.

— Não. Nós vamos nos apresentar. Juntos.

Uma onda de pânico me atingiu.

— O quê? Não, eu não consigo...

— Claro que consegue.

— Não. Eu não consigo! Vou errar tudo. Vou paralisar. Nunca fiz algo parecido com isso antes.

— Não importa se você errar. Na verdade, é isso que deixa a apresentação ainda mais engraçada, às vezes. Mesmo que você se atrapalhe, alguém virá te salvar. A plateia curte quando as pessoas se atrapalham. Eles gostam de interromper e mudar a direção da apresentação.

Minhas palmas suaram.

— Não acredito que estou deixando você fazer isso comigo.

— Bom, isso é algo que espero poder ouvir de novo, algum dia. — Ele deu risada. — Ai, meu Deus! A sua cara. Estou brincando, Raven. Agora você está pensando que deveria ter ouvido a Marni.

— Gavin... — Soltei uma lufada de ar pela boca. — Você é demais. Sabia disso?

Ele piscou para mim.

— Você não faz ideia.

Durante a meia hora seguinte, assistimos a algumas apresentações. As pessoas eram muito boas, o que só me deixou ainda mais ansiosa. Eu sabia, no fim das contas, que tinha sido escolha minha. Mas apesar do quanto estava nervosa, eu não queria dar para trás. Só esperava que a ansiedade não me matasse.

Quando chamaram nossos nomes, Gavin balançou as sobrancelhas.

— É hora do show. — Ele pegou minha mão.

Meu estômago estava cheio de nós e meus joelhos tremeram quando subimos no palco. A plateia aplaudiu. A iluminação fazia com que fosse difícil enxergar os rostos das pessoas, e fiquei grata por isso.

Gavin pegou um microfone e me entregou outro. E então, ele apenas começou. Ele estendeu a mão para mim.

Gavin: Oi, eu sou o Tom.

Demos um aperto de mão.

Ai, Deus. Invente um nome.

Raven: Eu sou… a Lola.

Gavin: Já nos conhecíamos?

Raven: Hã… espero que sim. Sou sua esposa.

Gavin: Ah, caramba. É mesmo. Desculpe. Não te reconheci com toda essa merda verde na sua cara.

Belo jeito de me pegar de surpresa.

Raven: Não tenho nada no rosto. É apenas a minha pele.

A plateia deu risada.

Eu não achei aquilo engraçado. Talvez fosse assim que funcionava? De algum jeito, tudo é engraçado porque é um grande desastre?

Gavin: Eu me casei com o Grinch?

Raven: Parece que sim!

Gavin: Eu estou muito desconfortável agora.

Raven: Estou te deixando nervoso?

Gavin: Na verdade, não é você. Eu estou… com gases.

Mais risadas.

Raven: Isso é tão sexy. Me conte mais.

Gavin: Você pode me dar alguma coisa para melhorar?

Raven: Não. Você vai ter que ir à farmácia.

Gavin: Ok. Volto já.

Gavin fez de conta que saiu dali, e depois voltou.

Gavin: Amor, voltei!

Raven: Deu certo?

Gavin: Comprei esses morangos cobertos com chocolate para você, porque brigamos. Acho que deveríamos fazer as pazes.

Raven: Nós não brigamos! Você estava com gases.

Gavin: Oh, eu devo ter esquecido. Enfim, coma!

Fiz de conta que peguei um morango e o coloquei na boca. E então, tive a brilhante ideia de fingir que estava me engasgando com ele.

Raven: Ai, meu Deus. São horríveis! O que você colocou neles?

Gavin: Ok. Promete que não vai ficar brava?

Raven: O que você fez?

Gavin: Isso não é chocolate.

A plateia gargalhou.

Raven: É cocô?

Gavin: Não, não é cocô.

Raven: Então, o que é?

Gavin: Esqueci o que o cara disse que era, mas é para ser algo afrodisíaco.

Raven: Você saiu para comprar antigases e voltou com morangos que têm gosto de merda e são supostamente afrodisíacos? Por quê?

Gavin: Você quer mesmo saber?

Raven: Sim.

Gavin: É porque estou com tesão. E tenho quase certeza de que essa seca é o motivo não só para os meus gases, mas todos os nossos outros problemas, incluindo a sua pele verde.

Raven: Não tem nada de errado com a minha pele!

Gavin: Tenho certeza de que o Shrek concordaria.

Decidi começar a fazer sons de sapo.

Gavin: Bem, isso explica tudo! Você é um sapo?

Raven: Não. Só engoli um.

Gavin: Pelo menos você está engolindo alguma coisa. É por isso que você não transa mais comigo? Está pegando sapos por aí?

Raven: Não, só não me sinto mais atraída por você. (Mais sons de sapo.)

Gavin: Há outra pessoa?

Raven: Agora é você que está ficando verde. Deve ser ciúme.

Ele olhou para os braços.

Gavin: Puta merda. Estou mesmo. O que você fez comigo?

Aquele roteiro ridículo durou mais cerca de quinze minutos. Mas, quando finalmente me acostumei, sabia que Gavin me daria cobertura, que ele me salvaria se me desse branco. Por sorte, ele não precisou fazer isso.

Depois da nossa apresentação, ficamos na plateia e assistimos a algumas outras pessoas se apresentarem antes de decidirmos ir embora.

Uma brisa noturna soprou meus cabelos quando saímos do clube.

Ainda sentia a adrenalina correndo pelas minhas veias.

— Aquilo foi tão maneiro.

— Viu só? Eu te disse.

— Não me lembro da última vez que me diverti tanto.

— Você leva muito jeito.

Cutuquei-o com o braço.

— Aposto que você diz isso para todas as garotas que traz para improvisar com você.

— Na verdade, eu nunca trouxe ninguém antes.

Parei em frente ao seu carro.

— Sério?

— Sim. Sempre vim sozinho e me apresentei com estranhos.

— Bem, que bom que eu te deixei fazer isso comigo.

Ele fez menção de abrir a boca.

— Não ouse fazer uma insinuação sexual com isso, Masterson.

— Você me conhece tão bem...

— Sim, eu sei que você tem a mente suja. E também é muito engraçado. Vou te dar esse crédito.

— Engraçado. Tudo bem. Vou aceitar esse elogio. Mais alguma coisa?

Eu queria dizer incrivelmente lindo e charmoso... sexy. Em vez disso, pisquei para ele.

— Só isso, por enquanto.

Ele pegou as chaves do carro.

— Me deixe te levar para casa.

— Eu disse a Marni que ligaria para ela vir me buscar.

— Você vai me fazer enfrentá-la novamente? Posso não sobreviver a uma segunda vez.

Aquilo me fez rir. Ela tinha mesmo sido ríspida com ele.

Ele destravou o carro.

— Vamos. Vou te levar direto para casa. Sem desvios.

Pensei, então, que não havia mal algum em deixá-lo me levar.

— Ok.

Ele deu a volta e abriu a porta do passageiro para mim. O cheiro familiar do seu carro — couro misturado à sua colônia — estava mais excitante do que nunca.

Ao dar partida no carro e colocá-lo em movimento, ele olhou para mim.

— Eu sei que disse que não faria desvios, mas...

— Mas...? — Dei risada.

— O Steak 'n Shake fica no caminho, e não te dei nada para comer esta noite. Acho que um lugar mais humilde como o Steak 'n Shake é um bom jeito de tirar a impressão de rico e metido que a Marni tem de mim. E eles também fazem os meus milkshakes favoritos. Todos saem ganhando.

Meu estômago roncou.

— Eu adoraria tomar um milkshake.

— É mesmo? Vamos, então.

Quando chegamos ao drive-thru, pedimos um hambúrguer, batatas fritas e um milkshake para cada um antes de devorarmos toda a comida em um silêncio confortável no estacionamento.

Quando ele percebeu que eu estava digitando no celular, perguntou:

— Para quem está mandando mensagem?

— Tive que avisar a Marni que você está me levando para casa.

— O que ela disse?

— Acho que você não vai querer saber.

— Me mostre. Não pode ser tão ruim assim.

Incerta do que poderia ser pior — deixá-lo ver a mensagem ou escondê-la —, relutantemente, entreguei o celular para ele.

Marni: Ele é um lobo em pele de cordeiro. Não diga que não avisei.

O sorriso de Gavin desmanchou e deu lugar a um franzido na testa.

— O amor dela por mim não tem limite. Estou emocionado. — Ele sacudiu a cabeça. — Uau.

— Ela tem muitas ideias pré-concebidas por ter passado anos ouvindo histórias decepcionantes de sua mãe sobre como é trabalhar em Palm Beach. Mas não acredito nela.

— Que bom. Mas me diga por quê.

— Porque eu baseio minhas opiniões em ações, não em suposições. E você não me deu nenhuma razão para não confiar. Você tem sido honesto comigo… pelo menos, é o que eu acho.

— Tem uma coisa que te falei que não foi totalmente honesta.

— O quê?

— Eu disse que a minha mãe não descobriria, e a verdade é que não posso garantir isso, especialmente com o meu irmão intrometido por perto. Posso dar tudo de mim para tentar esconder as coisas dela, mas aquela mulher tem suas maneiras de descobrir as coisas, às vezes. Então, hoje, nos arriscamos um pouco. Estou praticamente colocando o seu emprego em perigo, se de algum jeito a minha mãe descobrir. Estar aqui com você agora é muito egoísta e imprudente da minha parte. Mas não consigo evitar essa vontade de ficar perto de você. E passar esse tempo com você essa noite só piorou isso.

Como eu poderia ficar zangada com aquilo?

— O que mais você me falou que não foi totalmente honesto?

— Estou fingindo que estou conformado em ser seu amigo agora, quando tudo o que quero é sentir o sabor dos seus lábios.

Engoli em seco. Ele não era o único. Passei a noite inteira encarando a boca deliciosa de Gavin, desejando poder senti-la na minha.

— Eu te acho incrivelmente linda — ele acrescentou. — De uma maneira que faz o meu pulso acelerar toda vez que te olho. Tudo em você é diferente, de um jeito bom. Você é genuína pra caralho, e adoro estar perto de você.

— Está atraído por mim porque sou diferente. Isso logo vai desaparecer.

— Não dá para ter certeza disso.

Por mais que eu também adorasse estar perto dele, entrei em modo de autoproteção.

— Não quero ser o casinho de verão de alguém. Não acho que você me magoaria de propósito, só acho que está se divertindo com a ideia do que posso ser.

— Se é isso que você pensa, então por que concordou em sair comigo esta noite?

Aquela era uma ótima pergunta. Só havia uma resposta.

— Porque, de certa forma, também não consigo evitar. Provavelmente estou tão curiosa em relação a você quanto você está em relação a mim.

— Ok, então nós sabemos que não somos bons um para o outro, ou, melhor, que eu não sou bom para você, mas, ainda assim... queremos ficar perto um do outro. Então, porque se dar ao trabalho de tentar impedir?

Eu não queria impedir. E aquilo me assustava pra caramba. Ao invés de responder, matei o assunto.

— Acho que é melhor você me levar para casa.

— Você está desviando. Ok. Vou entender isso como a confirmação de que você concorda que eu tenho razão.

Ele deu partida no carro e saiu dirigindo pela estrada.

Depois que entrou na minha rua, apontei em direção à minha casa.

— É essa aqui.

— Eu sei.

— Como você sabe? — perguntei, surpresa.

— Eu vi no Google Earth.

— Nossa, isso não é nada assustador.

— Eu procurei o seu endereço na agenda do meu pai.

— Você queria ver quão mal o pessoal do outro lado da ponte vive?

— Não. De jeito nenhum. Eu só estava curioso. Não de um jeito ruim.

Após estacionar, ele olhou pela janela em direção à minha casa modesta.

— É... bonita.

— Pura balela.

— O que quer que eu diga? Bela mancha de ferrugem na lateral da casa?

— Pelo menos isso seria verdadeiro!

— Não acho tão ruim assim, de verdade. É uma casa bonitinha.

Sentindo-me ansiosa, olhei em direção à porta da frente.

— É melhor eu ir antes que a minha mãe veja o seu carro.

— Você acha mesmo que Renata ficaria brava por você estar comigo? Ou é por causa da minha mãe?

— É tudo por causa da sua mãe. A minha mãe te acha um bom rapaz. Não tem nada a ver com os sentimentos dela em relação a você.

— Ok. Que bom. Isso seria péssimo.

Esfreguei as mãos, sem saber ao certo o que fazer com elas.

— Bom... obrigada mais uma vez pela diversão da noite.

Gavin ficou apenas me encarando, com os olhos pesados e fixos nos meus lábios. Diante daquele olhar e do seu cheiro provocante, eu estava tão excitada. A última coisa que eu queria era sair dali. Eu queria saboreá-lo.

— Não me olhe assim — pedi, embora estivesse amando a maneira como ele estava me olhando.

— Assim como?

— Como se quisesse... me comer, ou algo assim.

— Eu quero. Muito mesmo. — Ele abriu um sorriso e deu de ombros. — Ei, você disse que queria honestidade.

Os músculos entre minhas pernas se contraíram.

— Você é terrível.

— Mas eu acho que você gosta disso em mim.

— Por que diz isso?

— Porque você ainda está aqui. Poderia ter saído correndo do carro, mas não quer ir embora. Posso sentir isso. Você está com medo, mas não quer ir.

Ele estendeu a mão para segurar a minha e entrelaçou seus longos dedos nos meus. Minha mão parecia tão pequena dentro da dele. Ele era um cara grande.

Gavin passou o polegar com delicadeza pelo dorso da minha mão. De algum jeito, senti aquele toque em todo o meu corpo.

Ficamos ali em silêncio por vários segundos, até que ele disse:

— Eu quero te beijar.

A tensão na sua voz e seu olhar enevoado me diziam que ele estava sendo sincero.

Eu também queria isso. Mas sabia que, no instante em que meus lábios tocassem nos dele, seria o início de um sofrimento inevitável.

— Eu tenho que ir — sussurrei.

Continuei sem me mover. Senti um puxão invisível entre nós, ou talvez fosse a mão de Gavin me puxando para ele.

Quando dei por mim, ele tomou minha boca na sua, gemendo no instante em que nossos lábios se tocaram. Ele suspirou como se uma fome enorme tivesse sido satisfeita. Não havia calma naquele beijo. A sensação da sua boca quente e ávida, sua língua circulando a minha, era incrível. Então, ao invés de me afastar, fiz o que me pareceu mais natural. Abri mais a boca para deixá-lo entrar, sem me importar mais com as consequências.

Envolvi seu rosto com as mãos, e meus dedos traçaram sua linda estrutura óssea. Movendo minha boca mais para baixo, mordisquei seu queixo, deixando minha língua deslizar por sua pele. Eu sdorava aquela leve fenda que ele tinha ali.

Minha adoração ao seu queixo durou apenas alguns segundos antes de ele começar a devorar minha boca novamente, mais rápido dessa vez e com ainda mais intensidade. Nossos corpos se pressionavam um contra o outro.

Uma quantidade de tempo indeterminada se passou, enquanto eu me permitia me perder completamente nele. Seu cheiro, seu sabor, tudo isso dominou qualquer senso de certo ou errado. Beijá-lo era viciante, e na única vez que tentei recuar, ele me puxou com ainda mais força.

E eu estava adorando. Eu adorava como ele era assertivo, como controlava cada parte disso, como me beijava como se estivesse fazendo amor com a minha boca.

Eu estava muito molhada, e minha excitação crescia cada vez mais. Agora, sua boca estava no meu pescoço, seu hálito quente batendo na minha pele, seus dedos apertando a lateral do meu corpo. Meus mamilos estavam muito duros, querendo desesperadamente ser chupados. Mas ele se interrompeu e moveu a boca de volta para a minha. Eu não o teria impedido de descer mais os beijos, mas parte de mim estava aliviada. Não sabia se o impediria de fazer qualquer coisa que quisesse.

Perceber isso me deu força suficiente para me afastar de verdade, dessa vez.

Ofegando, mal proferi as palavras.

— Tenho que ir.

Ignorando-me, ele me puxou para mais um beijo, e o frenesi recomeçou.

— Eu tenho mesmo que ir — falei nos seus lábios, embora estivesse derretida contra ele.

Ele assentiu, mordiscando meu pescoço, enquanto suas mãos aninhavam meu rosto.

— Não consigo parar. — Ele me beijou novamente. — Estou viciado.

Após mais alguns instantes, ele finalmente se afastou e apoiou a cabeça no assento do carro.

— É melhor você sair logo daqui antes que eu te beije de novo — ele disse, cobrindo os lábios.

— Ok. — Saí do carro, com a respiração ainda pesada. — Boa noite.

Quando eu estava a meio caminho de alcançar a porta, ele chamou meu nome. Virei-me para olhá-lo.

— Sim?

— Espero que isso tenha esclarecido que isso foi, de fato, um encontro. Sempre foi essa a intenção. Estamos saindo. — Ele abriu um sorriso malicioso.

Apertei os lábios para me impedir de rir e saí cambaleando. Eu nem estava bêbada, e ainda assim, me sentia alterada – chapada.

Ele esperou até que eu estivesse dentro de casa em segurança antes de sair dali.

Assim que entrei, pulei de susto ao me deparar com a minha mãe de pé com os braços cruzados. Merda. Isso não era bom.

Ela parecia preocupada.

— O que você está fazendo, Raven?

— Como assim?

— O que você está fazendo com o Gavin?

— Você viu o carro dele...

— Claro que eu vi o carro dele! Ninguém tem um carro daqueles nessa vizinhança. Vocês ficaram ali fora, parados, por mais de meia hora.

— Por favor, não fique brava.

— Não estou brava. Só estou... preocupada.

— Por causa da Ruth?

— Sim. É claro. Se ela descobrir, não só o seu emprego estará em risco, como também o meu.

Como eu pude ser tão burra? Por um momento, tinha esquecido de que não era somente o meu emprego que estava em perigo. Foi estupidez da minha parte.

— Você não acha que o Gunther a deixaria te demitir depois de todos esses anos, acha?

— Não se engane, aquela mulher é quem manda. Mesmo que ele tenha um bom coração, só tem controle até certo ponto. Ela o torturaria até satisfazer sua vontade, se quiser muito se livrar de mim.

A culpa começou a se instalar.

— Me desculpe, mamãe. Eu não quero colocar o seu emprego em risco.

Ela apoiou a cabeça nas mãos.

— Odeio fazer você passar por isso. Você deveria poder namorar quem quisesse. Eu sei disso. — Ela soltou um suspiro exasperado. — Como isso acabou acontecendo, afinal? Você e ele?

— Bom, nós tomamos café juntos algumas vezes. E aí ele me chamou para ir a um clube de improviso esta noite. Eu sei que te disse que ia sair com a Marni. Me desculpe. Eu não queria te chatear. Enfim, Gavin e eu... nós nos apresentamos juntos. Era noite de microfone aberto. Nós nos divertimos tanto. — Fiz uma pausa. — Mãe, eu gosto muito dele.

Minha mãe fechou os olhos brevemente.

— Oh, Raven. Só tenha cuidado.

— Eu acho que ele vai me chamar para sair de novo. Não quero dizer não. E também não quero mentir para você.

— Eu também não quero que você minta para mim. Mesmo que seja algo com o qual eu não concorde, por favor, não minta para mim. Sempre me diga para onde vai. Você tem vinte anos, é uma adulta. Eu sei que, no fim das contas, vai fazer o que quer. Então, tudo o que posso fazer é te alertar.

A culpa continuou a me corroer porque, por mais que não quisesse prejudicar o emprego da minha mãe, eu sabia, no meu coração, que, depois do nosso beijo, eu não seria capaz de resistir a Gavin tão facilmente.

Eu tinha muito no que pensar.

Mais tarde, naquela noite, deitada na cama, pensei que tinha decidido o que fazer. Eu diria a Gavin que não poderíamos mais nos ver.

Mas então, ele me mandou uma mensagem que desfez minha decisão.

Gavin: Aquele beijo foi tudo.

CAPÍTULO 5

Gavin

Meu irmão entrou no meu quarto e tomou um gole do meu energético.

— Como foi o seu encontro com a Raven naquela noite?

— Como diabos você sabe disso?

— Eu não sabia, mas agora sei. Valeu pela confirmação.

Ótimo.

Ele deu uma risada.

— Você subestima o quão bem eu te conheço. Você sai de casa, tipo, às 19:30 em um sábado e não diz merda nenhuma para mim antes de ir. Você quase sempre se despede e me diz aonde está indo. Mas não fez isso, dessa vez. Eu sei como você é. Quando quer alguma coisa, você corre atrás. E é dolorosamente óbvio o que está querendo ultimamente: pegar a Raven.

— Baixe o tom de voz, porra. Isso não é brincadeira. A nossa mãe não está brincando. Ela vai demitir a Raven e fazer da vida da Renata um inferno.

Weldon coçou o queixo.

— Falando nisso, tenho uma proposta para você.

— É melhor isso não ser uma chantagem.

— Nah. — Ele sentou-se e colocou os pés sujos sobre a minha mesa. — Isso é algo que eu acho que vai beneficiar nós dois.

Suspirei.

— O quê?

— Você sabe que tento fazer com que Crystal Bernstein aceite sair comigo há eras, não é?

— Sim. O que tem isso?

— Fui almoçar com a mamãe no clube hoje. Vi Crystal lá com os pais dela. Nós conversamos e nos demos muito bem.

— Ok...

— Bom, basicamente, estávamos nos dando bem porque você não estava por perto. Depois, é claro, ela me perguntou se você estava saindo com alguém. Aparentemente, ela é a fim de você há um tempo. Que chocante... as pessoas me usando para conseguir algo com você.

— Não entendo aonde você quer chegar com isso.

— Quero que *você* a chame para sair.

— Não tenho a menor vontade de sair com ela.

— Eu sei disso. Quero que você comece a sair com ela para rejeitá-la depois.

— Continuo sem entender.

— Você vai sair com ela algumas vezes. E então, vai dar um bolo nela. Ela não vai mais gostar de você, porque você vai deixá-la brava. É aí que vou entrar em cena e ajudá-la a juntar os caquinhos.

— O que eu ganho com isso?

— Você vai poder fazer a mamãe acreditar que desencanou da Raven por um tempinho. Ela vai começar a te vigiar menos, pensando que você passou dessa fase. Podemos fazer a Crystal vir te encontrar aqui em casa para o primeiro encontro de vocês.

— Tem mais coisa aí — falei, estreitando os olhos. — Dá para ver.

— Bom, sim... um incentivo. Se você fizer isso, vou sair do seu caminho em relação a Raven. Não vou mais chamar a atenção da mamãe para isso, e vou até te dar cobertura.

— Me deixe adivinhar: se eu não concordar com isso, você vai agir ainda pior que antes.

— Você me conhece tão bem — Weldon zombou.

— Sabe, tecnicamente, como meu irmão, você deveria me apoiar, e não ser um babaca sem esperar nada em troca. Mas, considerando que você *é* um babaca, faz sentido querer me chantagear e tentar fazer parecer como se estivesse me fazendo um favor.

— Qual é, Gav? Todos saem ganhando. Crystal estará no clube amanhã. Apenas vá lá, chame-a para sair, vá com ela a alguns encontros. Mas não a beije.

Daí você dá um bolo nela, tipo, no terceiro encontro, e me diga aonde devo ir. E farei minha parte garantindo que a mamãe saiba sobre todos os seus encontros com Crystal, para que ela pense que você já superou a Raven.

Eu estava velho demais para essa merda de ensino médio. Mas, mesmo que não gostasse da ideia de ceder a Weldon, esse plano não parecia tão ruim assim. Eu realmente precisava fazer a minha mãe largar do meu pé. Não doeria fazer isso com um pouquinho de malandragem.

— Você acha mesmo que isso é justo com a Crystal?

— Ela vai acabar ficando com alguém melhor, no fim de tudo. — Ele piscou.

Soltei uma lufada de ar pela boca.

— Não acredito que estou prestes a concordar com isso. E, só para você saber, estou fazendo porque o propósito de tudo isso vai me favorecer.

— Excelente, irmão. Você não vai se arrepender. — Ele levantou e deu um tapa no meu braço.

— É melhor eu não me arrepender mesmo.

Weldon sacudiu a cabeça.

— Caramba, você tá mesmo caidinho pela bunda gostosa dela, não é?

— Não fale da bunda dela. Não fale da Raven e ponto final, se você tiver amor à sua vida.

Meu encontro com Crystal havia começado há apenas dez minutos, e eu já estava entediado. Pelo menos eu não queria explodir meu cérebro – ainda.

Ela insistira em fazer uma parada de emergência na Sephora porque havia "perdido seu batom favorito". Então, já que estávamos em West Palm, do outro lado da ponte, almoçamos no shopping City Place. Mesmo que eu não estivesse curtindo aquilo de verdade, as coisas estavam ao menos toleráveis. O City Place era um ótimo lugar para observar as pessoas.

Meu humor mudou quando notei algo pelo canto do olho: um cara e uma garota se beijando.

Não, espere. Era uma *garota* e uma garota se beijando.

E, puta merda. Não era qualquer garota.

Era *aquela* garota. Marni, a amiga da Raven.

Não tive dúvidas de que realmente era ela quando vi que estava usando a mesma camiseta vintage do Def Leppard de quando deixou Raven no clube de comédia.

A outra garota deixou Marni sozinha em frente à loja Diesel. Marni começou a andar na minha direção.

Merda.

Por favor, não me veja.

Assim que sussurrei isso baixinho, seus olhos pousaram diretamente em mim.

Porra.

Ela me lançou um olhar mortal. Suor começou a brotar na minha testa.

Marni pegou seu celular, ainda olhando direto para mim, e eu sabia exatamente para quem ela estava ligando.

— Está tudo bem? — Crystal perguntou.

Não, inferno, não está nada bem.

Minha cadeira arranhou o piso quando a afastei e me levantei.

— Me dê licença, por favor. Volto já.

Quando Marni viu que eu estava levantando para segui-la, saiu correndo, falando ao celular.

Corri atrás dela.

Isso parecia uma cena de filme – no qual eu não queria estar.

— Marni! Pare! — gritei para ela.

— Agora ele está me seguindo, porque foi pego no flagra — ela falou ao celular.

— É a Raven? — gritei, quase alcançando-a. Ela continuou a me ignorar. — Me deixe falar com ela.

Ela virou-se rapidamente apenas para dizer:

— Não!

Quando a alcancei e tentei agarrar o celular, ela encerrou a chamada e o enfiou dentro da calça. Belo jeito de garantir que eu recuasse.

Sem fôlego, ficamos de frente um para o outro.

— Você é muito cara de pau, sabia? — ela vociferou.

— Não é o que você pensa.

— Não tente brincar com a minha cara assim, seu pilantra do caralho.

Bem, definitivamente não estávamos mais em Palm Beach. E, sendo sincero... eu adorei. Apesar do fato de que essa garota me odiava, eu admirava a maneira como ela estava defendendo a amiga.

Ergui as palmas.

— Você precisa me ouvir.

— Não preciso fazer merda nenhuma. A Raven me contou que você a beijou naquela noite, e agora você está saindo com uma piranha qualquer. Você é um canalha. E eu estava tão certa sobre você.

Tive que pensar rápido.

— Merda, o que é aquilo? — Apontei. Quando ela olhou para trás, peguei as chaves que estavam penduradas para fora no seu bolso. Sacudi-as para ela. — Você não vai tê-las de volta até me deixar falar.

Ela cruzou os braços e bufou.

— Ok. Você tem a minha atenção, babaca.

— A garota com quem você me viu... é só fachada.

Ela arregalou os olhos.

— Você é gay?

— Não. Mas ela é apenas um disfarce. É uma longa história. Eu concordei em sair com ela para fazer um favor ao meu irmão. Ele quer que eu a deixe brava para ele poder entrar em cena e se aproveitar do ódio dela por mim para se dar bem e ser melhor que eu. Pedi que ela me encontrasse na minha casa para que a minha mãe me visse saindo com ela. O único motivo que me fez concordar em sair com ela foi para enganar a minha mãe, fazê-la acreditar que eu não estou mais interessado na Raven. Quero que ela saia do meu pé para poder viver a minha vida em paz. Não tenho a menor vontade de ficar com aquela garota, e nada aconteceu, nem vai.

Marni ficou em silêncio por alguns instantes.

— Por que eu deveria acreditar nisso?

— Porque é a verdade, cacete. — Decidi virar o jogo. — Quem era a garota com quem *você* estava? Eu te vi beijando-a.

O rosto de Marni empalideceu.

— Não é da sua conta.

— Você não contou a Raven que é gay. Por quê?

Ela suspirou e olhou para o céu.

— Eu... eu não quero que as coisas fiquem esquisitas entre a gente.

— Você sente algo pela Raven?

— Não! Quero dizer, ela é gata, eu acho, mas não a vejo dessa forma. Ela é como uma irmã para mim. Eu pretendo contar a ela. Quero mesmo acabar logo com isso. Só não me sinto pronta ainda. Nem mesmo a minha mãe sabe.

— Bom, seu segredo está seguro comigo. Não vou dizer nada. Mas você precisa parar de enfiar merdas na cabeça da Raven sobre mim, como dizer que vou magoá-la. Essa não é a minha intenção. Eu realmente gosto dela.

Ali, de pé no meio da calçada, pensei no quanto tudo isso era ridículo. E então, tive uma ideia.

— Vamos. — Comecei a caminhar em direção ao shopping.

Ela me seguiu.

— Aonde estamos indo?

— Vamos consertar isso.

Marni apressou o passo para me alcançar.

— Consertar o quê?

— Tudo.

— Como assim?

— Vamos voltar para a garota com quem eu estava e tentar salvar a situação para o panaca do meu irmão, depois iremos à casa da Raven para contar tudo a ela, incluindo a verdade sobre você.

Seu tom foi cheio de pânico.

— A verdade sobre mim?

— Que você é gay.

— O quê? — Ela me parou. — Você disse que não contaria nada.

— Eu não disse que eu ia fazer isso. *Você* que vai.

— Porra, de jeito nenhum, Riquinho.

Voltamos a caminhar com pressa.

— Olha, Marni. Você não deveria ter que esconder quem você é, assim como eu não deveria ter que esconder com quem eu realmente quero ficar. Foda-se essa merda! A vida é curta demais.

Quando retornamos ao restaurante, Crystal ainda estava no mesmo lugar.

— Onde você estava? — ela perguntou, guardando o pó compacto que usava para se olhar no espelho.

— Minha amiga aqui está com um probleminha. Tenho que ajudá-la. — Abri a carteira e coloquei um maço de notas sobre a mesa. — Que tal você fazer o seu pedido? Pode pedir o que quiser. Voltarei assim que puder. Só não vá embora.

Perplexa, ela deu ombros.

— Tudo bem.

— Ótimo. Até já.

Marni esperou até estarmos afastados o suficiente para ela nos ouvir para murmurar:

— Ela é tão idiota. Eu teria mandado você ir se foder.

Peguei meu celular e liguei para o meu irmão.

— Weldon, já cansei desse joguinho — falei quando ele atendeu. — Não vou mais mentir para ninguém. Acabei de deixar Crystal no City Place. Ela está numa mesa externa no restaurante Amici. Ela acha que vou voltar. Me avise quando estiver perto de chegar aqui e eu ligarei para ela para cancelar o encontro alguns minutos antes disso. Você pode passar por lá e fazer de conta que foi por acaso. — Desliguei antes que ele pudesse me responder.

— O seu irmão parece ser um mala — Marni disse.

— Onde Raven está agora? — perguntei, ignorando seu comentário.

— É o dia de folga dela. Ela está em casa.

— Você veio dirigindo até aqui?

— Sim. Estacionei na garagem.

— Muito bem. Vamos para a casa dela no meu carro. Depois eu te trago aqui de novo para você poder pegar o seu.

— Por que não posso ir no meu carro agora?

— Porque não confio que você não vá fugir.

— Por que você está se metendo onde não foi chamado?

— Porque mesmo que você me odeie, eu te entendo, Marni. Sei como é acreditar que não pode ser quem você realmente é, ter que atender expectativas irrealistas, ter que se esconder. Fazemos isso por razões totalmente diferentes, mas me identifico com isso. E quer saber? É uma droga.

Minhas palavras pareciam estar fazendo sentido para ela. Marni virou-se para mim.

— Você não vai me forçar a contar a ela, não é?

— Não. Eu não faria isso. Mas acho que você deveria. Ela se importa com você. Vai ser difícil, mas aí estará acabado, e você não vai se arrepender. Não deveria ter que esconder uma parte tão importante de si mesma de ninguém, assim como eu não deveria ter que fingir estar com alguém que não estou. Temos mais em comum do que você imagina.

Chegamos ao meu carro e entramos.

Depois que saímos do estacionamento, ficamos quietos por um tempo.

Por fim, ela virou-se para mim.

— Você até que presta, Riquinho. Acho que eu estava errada sobre você.

Arqueei uma sobrancelha.

— Mas, espere aí... eu não era um lobo em pele de cordeiro?

CAPÍTULO 6

Gavin

Quando chegamos à casa de Raven, ela estava compreensivelmente confusa por me ver ali, de pé na sua porta, com Marni.

— O que diabos está acontecendo?

— Podemos entrar? — perguntei.

— Os dois? — Ela parecia cética. — Acho que sim.

Marni aparentava estar passando mal. E então, ela simplesmente começou a tagarelar antes que eu tivesse a chance de explicar qualquer coisa.

— Ok... resumindo a história, eu estava errada sobre o Gavin. Ele não estava em um encontro. Eu entendi errado. Ele vai te contar tudo. E... ele é bem legal, na verdade. A outra coisa é... eu sou gay. Então, aí está.

Então, aí está. Ok. Ela definitivamente não perdeu tempo.

— Eu sei, Marni. Eu sei — Raven disse, impassível.

Marni pareceu chocada.

— Você *sabe*?

— Sim. Deduzi isso faz tempo. Você nunca fala sobre garotos. E como sempre fala tudo o que pensa, isso não fazia sentido. Cheguei à conclusão correta há muito tempo, mas não quis perguntar. Eu queria que *você* me contasse.

— Uau. Ok. Então, eu me estressei por nada.

— Foi, sim. Eu te amo, e não importa para mim de quem você gosta. — Raven deu um abraço de urso nela.

Marni se afastou.

— Legal... bom, não tenho mais nada para fazer aqui, então. Vou deixar vocês dois em paz.

Aquele provavelmente foi o jeito mais rápido que alguém se assumiu na história. Mas fiquei feliz por ela ter logo acabado com isso.

Marni virou-se para mim.

— Sushi no sábado?

— Sim. Com certeza.

Raven olhou alternadamente para nós dois, confusa.

— Sushi?

— É, a gente conversou no carro e descobriu que nós dois adoramos sushi — Marni revelou. — E o Gavin conhece alguém que pode arrumar um lugar no The Oceanic. — Ela sorriu para mim antes de dirigir-se para a porta. Sorri de volta.

— Espere. Pensei que eu precisava te levar de volta para o seu carro no City Place.

— Nah. Posso ir de ônibus ou pedir para a minha namorada me buscar. Falo com vocês depois.

Num piscar de olhos, ela desapareceu dali.

Tudo ficou muito quieto depois que ela foi embora; no entanto, a tensão no ar estava praticamente audível.

Raven ficou de frente para mim.

— O que raios aconteceu? Em um segundo, ela estava me ligando e fazendo a sua caveira por estar em um encontro. No seguinte, vocês dois aparecem na minha casa, juntos, como se fossem melhores amigos. E aí, do nada, ela se assume para mim?

— Nós acabamos nos dando bem durante o caminho até aqui. Chegamos à conclusão de que tínhamos mais em comum do que ela pensava, e de que não sou um lobo em pele de cordeiro. Fizemos um baita progresso em um pequeno espaço de tempo.

— E agora vocês dois vão sair juntos?

— Sim, mas você é bem-vinda para se juntar a nós — provoquei. Mas as coisas ainda estavam sérias. — Tenho que te explicar por que eu estava com aquela garota.

— Não, não precisa. — Seu tom estava amargo. — Não sou sua namorada. Você não precisa me explicar nada.

— Tudo bem, mas eu quero.

Ela deu de ombros.

Passei os minutos seguintes contando sobre o meu acordo com Weldon.

Depois que terminei, ela sacudiu a cabeça.

— Meu Deus, o seu irmão é tão babaca.

— Sim. Concordo plenamente. Mas pensei que valeria a pena para fazer a minha mãe largar do meu pé por um tempo. — Dei alguns passos para me aproximar dela. — Não tenho conseguido raciocinar direito desde o nosso beijo.

Ela ficou tensa e se afastou. Algo estava errado. Meu coração afundou.

— Raven, o que houve? Fale comigo.

Ela baixou o olhar para os pés por um momento.

— Eu pensei bastante desde aquela noite no seu carro. Por mais que eu tenha amado beijar você, Gavin, ainda não acho que seja uma boa ideia continuarmos a fazer isso. Não sou do tipo de garota que consegue ficar com alguém durante o verão sem se apegar. Sem contar que a minha mãe nos viu. Bom, ela não viu o que fizemos, mas viu o seu carro. Ela sabe que saí com você.

Fechei os olhos.

— Merda.

— Ela não me disse para não te ver mais, mas eu vi o medo nos olhos dela. Ela está preocupada com o emprego dela, e não quero que se estresse com isso. Eu simplesmente não vejo como poderia dar certo.

Senti-me vazio por dentro, como se tivessem arrancado tudo de mim. Passei os últimos dias como se estivesse andando nas nuvens, e agora a realidade era diferente.

Mas como eu poderia argumentar? Ela tinha razão sobre absolutamente tudo. Eu não podia continuar insistindo nisso, se estava fadado a terminar mal.

Sentando-me no sofá, puxei os cabelos, frustrado.

— Porra, isso é uma droga.

— Eu sei.

— Como vou esquecer a sensação de te beijar? E não é só isso. Eu gosto da sua companhia. Eu adoro estar com você.

Uma expressão de dor maculou seu rosto. Eu sabia que ela também não estava feliz com sua decisão.

— Bom... acho que nós ainda podemos sair juntos. Talvez se Marni for também, pode ser mais fácil não ultrapassarmos nenhum limite.

Aquilo soava sofrido pra caralho para mim. Eu não queria sair com ela casualmente, quando ela era tudo em que eu conseguia pensar.

— Que droga, Raven. Isso é uma droga, sério. Mas entendo.

Ela olhou para a tela do celular.

— Merda. Tenho que ir.

Fiquei de pé.

— Aonde você vai?

— Tenho aula de jiu-jitsu.

— Ah. Legal. — Eu sempre quis vê-la em ação. — Você se importa se eu for assistir? Estou muito curioso.

Ela hesitou.

— Não sei se consigo me concentrar com você lá.

— Prometo que não vou atrapalhar. Você nem vai notar a minha presença.

Raven pensou por um momento.

— Ok.

Isso!

— A sua mãe está trabalhando, não é? Como você faz para chegar lá?

— Vou andando. São só uns três quilômetros.

— Então, se eu te levar de carro, você não precisa sair nesse exato segundo?

Ela abriu um pequeno sorriso.

— Correto.

— Vamos tomar um café, e depois eu te levo.

Após irmos a Starbucks, eu a levei até o estúdio e sentei-me em um canto.

Era tão maneiro ver Raven no seu ambiente, vestida com seu quimono branco.

O instrutor separou a classe em duplas. Raven ficou junto com um cara que era bem grande e parecia ser alguns anos mais velho que eu. Assisti-la em contato físico com ele foi um saco, principalmente depois de ela basicamente ter colocado um fim nas coisas entre nós mais cedo. Nunca achei que eu fosse ciumento, mas isso me pegou com força.

Entretanto, aprendi um bocado de coisas somente ao assisti-la – como ela controlava sua distância e por que esse era um dos elementos-chave no jiu-jitsu. Tirando o meu ciúme, era fascinante assistir Raven enfrentar alguém tão maior que ela. Como ela tinha me dito, ter técnica parecia importar mais do que o tamanho do oponente.

Fiquei assistindo Raven prendê-lo no chão ao montar nele, o que o imobilizava. E então, ela prendeu as pernas sob as dele.

Puta merda. Essa garota é foda. Eu não sabia o que estava esperando, mas não era exatamente isso.

O instrutor parava as ações vez ou outra para explicar várias coisas às pessoas menos experientes na aula.

— Estão vendo como, quando ele está no chão, o braço dele só vai até certo ponto? Se ele tentar dar um soco nessa posição, seu poder é limitado, dando vantagem a ela.

Em determinado momento, Raven perdeu o controle, e o cara conseguiu prendê-la no chão. Mais uma vez, senti minha pressão arterial subindo.

Saia de cima da minha garota, porra.

Em vez de tentar levantar, de algum jeito, ela prendeu as pernas em volta das costas dele. O instrutor explicou que o objetivo de Raven não era levantar, mas sim manter seu oponente no chão.

Juro que nunca quis tanto matar uma pessoa quanto quis matar aquele cara por ficar rolando no chão com ela. Mas, caramba, ela conseguia dar conta dele direitinho. Até mesmo quando perdia o controle, ela sabia como recuperá-lo.

Uma forte sensação de alívio me atingiu quando a aula terminou. Por mais empolgante que tenha sido vê-la em ação, eu não achava que conseguiria aguentar mais tempo.

Minha paz durou pouco quando vi que o cara com quem ela treinou se aproximou por trás dela. Ouvi atentamente do lugar onde estava.

— Raven, espere — ele a chamou.

— O que foi?

— Você quer ir tomar um café ou algo assim?

— Não. Não posso. Desculpe. O meu amigo está aqui me esperando.

Ele pareceu muito desapontado. *Entre na fila, babaca.*

— Ok. Talvez outro dia — ele disse.

— Sim.

Sim? Ela pretende sair com ele? Ou só estava tentando ser gentil?

Sentindo como se tivesse fumaça saindo das minhas orelhas, esperei-a se trocar.

Cerca de cinco minutos depois, Raven finalmente saiu do vestiário.

— O que você achou? — ela perguntou.

Acho que sou um otário ciumento e incorrigível.

Ao andarmos juntos até a porta, tentei com todas as forças não deixar meu mau humor transparecer.

— Nem acredito no que acabei de testemunhar. Você é boa pra caramba.

Ela pareceu orgulhosa.

— Obrigada. É realmente uma paixão minha.

— Dá para ver. Fiquei surpreso pela turma ser unissex, porque alguns movimentos...

— Parecem sexuais.

Somente ouvi-la admitir isso fazia uma raiva estranha brotar em mim de novo.

— É. Você estava basicamente montando nele. Eu quis socar aquele cara tantas vezes. Ele parecia estar gostando... e muito. Tanto que ele queria... *café.*

— Hoje foi a primeira vez que ele insinuou alguma coisa. Não quer dizer nada, Gavin.

— Quer dizer que ele quer te foder. — *Jesus. Dá para ao menos tentar disfarçar?* — Desculpe. Fui longe demais.

Raven não disse nada em resposta ao meu pequeno ataque de raiva. Só me restava imaginar no que ela estava pensando.

Entramos no meu carro e ficamos ali estacionados, sentados em um silêncio tenso.

— Enfim, acho legal a turma ser unissex — eu disse, tentando quebrar o gelo. — Isso me ajudou muito a ver que o que importa é habilidade, não tamanho.

— Quando me matriculei, o instrutor explicou que, no mundo real, não dá para escolher quem você vai acabar enfrentando em um ataque, então é vantajoso eu treinar tanto com homens quanto com mulheres.

— Isso faz sentido. E sei que você disse que não faz somente por autodefesa, mas aposto que mesmo assim deve fortalecer o seu senso de poder.

— Sim. Quer dizer, eu nunca quero me sentir vulnerável. Sabendo o que a minha mãe passou com o meu pai, sinto-me mais segura para lidar com imprevistos tendo essas habilidades, mesmo que eu espere nunca ter que usá-las com esse propósito. Também ajuda a manter a minha mente focada. Quando estou bem concentrada, é impossível ficar remoendo coisas que estão me incomodando. Então, no momento, treinar me ajuda a não me preocupar.

— Com o que você se preocupa?

— Muitas coisas... mas principalmente com não conseguir encontrar o meu propósito de vida. Ainda não faço ideia de por que estou *aqui*, no planeta, sabe?

— Então, você acha que todas as pessoas vieram ao mundo por um motivo específico?

— Sim, acho.

— A resposta surgirá para você. Eu também não sei o que vou fazer da minha vida. Mas acho que não somos obrigados a saber agora. Provavelmente ainda temos muito o que errar até conseguir descobrir.

— Engraçado — ela disse. — Eu me sentia mal pela minha mãe, por ela nunca ter ido à faculdade e passar a vida limpando casas. Mas quanto mais a observo, mais percebo que ela é muito boa no que faz. Ela não está apenas limpando. Ela está gerenciando uma casa inteira na maioria dos dias e fazendo isso com um sorriso. Então, talvez esse seja seu propósito. E não há nada de errado com isso.

Eu sabia que o meu pai respeitava muito Renata. Ouvi algumas conversas entre eles e sabia que tinham grande carinho um pelo outro. Não achava que havia algo inapropriado acontecendo, mas sabia que era uma admiração mútua.

— Eu sei que o meu pai acha a sua mãe incrível. Tenho certeza de que isso deixa a minha mãe com um pouco de ciúmes.

— A minha mãe *é* mesmo incrível. — Ela sorriu. — Ela quer muito que eu encontre a minha vocação, que eu tome uma rota diferente da que ela tomou. Ela sempre se esforçou muito para que eu pudesse ter oportunidades que ela não teve.

— Você disse que queria ser enfermeira, não é? Está com dúvidas em relação a isso?

— Acho que esse é o curso que vou escolher porque tenho que escolher *alguma coisa*. Mas se isso é a minha vocação, eu não sei bem. Um propósito não é necessariamente uma carreira, e sim o seu impacto na vida das outras pessoas. Eu só quero ter esse impacto para oferecer. E quero ser feliz. São as coisas que mais preciso. — Ela virou para mim, e o sol brilhou nos seus olhos. — Não quero desperdiçar a minha vida, sabe?

Eu entendia perfeitamente o que ela queria dizer. Tantas pessoas que eu conhecia pouco se importavam se iriam desperdiçar a vida ou não, apenas tomando banhos de sol sem um propósito real. Aquilo era a essência do que sempre me incomodou nas pessoas metidas com as quais cresci. O dinheiro lhes comprava oportunidades que elas nem sabiam apreciar. Raven queria que sua vida tivesse significado.

— Sabe — eu disse. — Os meus pais e tantos amigos deles têm todo o dinheiro do mundo, mas não são felizes. Minha mãe bebe até cair no sono, algumas noites. Ela acha que não sei disso, mas eu sei. Meu pai e ela... eles nem dormem mais no mesmo quarto. Então, o que tem de bom em toda a porra desse dinheiro se você está na merda o tempo inteiro? É tudo uma farsa, Raven. Tudo. Acredite, a felicidade não vem do dinheiro, e olha que sou uma pessoa rica.

Ela assentiu.

— Aposto que quase ninguém pergunta sobre os seus problemas. As pessoas provavelmente presumem que você não tem nenhum. Posso ver quanta pressão a sua mãe coloca em você.

— A minha mãe acha que eu tenho que replicar o sucesso do meu pai para poder ser alguém na vida. Nunca concordei com isso. E ainda assim, aqui estou eu, prestes a ir para o curso de Direito em Yale no outono e ainda me sentindo pressionado a atender certas expectativas. Me sinto culpado demais para recusar as oportunidades que tenho, porque sei que tantas pessoas não têm. Mas, lá no fundo, tudo o que quero é basicamente o mesmo que você: ser feliz e sentir que a minha vida tem algum significado.

Eu poderia ficar ali sentado no carro com ela o dia inteiro. O cheiro dela estava me enlouquecendo. Isso, combinado ao brilho de suor na sua testa, me fazia pensar em todas as outras maneiras com que eu queria fazê-la suar. A cada segundo que passava com seu olhar no meu, ela me ganhava um pouco mais. Esses sentimentos não desapareceriam.

Sua voz me despertou dos meus pensamentos.

— Eu imagino que, quanto mais você tem, mais quer, e então chega um momento em que nada é bom o suficiente. Nada pode te fazer feliz.

Assenti.

— Só tenho vinte e um anos e já dirigi os melhores carros, comi as melhores comidas, viajei... vivi a vida com a qual a maioria das pessoas sonha. E não me sinto nem um pouco realizado. Eu quero muito mais. Conexões com pessoas reais com interesses similares, coisas que o dinheiro não pode comprar.

Eu quero você. O sentimento parecia estar prestes a explodir do meu peito.

— Nunca escondi o fato de quero algo a mais com você, Raven. Mas isso aqui? Somente conversar com você assim... alguém com quem posso me identificar? Porra, eu preferiria ter *só isso* com você do que nada. Estou falando sério.

Ela me desafiou.

— Mas podemos mesmo fazer só isso?

— Nem tudo tem que ser sobre sexo — respondi, embora não tivesse certeza de que acreditava nas minhas próprias palavras.

— Eu nunca fiz sexo — ela revelou.

Meu corpo enrijeceu.

— Você nunca... hã... você... quer dizer que você é...

— Virgem. — Ela assentiu. — Nunca transei.

Aquilo me deixou abismado.

— Uau.

— Não sei bem por que acabei de admitir isso. Acho que não dava para concordar ou discordar do que você disse se nunca tive a experiência para formar uma opinião.

Aquela verdade foi como um abrir de olhos, e mais uma razão pela qual seria melhor se nada sexual acontecesse entre nós durante o verão. De jeito nenhum eu queria tirar a virgindade da Raven e ir embora.

A maioria das garotas da nossa idade que eu conhecia não eram mais virgens. Acho que foi isso que me deixou incrédulo. Mas não foi só isso. Raven era sexy pra caralho, e por isso era difícil acreditar que ela nunca tinha *feito* sexo.

— Desculpe se pareço estar surpreso. Você emana uma certa energia sexual. E apenas presumi que...

Ela arqueou uma sobrancelha.

— Uma energia de vadia?

— Não. De jeito nenhum... só uma energia sexual inexplicável. Eu nunca teria adivinhado que você nunca transou.

— Estou bem ciente de que a maioria das garotas da minha idade já transou. Não é que eu esteja me guardando para o casamento ou algo assim. Só quero me certificar de que, quando eu fizer, seja com a pessoa certa. Não quero fazer sexo só por fazer. Minha mãe engravidou de mim quando tinha a minha idade, então estou condicionada a acreditar que sexo pode levar a coisas para as quais não estou pronta. Nada é infalível. Acho que as pessoas não levam muito a sério.

— Já me acostumei tanto com garotas entregando a virgindade tão facilmente que ouvir você dizer que nunca transou me chocou. Mas a verdade é que você ainda é bem jovem. Nós dois somos.

— Quantos anos você tinha quando transou pela primeira vez?

— Quinze, eu acho. — Fiz uma pausa para confirmar mentalmente. — É. Quinze.

— Uau. Quem foi a... sua primeira?

— A garota que você viu na piscina naquele dia. Ela foi minha primeira namorada e com quem perdi a virgindade.

— A Garota do Biquíni Verde.

— Aham. Ela é um ano mais velha que eu, e já tinha transado antes da nossa primeira vez.

— Deduzo que houve muitas outras depois dela, não é? — ela perguntou. — Você não precisa responder isso, se não quiser.

— Posso te dizer qualquer coisa que quiser saber. Não vou esconder nada. — Caramba, mas eu tinha mesmo que pensar para responder à pergunta dela. Contei mentalmente em silêncio. — Nove.

— Isso é menos do que eu pensava.

— Que tipo de mulherengo você acha que eu sou?

— Acho que tenho uma imaginação muito louca quando se trata de você.

— Posso dizer a mesma coisa sobre mim quando se trata de você, Raven.

Minha imaginação, no momento, estava visualizando como seria penetrá-la pela primeira vez, o quão apertada e incrível seria a sensação.

Ela pôde sentir o que estava passando pela minha mente.

— Você prometeu se comportar.

— Não posso prometer não ter a mente suja. Posso tentar não agir de acordo, se é isso que você quer.

CAPÍTULO 7
Raven

Gavin estava realmente cumprindo sua palavra quanto a manter as coisas entre nós platônicas. Saímos mais algumas vezes e ele nunca tentou nada. Fomos comer sushi com Marni, e ao City Place, onde ele teve várias oportunidades de me tocar ou tomar alguma iniciativa, mas se conteve. Também fizemos outra apresentação de improviso juntos, que acabou sendo ainda mais divertida do que a primeira.

Talvez ele tenha se assustado quando admiti que ainda era virgem. Qualquer que fosse o motivo, parecia que Gavin estava mesmo conformado em sermos apenas amigos.

Também conseguimos ser discretos, sem ter nenhuma interação, enquanto eu estava trabalhando na casa dele. Bom, fora suas mensagens musicais, que eu adorava. Certa tarde, ele colocou *Waiting in Vain*[2], do Bob Marley, para tocar bem alto só para me provocar.

Ruth parecia ter recuado na sua missão de monitorar a situação. Gavin disse que ela não tocara no meu nome ultimamente. Nunca fiquei tão feliz em ser reduzida a um pensamento deixado de lado.

Tudo estava correndo tranquilamente, exceto pelo fato de que, quanto mais tempo eu passava com Gavin — quanto mais conversávamos sobre nossos sonhos, esperanças e medos —, mais eu me apaixonava por ele. Mais eu o queria de todas as maneiras, desejava sentir seus lábios nos meus novamente, ansiava por sentir outras coisas com ele. A atração física estava mais forte do que nunca. Somente o jeito que ele me olhava à distância era capaz de me fazer arrepiar inteira.

Aquela noite seria difícil. Os Mastersons chamaram toda a equipe de funcionários para um jantar que dariam para comemorar o aniversário de

2 Em tradução livre, Esperando em Vão. (N.E.)

Gunther. Essa seria a minha primeira festa noturna na casa deles, e não sabia mesmo o que esperar. Eu sempre me sentia confortável trabalhando durante o dia porque a maioria das minhas tarefas eram longe de Ruth. Mas, esta noite, serviríamos seus convidados frufru, e eu suspeitava de que seria observada muito de perto enquanto ela esperava que eu estragasse alguma coisa.

Para completar a minha ansiedade, assim que eu estava entrando no carro da mamãe para ir ao trabalho, uma caminhonete passou a toda velocidade, jogando água lamacenta no meu uniforme branco. Aquela era a única calça branca limpa que eu tinha, e não dava tempo de lavá-la.

— O que eu vou fazer agora? — perguntei à minha mãe.

— Você não tem outra roupa branca?

Pensei por um momento. Eu tinha um vestido branco, mas não parecia um uniforme.

— Só o vestido branco que usei na minha formatura.

— Ok, bem... nós já estamos atrasadas, mesmo. É melhor você ir vesti-lo, e só nos resta esperar pelo melhor.

A casa dos Mastersons estava toda decorada com buquês de flores frescas. As melhores louças de porcelana estavam à mesa, e os mais deliciosos aromas da cozinha preenchiam o ar. Minha função esta noite era cumprimentar e receber os convidados à porta e pegar seus casacos, se tivessem um. Depois, eu iria servir aperitivos, que incluíam caviar em bolachas salgadas e tartar de atum. Mais tarde, eu ajudaria a servir o jantar.

Ruth chegou por trás de mim quando eu estava bebendo rapidamente um copo de água na cozinha. A voz dela me sobressaltou.

— Posso saber por que você não está usando o seu uniforme? Esse vestido não é apropriado para funcionários. Você não deveria estar vestida como um dos convidados.

Respirei fundo.

— Peço desculpas, Ruth. Um carro passou por mim e jogou lama no meu uniforme. Não tive escolha a não ser trocar a calça do uniforme por esse vestido. É a única peça de roupa branca que tenho.

— Da próxima vez, não se dê ao trabalho de comparecer se não tiver o traje apropriado — ela vociferou.

Por alguma razão, achei seu tom particularmente chocante, em especial porque eu já estava tão preocupada com isso. Senti como se fosse fazer xixi a qualquer momento.

— Me desculpe. Pensei que você preferiria que eu viesse, em vez de cancelar. Eu...

— Não tenho tempo para isso. Nossos convidados estão chegando. Vá para o seu posto na porta.

Suas palavras foram como um soco no estômago. Eu gostava de pensar que era durona e não me deixava abalar fácil. Mas ela tinha conseguido me atingir.

Enquanto me dirigia à porta da frente, lágrimas começaram a se formar nos meus olhos. Estava tão brava comigo mesma por ter deixado isso acontecer. Lá no fundo, eu sabia que isso estava relacionado a muito mais do que apenas o que ela tinha acabado de dizer para mim. Eu gostava do filho dela. Saber que ela me desprezava tanto assim e faria todo o possível para garantir que eu nunca tivesse uma chance com ele me fez sentir tão derrotada. *Ódio* era uma palavra tão forte. Mas não conseguia pensar em outra maneira de descrever meus sentimentos em relação àquela mulher.

Fingindo sorriso atrás de sorriso, sentia como se fosse explodir enquanto recebia os convidados e levava seus casacos ao armário de agasalhos. Todos estavam bem-arrumados. Meu vestido até teria me ajudado a me encaixar no ambiente, mas Ruth preferia que eu parecesse a escrava que ela pensava que eu era.

A voz de Gavin me assustou.

— Estou sonhando? Olhe só para você.

Ouvi-lo dizer aquilo só me fez sentir ainda pior.

Ele usava uma camisa de botões preta que delineava seus músculos. E estava com o cheiro tão bom e estava tão lindo.

— Vá embora, Gavin. Já estou encrencada o suficiente. — Lágrimas arderam nos meus olhos.

O rosto dele murchou.

— Do que você está falando? O que houve?

— A sua mãe me repreendeu por aparecer usando um vestido esta noite — falei sussurrando. — Minha calça foi arruinada por lama quando eu estava entrando no carro para vir para cá. Tentei explicar, mas ela me disse que eu deveria ter ficado em casa, já que não tinha uniforme.

O rosto de Gavin ficou vermelho.

— Tenho que falar com ela. — Ele soltou uma lufada de ar. — Não posso apenas ficar parado e não fazer nada enquanto ela te trata como...

— Não! — Olhei para trás, por cima do meu ombro. — Você só vai piorar as coisas. Por favor, não diga nada. Eu nem deveria ter te contado. Apenas saia daqui. — Quando ele permaneceu ali, insisti: — Por favor.

Afastei-me dele antes que pudesse dizer mais alguma coisa.

Quando chegou a hora do jantar, eu ainda estava tensa, mas minha fraqueza de antes havia se transformado em força – e raiva. Livre da tristeza, me recompus e adotei uma nova postura.

Eu podia sentir os olhos de Gavin em mim o tempo todo. Havia várias garotas da nossa idade tentando flertar com ele, tentando fazê-lo conversar com elas, mas ele só tinha olhos para mim.

A carranca no seu rosto também me dizia que ele ainda estava muito zangado. Na verdade, eu nunca o vira tão inabalavelmente bravo. Eu sabia que ele queria confrontá-la. Mas isso não resultaria em nada de bom, e ele sabia.

Quando Ruth me lançou um olhar rápido, pude sentir orgulho transbordando do meu corpo.

Depois que servi algumas cenouras no prato do homem sentado na extremidade da mesa, ele olhou para mim e disse:

— Minha visão está ficando ruim. Talvez essas cenouras me façam bem. — Ele virou-se para sua esposa. — Não dizem que cenouras são boas para os olhos?

Quando ela não respondeu, não pude evitar meu comentário.

— Na verdade, por mais que cenouras contenham vitamina A, os benefícios delas são parcialmente um mito popularizado durante a Segunda Guerra Mundial. Pilotos estavam usando uma nova tecnologia para localizar e atirar em aeronaves inimigas. Para poder ocultar esse novo radar, o exército começou a espalhar um rumor sobre as cenouras que os pilotos comiam, dizendo que elas os ajudavam a ver melhor à noite. Até hoje, as pessoas dão mais créditos às cenouras do que elas realmente têm.

Os funcionários não deveriam falar com convidados. Então, eu sabia que o que tinha acabado de fazer iria levar Ruth ao limite. Ainda assim, por algum motivo, não consegui me impedir.

— Isso é muito interessante — ele disse. — Obrigado por esclarecer.

Os olhos de Ruth pousaram em mim.

— Raven, por favor, não se intrometa na nossa conversa.

Gavin bateu a mão na mesa, fazendo alguns talheres caírem.

— Porra, mãe! — ele gritou com os dentes cerrados. — Chega!

Os cristais do lustre tilintaram.

— Ruth... — Gunther murmurou.

Gavin parecia estar prestes a virar a mesa ao se levantar. Antes que ele pudesse fazer algo imprudente, ergui a mão para ele, pousei o prato que estava segurando e endireitei minha postura.

Virei-me para Ruth.

— Sra. Masterson, eu posso não ter muito dinheiro e não vir de um mundo que a senhora ache apropriado o suficiente, mas tenho dignidade. Eu preferiria limpar cocô de cachorro em pista de corrida a continuar a ter que aguentar a maneira como a senhora me olha ou com a qual fala comigo. Então, antes que possa me demitir, estou respeitosamente pedindo demissão, a partir de agora. Obrigada pela oportunidade.

Olhei para Gunther.

— Por favor, certifique-se de que a minha decisão não afete o emprego da minha mãe aqui. Ela adora trabalhar para vocês e já dedicou muitos anos a essa função. Por favor, não a penalize por minhas ações. — Acenei com a cabeça para Ruth. — Tenha uma ótima noite.

Sem olhar para trás, segui com pressa para a cozinha e encontrei meu celular na gaveta na qual os funcionários guardavam seus pertences. Tinha quase certeza de que Gavin viria atrás de mim, então fugi pela porta lateral. Eu preferia ficar sozinha naquele momento. Agradeci a Deus por minha mãe não estar na sala de jantar para testemunhar aquilo. Ela estava na cozinha, ocupada ajudando o responsável pelo bufê a servir as sobremesas, e nem ao menos me notou passando apressada para pegar meu celular. Mas alguém com certeza a informaria sobre o drama que perdera.

Do lado de fora, a chuva que começara a cair mais cedo havia diminuído para um chuvisco leve. Eu nem sabia para onde estava indo. Só precisava ir para longe daquela casa. Decidi ir andando até a Worth Avenue e chamar um táxi para me levar de volta a West Palm.

O som de um carro em alta velocidade soou atrás de mim, desacelerando ao se aproximar.

Ele abriu a janela.

— Raven, entre.

— Volte para casa, Gavin.

Ele continuou dirigindo ao meu lado.

— Por favor.

Continuei andando.

— Não. Eu gostaria de ficar sozinha.

— Porra, de jeito nenhum eu vou te deixar aí andando sozinha.

— Por quê? Vou ser assaltada por um homem usando camisa cor-de-rosa da Brooks Brothers?

Parei por um momento, olhando nos seus olhos suplicantes antes de decidir abrir a porta do passageiro.

— Obrigado — ele disse.

Quando notei que ele não estava indo em direção à ponte para me levar para casa, perguntei:

— Para onde estamos indo?

— Um lugar onde poderemos ficar sozinhos.

Ele dirigiu até a mesma enseada escondida que visitamos antes – seu lugar favorito.

Estacionamos e saímos do carro. Gavin ficou em silêncio ao me conduzir pelas rochas em direção à água.

O mar estava particularmente bruto, e aquilo refletia o humor da noite.

Sentamos em silêncio por um tempo antes de ele virar para mim.

— Estou orgulhoso pra caralho de você por ter se defendido daquele jeito. Deveria ser muito difícil odiar a própria mãe, mas ela faz isso ser fácil demais, às vezes. Quando você se demitiu e saiu, fiquei com uma sensação enorme de alívio, porque eu nunca mais quero presenciá-la te tratando daquela maneira novamente. — O lábio dele estremeceu.

— Ela não me deu escolha. Uma pessoa só consegue aguentar até certo ponto. Só espero que isso não afete a minha mãe. Ela precisa muito desse emprego.

— Vou falar com o meu pai e garantir que não afete.

— Essa situação toda é uma droga — falei, chutando um pouco de areia.

— Você perdeu o seu emprego por minha causa, porque eu não consegui ficar longe de você, e a minha mãe sabe disso. Vou garantir que você possa pagar por qualquer coisa que precisar.

— Não, você não vai. Eu não sou uma prostituta, Gavin. Não preciso do seu dinheiro. Vou procurar outro emprego.

— Raven, eu... — Ele fez uma pausa, olhando para o céu noturno. Ele virou o corpo na minha direção. — Eu sei que temos saído casualmente, mas meus sentimentos por você só cresceram. Eu sou um mentiroso do caralho. Fico só fingindo que estou conformado com esse negócio de sermos apenas amigos. A verdade é que nunca me senti assim por mais ninguém. Não sei o que fazer.

Meu coração martelou no peito enquanto eu tentava ignorar meus próprios sentimentos.

— É fácil... nada. Não faça nada.

— Quando eu te vi pela primeira vez esta noite usando esse vestido, fiquei sem fôlego. E pensar que a minha mãe te fez sentir que não deveria estar usando-o... Quando você entra em um lugar, brilha mais do que qualquer um presente. E ela não quer isso, porque acha que todos os olhos deveriam estar nela. Ela precisa rebaixar as pessoas para se sentir no topo. Ela pode até tentar controlar a minha vida, mas nunca, jamais poderá determinar o que sinto. — Ele apontou para o próprio coração. — Tenho tantos sentimentos que mal consigo respirar ultimamente. Isso está me assustando pra cacete, porque sei que a coisa certa a fazer seria fingir que isso não está acontecendo. Mas não consigo, Raven. Não sei como fazer isso parar.

Fechei os olhos por um instante.

— Não é só você. Eu também sinto isso.

Quando abri os olhos, os dele fecharam, como se me ouvir corresponder ao seu sentimento, saber que não estava sozinho nisso, lhe trouxesse um imenso alívio.

Os cabelos dele esvoaçaram com o vento. Ele estava tão lindo. Eu queria tocá-lo. Não, eu *precisava* tocá-lo. Passei a mão lentamente por seus cabelos. Ele segurou meu pulso e levou minha mão até seus lábios, beijando-a várias vezes. Ele manteve minha mão contra sua boca enquanto encarava o oceano e parecia estar buscando alguma solução, uma que eu não tinha certeza se surgiria.

Eu estava incerta em relação a tantas coisas — tudo, exceto os sentimentos de Gavin por mim. Seus sentimentos eram genuínos, correspondiam aos meus. E, naquele momento, nós dois estávamos nos sentindo sem esperança.

Eu queria me aproximar mais dele, mas meu instinto me disse que fazer isso seria como riscar um fósforo. Quando ele olhou para mim novamente, o desespero nos seus olhos era palpável. Eu só queria aliviá-lo, aliviar o meu próprio desejo sofrido. Sentia como se tudo estivesse prestes a explodir.

Não sei quem tomou a iniciativa. Foi como se atacássemos um ao outro simultaneamente, como se tivéssemos perdido o controle no mesmo instante. Quando dei por mim, minhas costas estavam na areia e o peso de Gavin estava sobre o meu corpo, sua boca devorando meus lábios enquanto eu inspirava cada parte sua, absorvendo-o com todos os meus sentidos.

— Porra, você é tão linda — ele falou contra a minha pele, descendo os beijos pelo meu pescoço.

Meus mamilos enrijeceram de expectativa. Ele começou a sugar meus seios sobre o tecido do vestido. O decote não permitia que ele o puxasse para baixo; eu teria que abrir o zíper nas costas. Precisava sentir a boca dele na minha pele nua.

Afastei-me por um momento e rolei um pouco para o lado.

— Abra o meu zíper.

— Tem certeza? — ele perguntou.

Sem fôlego, assenti.

Quando fiquei deitada de costas novamente, senti a necessidade de esclarecer uma coisa.

— Eu não quero... você sabe... não estou pronta para isso. Só quero sentir a sua boca em mim.

Minhas palavras pareceram ter acendido algo dentro dele.

— Posso fazer isso.

Após abrir o fecho do meu sutiã, joguei-o de lado.

Olhando para mim com os olhos enevoados, ele lambeu os lábios.

— Nossa. Os seus peitos são incríveis.

Eu nunca tinha sido chupada assim antes. A fricção, o jeito como sua barba me arranhava... era tão gostoso. Minhas mãos estavam na parte de trás da sua cabeça, pressionando-o contra mim. Meu vestido em volta da minha cintura agia como uma barreira. Embora não estivesse pronta para transar com ele, queria senti-lo entre as minhas pernas. Empurrei o vestido para baixo e, assim, fiquei somente de calcinha.

Gavin olhou para minha calcinha de renda antes de voltar o olhar para mim.

— Você está tentando me matar, é?

Sentindo falta do seu calor, puxei-o para baixo novamente, abrindo as pernas dessa vez, permitindo-lhe total acesso para esfregar seu pau inchado em mim. Ele estava duro feito aço. Impulsionei meus quadris para cima, pressionando meu clitóris no calor da sua ereção. Quando mais eu pressionava contra ele e circulava os quadris, mais forte eu queria. Nosso beijo ficou ainda mais frenético conforme nos esfregávamos na areia como animais no cio.

Gavin se afastou somente o suficiente para desabotoar sua camisa antes de deitar novamente junto aos meus seios. O contato pele com pele era maravilhoso.

— Me diga o que tenho permissão para fazer com você — ele ofegou.

— Me diga o que quer fazer comigo.

— Não sei se devo.

— Me diga.

— Eu quero te foder com muita força e gozar dentro de você. Quero te reivindicar como minha e te arruinar para o resto do mundo. Mas sei que não posso fazer isso.

As palavras dele fizeram os músculos entre as minhas pernas se contraírem.

— Tudo, menos isso — arfei.

Ele me beijou com intensidade, começando na boca e depois seguindo para baixo por todo o meu torso, até pousar na minha boceta. Ele deslizou minha calcinha para baixo, afastou bem os meus joelhos e não perdeu tempo ao enterrar a boca bem ali no meio das minhas pernas. Arfei diante da sensação desconhecida, mas eufórica. Nunca fizeram sexo oral em mim antes, e eu não fazia ideia do quão sensível meu clitóris era a esse estímulo. Era indescritível. Além disso, Gavin estava gemendo na minha pele, e seus sons de prazer vibravam no meu centro e faziam ser bem difícil não chegar ao orgasmo logo.

Ele enfiou a mão dentro da calça e começou a se acariciar enquanto continuava a me devorar. Pensar nele dando prazer a si mesmo fez tudo ser ainda mais intenso. Sua respiração ficou irregular conforme ele colocou o pau para fora e começou a bombeá-lo, lambendo-me e chupando-me, usando todo o seu rosto para me dar prazer.

Eu queria tanto senti-lo dentro de mim, mas sabia que me arrependeria de dar esse passo tão cedo. Também nunca imaginei que estaria fazendo isso com ele agora.

Puxei seus cabelos, sentindo-me prestes a explodir.

— Eu vou gozar.

Ele acelerou os movimentos da língua, desencadeando meu orgasmo. Ondas incessantes de prazer pulsaram por todo o meu corpo enquanto minha pele sensível latejava contra a boca dele. Ele continuou me lambendo em círculos lentos até meu ápice terminar.

— Eu quero gozar na sua pele — ele disse. — Posso?

Ainda muito afetada para conseguir falar, confirmei com a cabeça.

Fiquei olhando-o se masturbar sobre os meus seios, e quando ele chegou ao clímax, senti seu gozo quente em mim. Juntei meus seios um contra o outro, massageando-o na minha pele.

Olhando para o céu, ele ficou ofegando por bastante tempo.

— Isso foi incrível pra caralho. — Ele sorriu para mim antes de tirar sua camisa e limpar meu peito. — Acho que não vou poder dar essa camisa para a sua mãe levar para a lavanderia.

Caímos na gargalhada, e ele deitou ao meu lado. Ele deu um beijo suave no meu pescoço enquanto ouvíamos o som das ondas. Foi a primeira vez na vida que senti esse nível de contentamento, e com certeza a primeira vez que qualquer coisa parecida com isso aconteceu nos braços de um cara.

Após um longo período de silêncio, ele foi o primeiro a falar.

— Lembra que eu disse que esse era o meu lugar favorito?

— Sim.

— Bom, você é a minha pessoa favorita.

Eu podia jurar que senti meu coração derreter. Também me vi resistindo a essa sensação, porque eu não fazia ideia do que o amanhã poderia trazer. Tudo que eu sabia era que estava muito encrencada.

CAPÍTULO 8

Gavin

Eu estava começando a enlouquecer.

Raven não atendia minhas ligações, embora tenha me mandando uma mensagem para dizer que estava bem. Aquilo significava que ela estava me evitando. Tudo o que ela quis me dizer foi que estava passando por alguns problemas pessoais. Me culpei por ter ido longe demais naquela noite.

Fazia uma semana desde a festa de aniversário do meu pai e o nosso tempo juntos na praia escondida. Eu não conseguia parar de pensar naquilo. Os sons que ela fez... eu nunca esqueceria. Nem ao menos transamos de fato, mas foi, de longe, a experiência sexual mais intensa da minha vida. Tive a impressão de que devia ser a primeira vez que um cara fazia sexo oral nela. Eu estava morrendo de vontade de senti-la gozar na minha língua de novo. Tentei resistir a me dar prazer na frente dela naquela noite, mas se não tivesse sido assim, eu teria explodido. Será que foi aí que eu errei? Não dava para saber.

Mas, a cada dia que passava, eu ficava mais preocupado.

Para piorar ainda mais as coisas, Renata também havia pedido licença do trabalho. Não conseguia me lembrar de ao menos uma vez em que ela tivesse feito isso antes. Então, talvez algo estivesse acontecendo na casa delas.

Fiquei me perguntando se a minha mãe sabia de alguma coisa, então decidi abordá-la.

— Onde está Renata? — perguntei quando a encontrei na cozinha, tentando o melhor que podia para parecer casual.

Mamãe mal ergueu o olhar do seu chá e jornal.

— Ela tirou licença porque está doente.

— Ela não te disse de quê?

Ela olhou para mim.

— Por que isso seria do seu interesse?

— Ela nunca pediu licença por estar doente antes. Não posso me preocupar com ela?

— Se eu achasse que é com *ela* que você está preocupado, isso não seria um problema.

— A melhor coisa que Raven fez foi pedir demissão.

— Tenho que concordar, e se eu descobrir que você ainda está correndo atrás dela, haverá consequências.

— Não a vejo desde a noite em que ela foi embora daqui.

Infelizmente, aquilo nem era mentira.

— Ótimo. — Ela voltou sua atenção para o jornal.

Segui pelo corredor até o escritório do meu pai para ver se ele sabia de alguma coisa a mais.

Bati na porta.

— Oi, pai.

Meu pai girou sua cadeira para ficar de frente para mim.

— Olá, filho.

— A mamãe disse que não sabe o que está acontecendo com a Renata, o motivo por ela ter tirado licença. Você sabe?

Ele tirou os óculos.

— Não. Até onde sei, ela não está se sentindo bem e teve que tirar alguns dias de folga.

— Não consigo deixar de imaginar se há mais alguma coisa acontecendo.

— Quer me dizer por que você acha isso?

— Tenho mantido contato com a Raven. A mamãe não sabe. Raven me disse que ela mesma estava passando por um problema pessoal. E agora, Renata pediu licença do trabalho. Até onde me lembro, Renata nunca pediu folga por estar doente antes. Então, estou pensando se pode ter mais alguma coisa acontecendo, com Raven ou com as duas.

Ele esfregou os olhos e suspirou.

— Sinto muito por sua mãe ter sido tão desrespeitosa com Raven. Não defendo o comportamento dela nem um pouco. Mas, como você também sabe, não tenho como controlar certas ações da sua mãe.

— Eu sei disso. Acredite em mim, observei a sua dinâmica com ela a minha vida inteira.

— Dito isso... — Ele fez uma pausa para realmente me olhar. — Espero que você possa encontrar uma maneira de focar na sua mudança iminente para Connecticut, filho. Por mais que eu não tenha nada contra a Raven e ache que ela é uma garota maravilhosa, acho mesmo que a sua atenção no momento deve ser voltada para os estudos.

— Eu *estou* pensando na mudança. Mas com quem passo meu tempo durante o último verão antes da faculdade de Direito deveria ser escolha minha.

Ele assentiu.

— Concordo.

Suspirei.

— Obrigado.

Agradeci a Deus pelo meu pai. Ele era a voz da razão dentro dessa casa insana.

Mais tarde, naquele dia, meu amigo, Christian Bradford, veio até minha casa para batermos um papo. Ele era uma das poucas pessoas na ilha em quem eu confiava de verdade. Christian era um ano mais novo que eu, estudava na Brown, em Rhode Island, e estava passando as férias de verão em casa.

Ele abriu um refrigerante e apoiou os pés na espreguiçadeira.

— Então, que está rolando com você?

Como posso resumir tudo?

— Conheci uma garota que abalou todas as minhas estruturas.

— Está brincando? Você? Nunca pensei que veria esse dia chegar. — Ele olhou para mim através dos óculos de sol. — As coisas estão indo bem com ela?

— Na verdade, não. Não poderiam estar piores.

— O que aconteceu?

— Vejamos. O que *não* aconteceu, né? Para começar, a minha mãe a atormentou até ela finalmente pedir demissão do emprego que tinha aqui.

Ele quase cuspiu sua bebida.

— Você anda se envolvendo com a empregada?

Por algum motivo, aquilo me ofendeu bastante.

— Sim, ela trabalhava aqui.

— Ela deve ser a maior gostosa.

Meio que senti vontade de socá-lo. Mas, sendo honesto, era assim que costumávamos falar mesmo. No entanto, quando se tratava de Raven, eu ficava hipersensível sobre tudo.

— Sim. Ela é linda, mas é muito mais do que apenas beleza. Estávamos realmente nos conectando, mas acho que a espantei na outra noite.

Ele deu risada.

— O que você fez? Colocou o seu pau monstruoso para fora?

Lancei para ele um olhar que deve ter dito exatamente o tamanho minúsculo da paciência que eu estava para aquela merda.

— Foi mal, cara. Vou falar sério. O que aconteceu?

— Na noite em que ela se demitiu, fui atrás dela. Ela basicamente foi embora depois de ser insultada pela milésima vez. Foi uma tortura presenciar aquilo. Uma pequena parte de mim morria a cada vez que minha mãe a desrespeitava. Foi um alívio ela ter se demitido.

Ele ergueu as sobrancelhas.

— Uau. Você está mesmo muito a fim dessa garota.

— Acabamos indo para uma praia particular e... uma coisa levou à outra.

— Você transou com ela?

— Não. As coisas não foram tão longe assim. Acredite em mim, eu queria muito, mas ela é virgem.

Uma expressão genuína de surpresa surgiu no seu rosto.

— Ok...

— Pois é... então, eu compreendo que ela esteja cautelosa, principalmente em relação a alguém que vai embora no fim do verão.

— Então, vocês deram uns amassos. Qual é o problema nisso?

— Ela tem me evitado desde então, e acho que talvez tenha se arrependido do que fizemos.

Foi estranho eu não querer entrar em detalhes sexuais com ele. Mas alguma coisa nisso me fazia sentir que eu estaria violando a confiança de Raven. No passado, eu não tinha problema algum em detalhar coisas que fazia com garotas, mas tudo parecia ser diferente quando se tratava dela.

Ele me despertou dos meus pensamentos.

— Cara, por que você está se envolvendo com alguém antes de ir embora? Quer dizer, eu poderia entender se você quisesse só dar uns pegas, mas parece que você está ficando mais envolvido do que isso.

— Eu sei que faz sentido desapegar disso, mas não consigo parar de pensar nela.

— Caramba. Tudo bem. É assim, então: você está gamado agora, mas isso provavelmente irá desaparecer com o passar do tempo.

Fitando os raios de sol cintilando sobre a piscina, eu disse:

— Talvez eu precisasse que ela fizesse isso. Talvez eu precisasse que ela se afastasse para não me envolver ainda mais. Talvez isso tenha sido o melhor mesmo. Sei lá.

— Você sabe que terminei com a Morgan antes de ir para a Brown, não é? Foi a melhor coisa que eu poderia ter feito. Nem consigo imaginar estar laçado agora.

— Sei que você tem razão, mas...

— Mas isso não muda como você se sente — ele completou minha frase.

— Não agora, mas estou com esperança de me conformar, em algum momento.

— Se está tão incomodado por ela não estar falando com você, por que não vai até a casa dela para ver o que está rolando?

Ele tinha acabado de me dar uma ideia. Fiquei surpreso por não ter pensado nisso antes.

— Na verdade, talvez eu não precise fazer isso. Tenho outra fonte.

Marni havia conseguido emprego em um lugar que vendia pretzels no shopping perto de onde ela e Raven moravam. Decidi ir visitá-la e ver se ela poderia me dar alguma informação.

Não tinha fila quando me aproximei do quiosque, que tinha cheiro de manteiga e pão recém-assado.

— Oi — chamei-a.

Ela olhou para cima.

— Riquinho! O que você está fazendo desse lado da cidade?

— Acho que só estava sentindo a sua falta, Marni.

— Por mais que eu adoraria acreditar nisso, alguma coisa me diz que deve ter algo mais rolando. — Ela me entregou um copo de petiscos de pretzel. Eu o aceitei.

— Valeu. — Colocando um na boca, perguntei: — A Raven te disse alguma coisa sobre mim recentemente?

Ela retirou uma bandeja fresquinha de pretzels do forno.

— Se ela tivesse me dito, eu não te diria. A gente pode até estar se dando bem, mas a minha lealdade é somente com ela.

— Ok, é justo. Você pode ao menos me dizer se ela está bem?

A expressão dela murchou, e não gostei do que vi. Nem um pouquinho.

— Está acontecendo alguma coisa. Me conte, Marni.

Ela soltou um suspiro frustrado.

— Você tem razão. Está, sim, acontecendo alguma coisa, mas não tem nada a ver com você, Gavin.

Meu coração começou a palpitar.

— Raven está com algum tipo de problema? Renata também não está indo trabalhar.

— Tudo que vou te dizer é que não tem nada a ver com você. Você não ouviu nada de mim, mas talvez devesse ir ver como ela está. Talvez ela te diga o que está acontecendo, se você fizer isso.

Assenti.

— Obrigado, Marni. Isso é tudo que eu precisava ouvir.

Quando estacionei em frente à casa delas, o carro de Renata estava do lado de fora. Eu não queria que ela me visse, então me perguntei se havia outra maneira de chegar até Raven. Desviando de alguns irrigadores, dei a volta pela lateral da casa e espiei pelas janelas. A primeira mostrava uma sala de estar, que estava vazia. Segui até os fundos e consegui ver o interior de quarto de Raven.

Ali está ela.

Ela estava sentada na cama, absolutamente linda, mas também contemplativa e triste.

Pensei se deveria simplesmente ir embora, mas já tinha vindo até aqui e realmente precisava saber o que estava acontecendo.

Bati na janela, e ela se sobressaltou. Com a mão sobre o coração, ela me notou ali e veio apressada abrir a janela.

— O que você está fazendo aqui?

— Queria me certificar de que você está bem. Estou preocupado, porque as suas mensagens têm sido bem curtas, e você está claramente me evitando. Só consigo ficar me perguntando se isso tem algo a ver com o que fizemos. Eu te machuquei?

— Ai, meu Deus, Gavin. Não. — Ela olhou para trás, sobre o ombro. — Entre.

Atravessei a janela para entrar.

— Não tem nada a ver com você — ela sussurrou.

— O que está acontecendo?

Lágrimas preencheram seus olhos. Eu não estava esperando por isso. Meu coração afundou. Pousei as mãos nas suas bochechas e limpei suas lágrimas com os polegares.

Meu coração palpitou.

— Ando tão preocupado com você. Por favor, me diga o que está havendo.

— Se eu te contar... — Ela hesitou. — Você tem que me prometer que não vai dizer nada para os seus pais.

— Claro. Você tem minha discrição total.

Ela soltou uma lufada de ar.

— Minha mãe encontrou um caroço no seio dela. Ela passou os últimos dias indo a várias consultas para descobrir se era câncer. — Ela fez uma pausa. — E o resultado foi positivo.

Meu estômago se contraiu.

— Ah, meu Deus.

— É.

— Ela é tão jovem.

— Ela só tem quarenta anos.

— Bem, isso explica por que ela está ausente. Não acredito.

— O tipo de câncer que ela tem é muito agressivo. Chama-se triplo negativo, e ela está no estágio três.

— O que isso significa?

— Significa que já se espalhou pelos linfonodos. Então, ela vai ter que fazer quimioterapia... e cirurgia.

Aquilo foi doloroso de ouvir.

— Jesus. Eu sinto muito.

Incapaz de imaginar o quanto ela devia estar assustada, puxei-a e a abracei.

Após um minuto, ela se afastou.

— A esperança é de que a quimioterapia encolha o tumor e, então, eles possam fazer uma mastectomia quando estiver um pouco menor.

— Quando tudo isso começa?

— Ainda estamos tentando resolver. Minha mãe não tem plano de saúde, então tudo vai ter que sair do nosso bolso.

O quê?

— Como assim os meus pais não pagam plano de saúde?

— Os seus pais pagam muito bem. Só que o emprego nunca teve todos os benefícios. Minha mãe sabia disso quando o aceitou. Ela sempre foi muito saudável, e quando uma de nós tem que ir ao médico, o que é raro, pagamos. Essa foi a primeira vez que algo desse tipo aconteceu. Não sei mesmo o que vamos fazer.

Fechei os olhos por um momento.

— Você tem que me deixar contar ao meu pai. Ele pode ajudar.

— Não acho que a sua mãe vai aceitar isso.

— Ela que se foda se não aceitar. Meu pai vai querer saber, e vai querer ajudar. Você tem que me deixar contar a ele.

— Minha mãe acabará tendo que contar aos seus pais. Por favor, deixe que ela faça isso. Só estamos esperando para ver como as coisas serão primeiro. Ela não quer perder o emprego, quer continuar trabalhando enquanto faz o tratamento. Ela estava pensando em não dizer nada para que eles não pensem que ela está incapacitada. Mas, no fim das contas, concordou que terá que contar. Não daria certo esconder isso com a quantidade de tempo que ela precisará se ausentar para se tratar.

— Eu prometo que farei tudo que estiver ao meu alcance para garantir que ela não perca o emprego.

— Obrigada.

Raven parecia estar completamente aterrorizada. Tudo que eu podia fazer era confortá-la. Puxei-a para mim novamente e segurei-a com firmeza. Nossos corações ficaram batendo um contra o outro. Fui tão estúpido por ter pensado que a ausência dela tinha algo a ver comigo. Era muito mais sério do que isso.

— Vai ficar tudo bem — sussurrei no seu ouvido.

Eu odiava o fato de que não podia garantir aquilo, mas ela precisava ouvir algo encorajador. Ela estava prestes a desmoronar, eu podia sentir.

— Onde está a sua mãe agora? — perguntei.

— Descansando. Toda essa situação exigiu muito dela.

— É melhor eu ir embora? Não quero chateá-la por estar aqui.

— Não sei se existe qualquer outra coisa que possa chateá-la agora, Gavin. Tudo bem. Se ela entrar aqui, vou explicar que você veio para ver como estamos.

— Porra, eu sinto tanto por isso estar acontecendo.

— Não posso perdê-la. Ela é tudo que eu tenho.

Meu coração se partiu um pouco, e nem pensei duas vezes ao dizer:

— Eu sei que não chega nem perto de ser a mesma coisa, mas você tem a mim. Você não está sozinha.

Ela respondeu com um olhar inquisitivo.

— Não, não tenho. Não de verdade.

Foi estranha a facilidade com que proferi minha sentença. Pode ter parecido uma promessa irresponsável, diante do fato de que eu ia embora, mas, de alguma maneira, eu sabia que, se Raven precisasse de mim, eu sempre viria até ela, não importava onde eu estivesse nesse mundo. Eu não tinha certeza de em que pé as coisas estavam entre nós, mas sabia que me importava com ela o suficiente para fazer aquela promessa. A compreensão abriu meus olhos.

— Sim, você tem, Raven. Você tem a mim. E farei qualquer coisa que você precisar, se eu puder ajudar. — Segurei suas mãos e as apertei.

— Obrigada. — Ela me soltou e foi até a janela, encarando o lado de fora. — Tenho que me manter positiva. Só assim vou conseguir passar por isso, levando um dia de cada vez.

Aproximei-me por trás dela e coloquei as mãos nos seus ombros.

— É uma boa ideia. Tente não se preocupar demais com o que pode acontecer. Apenas foque em cada dia que chegar.

Eu sabia que era mais fácil falar do que fazer. E sempre odiei quando as pessoas diziam coisas assim para tentar me acalmar. Aquilo não tirava a dificuldade de nada. E nada do que eu já tinha passado na vida foi tão sério quando o que Raven e sua mãe estavam prestes a enfrentar. Isso fazia com que qualquer coisa ruim que pensei que vivenciei parecesse ridícula.

Ela virou para ficar de frente para mim.

— Consegui um novo emprego.

— Sério? Onde?

— No lava-jato no fim da rua. Vou fazer trabalho administrativo. Não sei bem o que me qualificou para isso, mas consegui.

— Que maravilha.

— Bom, não sei se é uma maravilha, mas é alguma coisa. Significa que pelo menos terei mais um pouco de dinheiro entrando para ajudar.

Naquele momento, a porta do quarto se abriu. E eu estremeci.

Os olhos de Renata se arregalaram quando ela me viu.

— Gavin...

— Renata... eu... só estava...

Raven me salvou de fazer papel de otário.

— Mãe, o Gavin veio até aqui porque estava preocupado conosco. Ele sabia que você tinha pedido licença do trabalho, e eu não estava respondendo às mensagens dele direito. Ele deduziu que estava acontecendo alguma coisa. Eu contei a ele a verdade. Me desculpe se você não queria que ele soubesse, mas eu precisava contar a alguém. Ele prometeu que não vai dizer nada aos pais dele.

Preparei-me para a resposta de Renata.

— Tudo bem. Sei que isso está sendo tão difícil para você quanto está sendo para mim, e você precisa de um amigo nesse momento. — Ela olhou para mim. — Gavin, obrigada pela sua preocupação.

A reação dela foi uma surpresa agradável. Eu certamente não queria chateá-la, mas teria sido muito difícil ter que ir embora agora.

Ela virou-se para Raven.

— Eu só queria te avisar que vou à casa de Cecelia. Ela quer falar comigo sobre a experiência da mãe dela com o mesmo tipo de câncer de mama, e quer fazer o jantar para mim. Achei muito gentil da parte dela, e por mais que eu não esteja com vontade de sair, acho que seria bom sair de casa um pouco.

— Acho que é uma ótima ideia, mãe. Quer que eu vá com você?

— Não. Você não precisa fazer isso. Precisa distrair um pouco a mente, também. Aproveite o seu tempo com Gavin.

CAPÍTULO 9

Raven

Depois que a minha mãe saiu, Gavin e eu fomos para a cozinha.

— Que bom que a sua mãe não pareceu incomodada com a minha presença.

— Acho que toda essa experiência está dando a ela uma perspectiva diferente em relação a muitas coisas.

— Ela disse que quer que você distraia a mente um pouco. Talvez seja uma boa darmos uma saída.

— Não sei. Por algum motivo, não estou a fim de estar perto de outras pessoas. Tenho chorado muito em momentos aleatórios. E não tenho dormido bem. Estou tão cansada.

— Então, vamos ficar em casa. Não importa para mim, contanto que eu consiga te distrair um pouco.

De repente, minhas lágrimas começaram a cair. Esse era o tipo de coisa que vinha acontecendo ultimamente.

Gavin me puxou para seus braços de novo.

— Eu sinto muito, Raven. Porra, eu sinto tanto. — Após um minuto, ele falou no meu ouvido: — Quando foi a última vez que você comeu alguma coisa?

— Não me lembro.

— Merda. Você tem que se alimentar. Você precisa de força.

Ele foi até os armários e começou a abri-los um por um.

— O que está fazendo?

— Vou fazer algo para você comer.

— Não imaginava que você sabia cozinhar.

— Eu não sei. — Ele sorriu. — Mas estou disposto a tentar por você.

Deus, estou tão feliz por ele estar aqui.

— Bom, talvez isso vire um jantar com entretenimento — provoquei.

— Está dizendo que não acha que consigo fazer algo comestível, Donatacci?

Ouvi-lo usar meu sobrenome me fez rir. Ele nunca tinha feito isso antes.

— Não sei. Você consegue?

— Na verdade, tem uma coisa que sei fazer muito bem. Se quer saber, sou o mestre do macarrão instantâneo.

— Ah. Miojo.

— Você tem macarrão instantâneo?

— Tenho. Mas não sei se isso se qualifica como cozinhar.

— Quer apostar? — ele desafiou.

— Sim.

— O que você quer apostar?

Dei uma risada.

— Ah, foi uma pergunta literal?

— Com certeza. — Ele coçou o queixo. — Ok... se eu conseguir fazer um macarrão interessante o suficiente para você considerar como jantar, então... você vai ter que ir ao clube de improviso comigo de novo assim que estiver se sentindo melhor.

— Ok. Fechado.

Será que é ruim eu ter meio que esperado que ele fosse querer me beijar ou algo assim se ganhasse?

— Muito bem. — Ele bateu palmas. — Me mostre onde ficam os pacotes de macarrão.

— Acho que deve ter pelo menos um naquele armário ali.

Ele o encontrou e colocou sobre a bancada. Fiquei, então, assistindo-o vasculhar a geladeira e encontrar várias coisas para cortar. Ele até cozinhou alguns ovos.

Assim que terminou, o que ele colocou em um prato diante mim parecia algo que se consumia em um restaurante asiático chique. Dentro da grande tigela de macarrão, tinha manjericão fresco, cebolinha... um verdadeiro banquete.

— Tenho que admitir que isso está realmente impressionante. Quando você disse macarrão instantâneo, pensei que seria do jeito que costumo comer, que é somente o macarrão com um pouco de molho picante. Mas isso é... — Eu estava sem palavras.

— É bom pra caramba. A única coisa que falta é molho de pimenta tailandesa, mas não tem aqui. Coma antes que esfrie.

Soprei a comida e dei a primeira garfada: era o melhor macarrão que já comi.

— Cadê o seu? — perguntei.

— Só tinha um pacote de macarrão. Não preciso comer. Já comi muito hoje.

— Eu divido com você.

— Não. Quero que você coma tudo. Você precisa.

Comi mais uma garfada da mistura saborosa. Era incrível o que um pouco de amor poderia fazer para melhorar uma refeição tão simples.

Gavin se aproximou por trás de mim enquanto eu comia e massageou meus ombros. Entre o calor do macarrão descendo pela minha garganta e a sensação de suas mãos grandes e fortes, isso era o paraíso. Foi a primeira vez em dias que senti algo além de torpor ou vontade de chorar. Pela primeira vez, depois de um tempo — pelo menos, por enquanto —, tudo estava bem.

Ele continuou a massagear minhas costas até eu terminar.

Virei-me para olhá-lo.

— Obrigada por saber exatamente do que eu precisava.

Ele sentou-se ao meu lado e puxou sua cadeira para mais perto da minha.

— O prazer é todo meu. Senti muito a sua falta. Eu nem sonhava que você estava passando por algo assim.

— Isso me deixou em estado de choque. Não queria falar ou pensar no assunto.

— Você não precisa falar sobre isso.

— Parte de mim *quer* falar. Não quero sentir a dor, mas preciso desabafá-la.

— Estou aqui se quiser conversar, seja dia ou noite. E se não quiser... tudo bem, também.

Eu realmente *precisava* falar sobre isso.

— Nunca considerei a possibilidade de perder a minha mãe. Ela é a minha vida inteira, minha única família.

— Nem imagino o quanto isso deve ser assustador.

— Ter somente um dos pais e nenhum irmão ou irmã... pensar em perder essa pessoa é aterrorizante. Por mais babaca que o seu irmão seja, tenho certeza de que, lá no fundo, você o ama. Você sabe que se um dia precisasse, ele te ajudaria.

— Sim.

— Mas, mais do que isso, eu estou tão chateada por ela ter que passar por isso. Ela deveria estar vivendo a melhor fase da sua vida. Ela estava finalmente me dando ouvidos e concordando em entrar no mundo dos sites de relacionamento. Criamos um perfil para ela há um mês.

Ele abriu um sorriso reconfortante.

— Sério?

— Sim. A vida estava melhorando.

— Bom, a vida tem mania de nos pegar de surpresa, às vezes. Mas, sabe, quando ela superar tudo isso, você vai apreciar a vida ainda mais. Existem tantas maneiras atualmente de lutar contra o câncer. Ela vai conseguir vencer isso, Raven. Você tem que acreditar. Tem que se manter positiva, ok? Prometa que não vai se preocupar com as coisas até ter que, de fato, se preocupar. Eu sei que é fácil eu dizer isso, porque não é um dos meus pais. Mas o fato é que remoer coisas que nem aconteceram ainda não resulta em nada de bom.

— Vou me esforçar muito para fazer isso, Gavin, porque sei que ela precisa que eu seja forte.

— Eu estava assistindo a um documentário na TV outro dia — ele disse. — Era sobre como o poder da mente controla o corpo, como a redução do estresse pode ajudar a curar doenças do corpo.

— Você quer dizer, em vez de medicação?

— Não... para *complementar* a medicação. Uma perspectiva positiva ajuda as pessoas a passarem por coisas como quimioterapia e outras. Existem muitas coisas na vida que não podemos controlar. Mas podemos controlar nossas atitudes.

— Qual é o nome do documentário?

— Não lembro, mas dá para alugar. Quer assistir?

— Sim. Podemos? Gostaria de toda a ajuda que puder conseguir.

Durante as próximas duas horas, sentei-me no sofá, aninhada nos braços de Gavin ao assistirmos ao documentário. Ele apresentava histórias reais de pessoas que superaram obstáculos incríveis e atribuíram sua recuperação a coisas como meditação, alimentação saudável e redução de estresse. Aquilo me deu uma nova determinação para fazer tudo o que pudesse para ajudar a minha mãe a adotar algumas dessas coisas, para auxiliar no seu tratamento. Acima de tudo, aquilo me deu algo que eu precisava tanto: esperança. Mesmo que fosse falsa e perdida, eu precisava.

Nas poucas horas desde que chegou, Gavin tinha feito tanto por mim. Ele me alimentou, me reconfortou e me deu esperança. Eu estava começando a senti-lo como uma parte importante da minha vida. Não importava o que insistíamos em dizer um ao outro, eu estava começando a sentir como se ele fosse meu namorado.

A semana seguinte foi um turbilhão. Mamãe descobriu que começaria o tratamento em alguns dias. Todos os dias, no caminho de volta para casa do trabalho, eu abastecia a geladeira com comidas orgânicas que comprava no mercado. Li tudo o que pude sobre como fazer smoothies saudáveis e baixei alguns aplicativos de meditação para a minha mãe usar. Eu pretendia fazer vários exercícios junto com ela. Gavin me ajudou bastante ao me enviar informações que encontrou sobre vida saudável e abordagens holísticas que poderíamos tentar para acrescentar à quimioterapia. Eu estava determinada a fazer o que fosse preciso.

Quando minha mãe voltou para casa do trabalho, certa noite, pude ver na sua expressão que algo havia acontecido.

— Oi. O que houve? — perguntei.

Parecendo exausta, ela desabou no sofá e apoiou os pés.

— Bem, sentei-me com Gunther e Ruth e contei que precisaria tirar uma folga aqui e ali para fazer o tratamento. — Ela me olhou. — Contei tudo a eles.

— Como reagiram?

— Surpreendentemente, Ruth foi bem compreensiva e reagiu bem. Ela me disse para tirar o tempo que precisasse e que eu sempre teria um trabalho lá, que eu não precisava me preocupar em perder meu emprego, independente de quanto tempo eu precisasse me ausentar.

— Isso é bom, não é? — indaguei, aliviada.

— É, sim... — Ela desviou o olhar.

Está acontecendo mais alguma coisa.

— O que você não está me contando?

— Um pouco mais tarde, depois que Ruth saiu para o clube, Gunther veio me procurar.

— Ok...

— Aparentemente, Gavin já tinha contado a ele, que admitiu que meu anúncio sobre o câncer não era uma novidade.

— Eu pedi ao Gavin que não contasse nada.

— Sei que sim. E ele fez isso com boas intenções. Só estava tentando fazer o Sr. M me ajudar. Ele confia no pai, como deveria.

— O que Gunther disse?

— Foi uma conversa muito desconfortável.

— Por quê?

— Ele quer pagar tudo, Raven. Ele quer cobrir todos os gastos médicos.

Meu coração se encheu de esperança.

— Isso é maravilhoso! Por que você está chateada?

— Ele não quer que Ruth saiba e pretende tirar o dinheiro de uma conta bancária secreta e pedir que seu advogado cuide de todos os pagamentos para ela não descobrir.

Arregalei os olhos.

— Uau... ok. Mas você tem que aceitar. Você *precisa* aceitar essa ajuda.

— Eu sei. É só que... ele é um homem tão bom, e não quero que tenha problemas por causa disso.

— Qual é a pior coisa que ela poderia fazer? Deixá-lo? Seria um favor que ela faria a ele, na minha opinião.

Ela soltou uma longa lufada de ar.

— Por mais que eu não goste dela, não quero destruir aquela família.

— Acha que ela ficaria *tão* brava assim? Eles têm muito, muito dinheiro.

— Não é por causa do dinheiro. É porque Ruth não gostaria que ele desse para *mim*.

— Você acha que ela é tão sem coração assim, não é?

— Eu *sei* que ela é assim. Mas tem mais algumas coisas nisso.

— Do que você está falando?

— Eu acho que Ruth sempre suspeitou de que Gunther sente algo por mim.

— Por que você acha isso?

— No decorrer dos anos, ele e eu desenvolvemos um tipo de relação. É inocente, Raven, mas acho que ela não gosta do fato de que temos uma conexão. Houve vezes em que ele se abriu para mim sobre certas coisas. Ele me pede para chamá-lo pelo primeiro nome em particular, e eu faço isso. Mas uso Sr. M quando estamos perto de outras pessoas. Às vezes, quando ela não está em casa, ele vai até a cozinha ou qualquer lugar onde eu esteja. E nós apenas conversamos sobre os problemas dele, nossas infâncias, muitas coisas. Mas é uma amizade, nada mais.

— *Você* acha que ele sente algo por você?

— Não importa. Mesmo que ele sinta, é um homem casado e nada poderia acontecer. Eu nunca faria isso. Mas acho mesmo que Ruth tem sido cautelosa comigo por essa razão. Isso deve ter impactado no jeito que ela te tratava. Não sei como posso continuar a trabalhar para uma mulher que te tratou tão mal.

— Nós precisamos sobreviver! É por isso que você ainda trabalha lá. Além disso, o Sr. M sempre foi muito bom. Eu nunca pediria que se demitisse só porque aquela mulher é uma vaca ranzinza. — Suspirei. — Então, como vai ser? Você vai aceitar o dinheiro? Por favor, diga que sim. Vou encontrar uma maneira de devolver a ele um dia, eu prometo. Precisamos desse dinheiro agora para você poder melhorar. Tenho tanto orgulho quanto qualquer outra pessoa, mas agora não é hora para isso.

Ela fez uma pausa.

— Eu vou aceitar.

— Ah, graças a Deus — falei, olhando para o teto, aliviada.

Uma semana depois, Gavin apareceu na minha janela à noite; aquilo havia se tornado um hábito.

Ele acenou e sua voz veio abafada pelo vidro.

— Oi.

Abri a janela.

— Oi. O que foi?

— Só vendo como você está. — Ele entrou no quarto.

— É? Só isso?

— Não.

— Não?

— Eu quero muito te beijar.

Gavin e eu não estávamos mais brincando de "somente amigos". Por mais que não tenhamos feito nada além de beijar desde aquela noite na praia, não cansávamos dos lábios um do outro.

Ele envolveu meu rosto entre as mãos e guiou minha boca para a sua. Seu hálito foi como oxigênio para mim. Imediatamente, meu corpo reagiu, precisando de muito mais do que apenas os lábios dele nos meus.

Quando ele finalmente se forçou a se afastar, perguntou:

— Como está a sua mãe?

— Ela está bem. Não está se sentindo enjoada, como esperava.

— A próxima sessão é só na próxima semana, não é?

— É.

— Você acha que ela vai ficar bem até lá?

— Sim. Acho.

Ele parecia estar aprontando alguma coisa.

— O que você vai fazer esse fim de semana?

— Não tenho planos. Por quê?

— Eu quero que você passe a noite comigo... na minha casa.

Na casa dele?

— O quê? Como?

— Meus pais vão viajar para o norte para visitar faculdades com Weldon. Eles ficarão fora o fim de semana inteiro.

Oh.

— E os funcionários?

— Minha mãe vai dar o fim de semana de folga para todos. Não vai ter ninguém na casa, além de mim. Nem sei te dizer quando foi a última vez que isso aconteceu. Talvez nunca aconteça de novo.

Por mais tentador que fosse, eu estava hesitante. Mordi o lábio.

— Não sei. Quer dizer, eu teria que dizer à minha mãe. Não quero mentir para ela.

— Sim. Claro. Se acha que isso irá chateá-la, eu entendo. Você poderia ir passar o dia, então, se não puder passar a noite. Como quiser. Só que me parece uma oportunidade única na vida te convidar para a minha casa e não ter que me preocupar com ninguém. Era assim que deveria ser a droga do tempo todo, Raven.

Ele tinha razão. Essa oportunidade poderia nunca mais surgir.

— Seria muito bom escapar um pouco — eu disse. — A semana tem sido difícil.

— Pense sobre isso. Sem pressão. Só sinto que é como se esse fim de semana fosse ser a primeira vez em que poderei respirar durante esse verão inteiro. E não tem outra pessoa com a qual eu prefira estar.

— Você tem mesmo certeza de que ninguém estará lá?

— Cem por cento de certeza. Ouvi a minha mãe dizer a todos que não fossem trabalhar, incluindo a sua mãe.

Minha mãe não trabalhava aos fins de semana, normalmente, mas marcara de ir trabalhar dessa vez para compensar o tempo que precisava se ausentar.

Ele apertou a minha cintura.

— Vai ser tão divertido. Vamos fazer o jantar juntos na cozinha, nadar, assistir a um filme na sala de cinema... qualquer coisa que você queira. A casa inteira será nossa.

Hesitante, entrei no quarto da minha mãe antes de ir dormir, naquela noite.

— Então, eu queria falar com você sobre uma coisa — eu disse.

Ela estava lendo um dos seus livros holísticos. Após fechá-lo, ela sentou-se e recostou-se contra a cabeceira da cama.

— Ok.

— Estava pensando... tudo bem para você se eu tirar o fim de semana de folga?

— Você quer dizer passar o fim de semana fora?

— Sim.

— Claro. Estou me sentindo bem, e a próxima sessão só será na segunda-feira. Mas aonde você vai?

Preparei-me para responder.

— Gavin me convidou para passar o fim de semana na casa dele.

Ela assentiu, compreendendo.

— Porque os pais dele não estarão lá...

— Sim, mas antes que você diga alguma coisa, eu...

— Raven, me escute.

— Ok — concordei, me preparando para o pior.

— Eu sei que você provavelmente espera que eu te dê um sermão sobre precisar tomar cuidado e dizer que você não deveria passar o fim de semana com ele porque é muito arriscado, mas não é isso que vou dizer.

Sentei-me na beirada da cama.

— Então...?

— Se teve algo que esse diagnóstico me ensinou foi que eu queria ter me arriscado mais. Acredito mesmo que vou ficar bem, mas, se por alguma razão, eu não ficar, a única coisa da qual irei me arrepender foi ter me preocupado tanto com o que os outros pensavam e não ter me arriscado mais na vida. Se, que Deus me livre, eu não estiver por perto para ver você, um dia, casar e tiver filhos, com certeza quero te ver feliz agora. *Hoje*. E sei que o Gavin te faz feliz. Ele é um bom rapaz, Raven. De verdade. Eu sei que Ruth arrancaria as cabeças dos dois, e a minha, se soubesse, mas acho que você deveria viver a sua vida e fazer o que *te* faz feliz, apesar daquela mulher perversa.

Senti vontade de chorar, mas tive que me impedir. As palavras dela me afetaram. Eu sabia que eram provindas de medo, de certa forma. Por ela ter relaxado sua atitude tão drasticamente sobre eu querer passar tempo com Gavin, significava que, em algum nível, ela estava com medo de não estar mais aqui para me testemunhar sendo verdadeiramente feliz com alguma coisa.

Ao mesmo tempo, ela tinha razão. Eu me arrependeria se nunca corresse nenhum risco ou não seguisse o meu coração. E mesmo que a partida de Gavin fosse iminente, meu coração ainda não estava pronto para deixá-lo ir.

— Obrigada por me apoiar. Gavin tem me ajudado bastante a passar por tudo isso. Eu realmente quero passar esse tempo com ele.

— Então, aproveite. E divirta-se bastante, filha linda — ela disse. — Só tenha cuidado, em todos os sentidos. Eu sei que você é inteligente. Você não vai fazer nada que não esteja pronta para fazer ainda. E também sei que, se decidir que está na hora certa, será responsável.

Eu não tinha a intenção de chegar a esse ponto no fim de semana, mas também não podia ter cem por cento de certeza de que não faria isso. Eu não tinha mais certeza se tentaria impedir que acontecesse.

Marni estava deitada de bruços, observando-me arrumar minha bolsa.

— Vocês dois vão transar nesse fim de semana, certeza.

Dobrei algumas calças jeans e coloquei-as na minha mochila desbotada da Vera Bradley.

— Não sei como você pode ter tanta certeza disso.

— Porque eu vejo como vocês dois se olham. É tipo uma chama fervente esperando para explodir. Essa vai ser a sua primeira oportunidade de estar completamente sozinha com ele. Sem contar que, se esse fim de semana não vai mesmo ser algum tipo de festival de amor, por que diabos não recebi um convite para a Casa Masterson, hein? Nós todos deveríamos ser amigos, e ainda assim, Gavin não me mandou mensagem para me contar sobre essa festinha. Ele quer ficar sozinho com você.

Marni havia me apresentado à sua namorada recentemente.

— Você e Jenny são bem-vindas para darem uma passada lá. Tenho certeza de que o Gavin não se importaria. Talvez possam ir lá para nadarmos na piscina.

— Tanto faz. Veja se ainda vai querer que a gente vá quando chegar lá. Mas já vou avisando: não vou esperar sentada por uma ligação ou uma mensagem. Não quero ser empata-foda.

Guardando meu biquíni na mochila, dei risada.

— Engraçadinha.

Ela apontou o dedo indicador para mim.

— Sabe o que você deveria fazer?

— O quê?

— Você deveria invadir a gaveta de calcinhas daquela bruxa e colocar pó de mico em todas elas.

Dei risada.

— Não importa o quão rude a Ruth seja comigo, ainda há uma parte de mim que reconhece a necessidade de respeitá-la, porque ela é mãe do Gavin.

— Aff, você é uma pessoa melhor do que eu. Eu faria aquela bruxa se coçar.

— Você é louca.

Ela estava morrendo de rir.

— Faria aquela bruxa rica se coçar inteira!

— Não preciso fazer nada disso, Marni. O carma toma conta de tudo. Você não sabia disso?

— Bom... o que a sua mãe fez para merecer tudo o que *ela* está passando?

As palavras dela me fizeram congelar. A vida era tão injusta.

Senti meu coração pesado ao dar de ombros.

— Às vezes, coisas ruins acontecem a pessoas boas. E nunca vou entender isso.

CAPÍTULO 10

Gavin

Parecia surreal, a porra de um sonho, estar levando Raven para minha casa no sábado, sabendo que não teria que levá-la para sua casa mais tarde. Ainda não conseguia acreditar que a teria só para mim nesse fim de semana. Meu estômago estava apertado, mas não de um jeito ruim. Estava cheio de expectativa e empolgação, de uma maneira que nunca senti antes.

Ela estava tão linda. Suas ondas compridas e pretas voavam com o vento enquanto dirigíamos com as janelas abertas. Seus olhos estavam entreabertos conforme ela sorria e absorvia a luz e o calor do sol. Nosso dia nem havia começado ainda e, de alguma maneira, eu sabia que me lembraria desse momento pelo resto da vida.

Estacionamos e caminhamos de mãos dadas até a porta da frente.

— Estou tão feliz por você estar aqui. Nem sei por onde começar — eu disse ao entrarmos.

Raven entrou na cozinha vazia e sua voz ecoou pelo cômodo.

— É estranho estar aqui. A sensação é de que estou invadindo o lugar.

Meu peito se comprimiu.

— Não é justo você ter que se sentir assim. Você deveria se sentir confortável, como se essa fosse a sua casa. Mas entendo por que não se sente.

Ela deu de ombros.

— É assim mesmo.

Acariciei sua bochecha com meu polegar antes de traçá-lo sobre seus lábios. Comecei a cantar a letra de *I Think We're Alone Now*[3].

— Música perfeita para o dia. — Ela sorriu.

— Estou realmente grato por esse tempo com você.

---

3 Em tradução livre, Eu Acho Que Nós Estamos Sozinhos Agora. (N.E.)

— Eu também.

— O que você quer fazer primeiro? — perguntei.

— Acho que deveríamos aproveitar a piscina. A previsão é de que vai chover um pouco, mais tarde.

— Ok. É uma boa ideia. Que tal você ir se trocar? Vou preparar uns lanches para nós.

Raven entrou em um dos banheiros. Quando ela retornou, precisei de todas as minhas forças para não ficar boquiaberto com a visão do seu corpo lindo. Seus seios preenchiam bastante o biquíni dourado e brilhante que ela havia colocado. O corpo dela era de matar. Sempre achei isso, mas nunca a tinha visto seminua em plena luz do dia assim. Ela estava com uma toalha em volta da cintura. Quando se inclinou sobre a bancada da cozinha, seu decote era tudo que eu conseguia ver. Fiquei com a boca cheia d'água. Eu queria lamber o caminho ali no meio. Bom, na verdade, o que eu realmente queria fazer com aqueles peitos era bem mais indecente que isso. Meu pau despertou, atento. Ia ser muito interessante tentar esconder minha empolgação hoje.

Pensei, então, em deixar claro de uma vez.

— É melhor eu te dizer logo uma coisa. Você provavelmente vai me pegar olhando para o seu corpo várias vezes hoje, e talvez eu fique com uma ereção perpétua, também. Você está sexy pra caramba.

Ela abriu um sorriso malicioso.

— Eu selecionei o meu vestuário com muito cuidado.

— Então você *está* tentando me enlouquecer? Está funcionando. Não consigo parar de te olhar.

— Tudo bem, porque eu amo o jeito que você me olha.

— E eu *amo* olhar para você.

Estava cedo demais para estar tão excitado assim. *Controle o ritmo, Gavin.* Eu queria carregá-la até o meu quarto e devorá-la. Eu sabia que precisava tirar aquela ideia da cabeça. *Ela é virgem.* Jurei que não ultrapassaria esse limite com Raven esse fim de semana, então eu precisava me acalmar.

Ela pegou o prato de biscoitos salgados e queijo que eu havia preparado.

— Vou levar isso lá para fora.

Meus olhos ficaram grudados na sua bunda conforme ela atravessava as portas francesas em direção à piscina.

Ficamos sentados tomando sol por um tempo, com Raven na espreguiçadeira ao lado da minha.

Pousei minha mão na pele macia da sua coxa.

— Ainda não acredito que a sua mãe aceitou você vir passar o fim de semana aqui. É muito legal vocês terem um tipo de relacionamento em que você pode ser aberta com ela.

Ela endireitou um pouco as costas.

— Ela sabe que sou adulta. E só me disse para ter cuidado.

— Ah... porque ela sabe que eu mordo.

— Basicamente.

— Então, ela não confia muito em mim, já que sentiu a necessidade de te alertar.

— Não é isso. Ela apenas sabe que você é...

— Um cara de vinte e um anos cheio de tesão que está tentando tirar a sua roupa?

— Bom, sim. — Ela deu risada. — Você está, não é?

— Estou com tesão pra caralho. Mas você se lembra do que eu disse sobre tirar a sua roupa, na primeira noite que saímos?

— Você só vai tirar a minha roupa se eu te pedir.

— Isso mesmo. Eu pretendo me comportar... a menos que você me implore para ser um menino mau. — Ele piscou. — Arrumei o quarto de hóspedes para você. Eu realmente só quero passar um tempo a sós.

— Então, vamos fazer isso. — Ela levantou e, de repente, mergulhou na piscina.

Segui seu exemplo, pulando logo atrás dela, espirrando água para todos os lados.

Durante a hora seguinte, nos divertimos bastante brincando como duas crianças. Competimos para ver quem nadaria mais rápido de uma extremidade da piscina até a outra. Eu a ergui no ar e a joguei na água tantas vezes que perdi a conta. Em determinado momento, quando a segurei nos meus braços, ao invés de atirá-la na água, coloquei suas pernas em volta da minha cintura e a beijei. Já estava morrendo de vontade de fazer isso. Felizmente, ela não resistiu, e me deixou devorar sua boca do jeito que eu queria, enquanto seus cabelos longos molhados nos cobriam. Eu sabia que ela devia estar sentindo o quão duro eu estava. Pressionando sua barriga, meu pau parecia estar prestes a explodir.

— Eu não quero te deixar, Raven — falei contra os seus lábios, desabafando o que meu coração vinha segurando. — Não quero ir para Connecticut.

— Eu também não quero que você vá embora.

Soltando-a, olhei nos seus olhos.

— E se eu te dissesse que poderíamos fazer dar certo?

— Como?

— Posso pagar para você ir me visitar. E virei à Califórnia com mais frequência, também.

— E, de algum jeito mágico, a sua mãe não vai saber por que você estará voltando tanto para cá?

— Ela não vai precisar saber que estarei aqui.

— Ela não vai ver na fatura do cartão de crédito as passagens que você comprar?

— Acredite ou não, eu não dependo dos meus pais para tudo. Pretendo arrumar um emprego quando estiver lá. Vou usar esse dinheiro. — Passei os dedos por seus cabelos. — Não estou nem um pouco pronto para me despedir de você.

Uma expressão preocupada surgiu no seu rosto, como se eu tivesse acabado de lembrá-la do fato de que eu iria embora.

— Que dia você vai viajar, mesmo?

— Está marcado para quinze de agosto.

Dessa vez, sua expressão foi de pânico.

— Jesus. Esse dia está tão perto de chegar.

— Eu sei.

Ficamos em silêncio por um tempo, e brinquei com seu colar dourado. O pingente tinha seu nome em letra cursiva.

Mesmo que aquilo não fosse realmente sincero, eu disse:

— Se você quiser se despedir logo... tudo bem, também. — Engoli em seco, esperando sua resposta.

Por favor, não concorde comigo.

— Eu não quero fazer isso. Eu só não tenho conseguido pensar em você indo embora. Estou em negação total.

Alívio instalou-se em mim. Estamos na mesma página. Eu iria fazer o que fosse preciso para continuarmos nos vendo.

— Vamos levar um dia de cada vez — decidi. — Só toquei nesse assunto porque queria garantir que você soubesse que não quero que esse verão seja o fim.

Suas pálpebras tremeram, como se ela estivesse tentando processar mais do que sua mente podia aguentar.

— Fale comigo, Raven. O que está passando na sua cabeça?

Ela suspirou.

— Sua mãe *nunca* vai me aceitar. Disso, eu sei. Se você está falando sobre ter algo sério comigo, como isso poderia dar certo, a longo prazo? Ela me odeia, Gavin.

Meu coração quase salta do peito, desesperado para competir com a dúvida na sua mente.

Segurei sua mão e a pousei no meu coração.

— Sinta. É isso que acontece sempre que eu penso no que você significa para mim. Quando você falou sobre a minha mãe e usou a palavra *odeia*, meu coração enlouqueceu, porque isso vai contra tudo que ele conhece.

Entretanto, a pergunta dela era justa. Acabei me questionando se estava sendo egoísta por querer prolongar isso. Tive que olhar bem lá no fundo para encontrar a resposta. Mas estava lá, e muito clara para mim.

— Raven, nós não sabemos como vamos nos sentir daqui a um ano. O que eu sei é como me sinto nesse momento. Sou louco por você... de uma maneira que nunca fui por mais ninguém antes. Mas o tempo irá dizer. Se, em um ano, nada tiver mudado entre nós, e eu ainda tiver sentimentos *tão* fortes assim, saberei que tenho que fazer o que for preciso para fazer dar certo. Se isso significar que a minha mãe vai me deserdar, que seja. Seria péssimo se acontecesse, mas seria problema dela, não meu.

A expressão de Raven parecia dizer que ela não conseguia acreditar no que eu havia acabado de dizer.

— Eu odiaria ser o motivo pelo qual a sua mãe te deserdaria.

— Não seria culpa sua, porque desafiá-la seria escolha *minha*.

Ela pareceu ficar ainda mais chateada do que antes. Quase me arrependi por ter trazido esse assunto à tona.

— Me desculpe se levei essa conversa um pouco longe demais — eu disse. — Mas eu preciso que você saiba o que sinto.

— Não... estou feliz que tenha falado sobre isso. Você acabou abordando o que estava me deixando angustiada. Estava com medo de tocar no assunto. Acho que é difícil aceitar a realidade.

Eu precisava aliviar o clima.

Puxei-a para mim e beijei sua testa.

— Estou tirando o tempo de assuntos mais urgentes.

— Tipo o quê?

— Você lutando comigo e me imobilizando no chão.

Ela arregalou os olhos.

— O quê?

— Estou morrendo de vontade de ser preso no chão por você. Quero que me subjugue enquanto eu tento resistir.

— Está falando sério?

— Muito sério. É uma fantasia minha você usar os seus movimentos de jiu-jitsu comigo. Vai colaborar comigo mais tarde?

— Sério que *essa* é a sua fantasia?

— Bom, tenho muitas outras quando se trata de você, mas essa está no topo da lista.

— Que outra você tem? — ela perguntou.

— Acho que é melhor eu não admitir mais nada agora. Talvez você me peça para te levar para casa, se eu fizer isso. — Abri um sorriso enorme. — Que tal me contar uma das suas fantasias?

Ela me abraçou pelo pescoço.

— Na verdade, eu tenho uma bem nítida quando se trata de você. Uma que é bastante recorrente.

Meu pau se contorceu.

— Me conte.

— É bem básica. Eu entro de fininho no seu quarto enquanto todos estão aqui. A sua mãe está logo no fim do corredor. Você me esconde lá dentro e nós fazemos umas coisas.

Cacete, ela é tão fofa. Ergui uma sobrancelha.

— Coisas...

— É. — Ela deu risada. — Coisas.

— Acho que você está querendo dizer que nós *transamos* no meu quarto enquanto todos estão em casa.

Ela ruborizou.

— Sim.

Beijei seu pescoço, pressionando meu corpo no seu. Eu sabia que ela podia sentir o quanto eu estava excitado.

— Meio que estou louco para realizarmos a *sua* fantasia agora. E, com certeza, estou muito ansioso para brincar um pouco depois do jantar. Eu te contei que vou cozinhar para nós?

— Macarrão?

— Não, espertinha, mesmo que eu saiba que você adorou o meu macarrão.

— Adorei mesmo.

— Na verdade, vou fazer uma receita de frango. Peguei no *Food Network.*

Ela me puxou para mais perto.

— Isso é tão fofo.

Fofo não era exatamente o que eu estava esperando ouvir, mas tudo bem.

Mais tarde, Raven e eu acabamos fazendo o frango à *cacciatore* juntos.

Enquanto terminávamos o jantar, ela limpou a boca e disse:

— É tão bom não estar focada no câncer por um tempinho. Obrigada por me ajudar a distrair a cabeça.

— O prazer é todo meu. Tem sido assim desde que te conheci.

Nossos olhares se prenderam, mas o momento foi interrompido quando uma rajada de vento fez com que a porta lateral da cozinha se abrisse de repente. O choque quase fez Raven cair de onde estava sentada. Ela colocou uma mão sobre o peito. Quando retornei após fechar a porta, ela estava mais pálida que um fantasma.

Meu coração estava muito acelerado.

— Está tudo bem. Foi só o vento. — Dei a volta na mesa para chegar até ela. — Jesus, você está tremendo.

— Aquilo me assustou. — Recuperando o fôlego, ela falou: — Pensei que alguém tinha voltado para casa.

Doeu vê-la tão abalada. Ela estava completamente apavorada com a ideia de ser pega aqui. Isso me fez duvidar se eu realmente compreendia o que estava fazendo. E se *tivesse* mesmo sido alguém nos flagrando ali? O que aconteceria?

— Está tudo bem. Somos só nós dois aqui — eu a acalmei.

A certa altura, ela acabou ficando mais calma, e limpamos juntos a bagunça que fizemos.

O clima tinha atenuado significativamente quando subimos em direção à sala de cinema.

Ainda não tínhamos decidido que filme assistir quando ela disse:

— Chegue de fininho por trás de mim e tente me atacar.

— Está falando sério?

— Você disse que queria que eu usasse meus movimentos em você, não foi?

— Sim, mas não achei que você fosse querer que eu fizesse *isso*.

— Não vai ter graça se não for assim. — Ela foi até o canto da sala de cinema onde havia alguns filmes antigos em uma prateleira. — Vou fazer de conta que estou dando uma olhada nesses DVDs. Serei a vítima distraída.

Eu nem sabia por onde começar. Após vários segundos, forcei-me a tomar a iniciativa. Senti a adrenalina pulsar em mim ao me aproximar e agarrá-la por trás, passando os braços por baixo dos dela.

Raven deu um passo para trás, na minha direção, e contorceu o corpo. Quando dei por mim, ela já havia me derrubado no chão. Ela montou em mim e prendeu minhas pernas.

Ok, eu não estava exatamente lutando contra, mas ela me deixou completamente imóvel. Meu pau inchou. Nunca estive tão excitado na vida.

Ela tinha me prendido, literal e figurativamente, e eu desejei que ela nunca me soltasse. *Nunca.*

CAPÍTULO 11

Raven

Mais tarde, naquela noite, recolhi-me ao quarto de hóspedes. Bom, melhor dizendo, Gavin ordenou que eu fosse para o quarto de hóspedes, anunciando que não conseguia mais manter as mãos longe de mim. Ele havia chegado ao seu limite de resistência da noite.

Pouco tempo após nos separarmos, caí em uma risada nervosa quando *(I Can't Get No) Satisfaction*[4], dos Rolling Stones, começou a estrondar no seu quarto.

Um bom tempo após a música acabar, deitada sozinha na cama, fiquei me perguntando o que eu estava tentando provar. Eu queria mesmo continuar me comportando? Por quê?

O que estou fazendo?

O cara dos meus sonhos estava com tesão e pronto para mim, e eu me tranquei no quarto ao lado. Por quê? Porque estava com medo de me magoar. A essa altura, não era tarde demais para proteger meu coração? Eu já estava muito profundamente envolvida por ele, e não faria diferença se acabássemos transando ou não.

Eu o queria tanto. Todos os toques e beijos durante o dia todo haviam me vencido. Eu queria, no mínimo, deitar ao lado dele esta noite.

Empurrando as cobertas de um zilhão de fios para o lado, saí da cama e segui pelo corredor em direção ao quarto de Gavin.

Talvez ele tivesse adormecido. Bati levemente na porta.

Alguns segundos depois, ele a abriu, parecendo surpreso ao me ver.

Ele nunca esteve tão gostoso. Seus cabelos estavam desgrenhados em uma linda bagunça e seu peito estava nu. Meus olhos fizeram uma pequena viagem descendo pela linha fina de pelos na base do seu abdômen. A calça de

4 Em tradução livre, (Eu Não Consigo Nenhuma) Satisfação. (N.E.)

moletom cinza estava baixa na sua cintura, exibindo o V esculpido. *Ele estava duro.*

— Acho que não quero ficar sozinha esta noite — falei, limpando a garganta.

Ele olhou para trás de mim, por cima dos meus ombros, para o corredor.

— Você não pode ficar aqui — ele sussurrou. Meu coração murchou.

— Por que não?

— Minha mãe está dormindo no quarto ao lado. Se ela descobrir, vai nos matar.

Arregalei os olhos ao perceber o que ele estava fazendo. Decidi entrar na brincadeira.

— Quer saber? Você tem razão. Pensei que poderíamos arriscar, mas é uma má ideia. Vou voltar para o meu quarto. — Virei e comecei a me afastar.

— Espere — ele sussurrou, como se houvesse mesmo a possibilidade de alguém nos ouvir. — Só teremos que ficar bem quietos. Você pode fazer isso, Raven?

— Não quero te meter em problemas. É melhor eu voltar para o meu quarto.

— Não — ele disse, alto dessa vez. Ele definitivamente teria acordado sua mãe fictícia. — Eu quero arriscar — ele acrescentou.

Olhando pelo corredor para causar mais efeito, falei baixinho:

— Ok. Como você disse, teremos que ficar bem quietos.

Ele gesticulou para dentro.

— Entre.

Meu coração acelerou. Eu já estivera no quarto dele inúmeras vezes antes, para trocar os lençóis ou guardar roupas limpas nas gavetas. Era surreal estar ali em um papel novo – como sua namorada.

Gavin deitou na cama e puxou a coberta para abrir espaço para mim. Ele deu tapinhas no colchão.

— Eu prometo que não vou morder. Vamos só ficar deitados aqui.

Ficamos de frente um para o outro. Quando olhei nos seus olhos, havia certa vulnerabilidade neles; eu não era a única apreensiva ali. Aquilo ajudou a me acalmar um pouquinho.

Ele apoiou a bochecha na mão.

— Não acredito que você está na minha cama.

— Nem eu.

— Você estava com medo de vir aqui, não estava?

Confirmei com a cabeça.

— Mas não estou mais tanto assim.

— Você sabe que eu nunca te pressionaria a fazer nada que não queira fazer, não é?

— A nossa noite na praia foi tão maravilhosa. Eu a repeti na minha mente tantas e tantas vezes. Eu também queria mais naquela noite. Só estou com medo.

Ele colocou uma mecha do meu cabelo atrás da orelha.

— Eu sei. Também estou com um pouco de medo.

— Dá para ver.

— Nunca me senti assim antes, e não sei bem como dar conta disso.

Passei um dedo por seus lábios lindos e cheios.

— Pensei que você soubesse exatamente como dar conta de uma garota na sua cama.

— Você não é qualquer garota, Raven. E, só para constar, você é a primeira que trago para a minha cama.

— Como assim?

— Eu nunca trouxe uma garota aqui.

O quê?

— Você nunca trouxe a sua namorada do ensino médio escondido?

Ele negou com a cabeça.

— Não. A minha mãe sempre estava em casa.

— Uau.

— Você é a minha primeira aqui, e eu gosto disso. — Seu sorriso murchou quando ele percebeu a preocupação na minha expressão. — Me diga o que está pensando.

— Não consigo me livrar dessa sensação... de que você vai partir o meu coração, seja a sua intenção ou não.

Ele soltou uma lufada de ar.

— Como posso tirar essa sensação de você?

— Não dá para você fazer isso. — Aproximei-me dele um pouco mais, traçando meu dedo pela covinha no seu queixo. — Mas a verdade é que, não importa o que aconteça entre nós, eu quero saber como é estar com você, fazer amor com você. Eu quero essa experiência. Quero que a minha primeira vez seja com alguém em quem confio. E eu confio em você.

Ele recuou um pouco.

— Mas você acabou de me dizer que acha que vou te magoar.

— Não acho que você vai me magoar intencionalmente. Só estou com medo do que a vida pode jogar no nosso caminho. Podemos acabar machucando um ao outro, mesmo que essa não seja a nossa intenção.

— É interessante, porque você sempre me fez lembrar de porcelana. Primeiro, por causa da sua pele, mas também porque, de algum jeito, sempre ficamos tentados a tocar na porcelana, mesmo que saibamos que podemos destruí-la muito facilmente. Você nunca tem a intenção de quebrá-la, mas, às vezes, ela desliza e quebra mesmo assim. Eu tenho medo de quebrar você. E não quero que faça nada de que possa se arrepender. Você é mais importante para mim do que o meu pau.

— Essa é a coisa mais romântica que alguém já me disse — provoquei.

Ele não riu.

— O que eu quero dizer é... eu me importo com você mais do que quero você. E isso é novo para mim. A última coisa que eu quero na vida é te magoar.

Eu podia ver nos seus olhos que cada palavra era verdadeira.

Nós tínhamos uma oportunidade juntos nessa casa, e eu queria experimentar tudo com ele. Nunca teríamos cem por cento de certeza em relação a nada.

— Você tem medo de me magoar, mas você me *quer* agora, não é?

Os olhos dele estavam vítreos.

— Claro. Mais do que já quis qualquer coisa antes.

— Não se preocupe em me magoar.

Ele pousou a mão na minha cintura e apertou.

— O que você está dizendo?

— Me dê tudo. Eu quero isso. Eu quero você.

Ele levou um bom tempo para processar minhas palavras.

— Você tem certeza?

— Sim.

— Espero que esteja falando sério, porque estou fraco demais para recuar agora.

Aquelas foram suas últimas palavras antes que eu sentisse seu corpo contra o meu, seus lábios nos meus, o calor da sua ereção próximo à minha barriga. Meu coração martelou no peito. Eu havia oficialmente tomado a decisão de transar com ele. Não tinha mais volta. Ele já tinha o meu coração, mas eu iria dar a ele todas as outras partes de mim. E estava ansiosa demais por isso.

Gavin rosnou na minha boca conforme nosso beijo ficava cada vez mais intenso. Como se aquilo não fosse suficiente para eu sentir seu sabor, movimentei minha língua mais rápido. Passei os dedos por seus cabelos, enquanto os músculos entre as minhas pernas pulsavam. Precisando sentir seu calor, deslizei a mão para dentro do cós da sua calça e envolvi seu pau com meus dedos. Era grosso e comprido. Muito macio ao toque. Quando comecei a bombeá-lo, a respiração de Gavin ficou ofegante e seu coração acelerou contra o meu peito.

— Porra — ele falou nos meus lábios. — Vai mais devagar.

— Desculpe.

— Merda. Não peça desculpas. É muito bom, mas bom *demais.*

— Você quer que eu pare?

Ele pressionou o corpo ainda mais de encontro ao meu.

— Porra, não.

— Quero senti-lo dentro de mim — eu disse, continuando a acariciá-lo.

— Provavelmente vai doer. — Ele fez uma pausa. — Você tem total certeza de que quer fazer isso?

— Sim. Só não quero ser péssima nisso.

Ele riu um pouco.

— Acredite em mim, Raven, eu quero gozar agora só de olhar para você. Não existe absolutamente nada que você possa fazer, ou não, que faria com que ter você fosse menos que a melhor experiência da minha vida. Confie em mim. Não existe jeito errado de se fazer isso.

Respirei fundo.

— Eu quero fazer isso.

— Então tenho que te deixar bem molhada primeiro.

Minha boca curvou-se em um sorriso.

— Não me soa nada mal.

Ele tirou minha blusa e abriu meu sutiã antes de trazer sua boca para os meus seios. Ele fazia círculos lentos com a língua nos meus mamilos, alternando entre isso e mordidas leves. A sensação da sua língua molhada, combinada ao calor do seu hálito, enviou correntes de desejo pelo meu corpo. Ele não teve pressa, me venerando. Eu adorava sentir o quão duro ele estava através da cueca enquanto chupava meus seios, me deixando mais e mais molhada a cada segundo.

Comecei a me esfregar contra a sua ereção. Ele começou a se mover em sincronia comigo, esfregando o pau coberto no meu clitóris. A necessidade por mais ficou excruciante.

— Me fode, Gavin — ofeguei. — Por favor.

Ele examinou meu rosto por alguns segundos antes de me beijar com ainda mais intensidade e empurrar minha calcinha para baixo. Me remexi para tirá-la. Agarrando o cós da sua cueca boxer, puxei-a para baixo também. Seu pau grosso se pressionou no meu abdômen.

Meu corpo estremeceu em expectativa. Ele esticou-se sobre a cama para alcançar a mesa de cabeceira e pegar uma camisinha. Até mesmo o som do pacotinho rasgando era excitante.

Fiquei olhando-o desenrolar o látex por seu comprimento. Gavin, então, ficou de quatro e prendeu-me sob ele. Trazendo sua boca para a minha, ele me beijou com mais delicadeza que antes.

— Eu nunca fiz isso, então vou bem devagar — ele sussurrou nos meus lábios.

Aquilo me surpreendeu.

— Você nunca esteve com uma virgem?

— Não, nunca.

— Eu não sabia disso. Bom, mas não faça nada diferente. Me trate como trataria qualquer uma.

— De jeito nenhum. Você não é qualquer uma, Raven. Desde o momento em que te conheci, eu sabia que essa era a verdade.

Ele posicionou a glande na minha entrada e a passou lentamente por minha umidade. Em certo ponto, ele pressionou com muita delicadeza, e eu imediatamente senti a ardência. Mas não me importei. Eu o queria dentro de mim, independentemente do quão doloroso aquilo era.

— Vou entrar, ok?

— Sim.

— Por favor, me diga se eu estiver te machucando.

Separando ainda mais meus joelhos, relaxei os músculos conforme ele entrava em mim bem devagar.

Gavin parou no meio do caminho.

— Tudo bem?

— Sim.

Estava mesmo tudo bem. Doía, mas não importava.

Gavin empurrou um pouco mais fundo e começou a fazer um movimento de entra e sai lentamente. Envolvi os músculos durinhos da sua bunda com as mãos.

Ele jogou a cabeça para trás.

— Você é tão apertada. Tenho que parar um pouquinho. É tão... maravilhoso. — Após uma breve pausa, ele fechou os olhos e retomou os movimentos. — Porra, Raven. — Ele parou de novo. — Isso é incrível. Talvez eu não vá durar muito tempo.

Respirei fundo e comecei a impulsionar meus quadris para cima. Ele me fodeu devagar, vindo de encontro a cada um dos meus movimentos. Aos poucos, ele começou a se mover mais rápido, aparentemente incapaz de se segurar.

— Tudo bem eu fazer assim? — ele perguntou ao acelerar o ritmo.

A dor foi diminuindo conforme ele me esticava.

— Sim — ofeguei.

Gavin rotacionou os quadris, preenchendo-me com tudo que tinha, enquanto eu envolvia sua cintura com as pernas.

— Estou tão fundo dentro de você agora que nem acredito. — Ele sorriu para mim. — Você é minha, Raven. Toda minha, porra.

Eu estava muito envolvida nele para conseguir ao menos responder.

— Vou perder o controle. — Ele gemeu. — Juro por Deus, eu nunca vou conseguir te deixar.

Naquele momento, eu não sabia onde eu começava e ele terminava. Éramos um, e eu sabia que, enquanto vivesse, nunca esqueceria esse momento, nunca esqueceria a sensação de ter esse cara incrível dentro de mim.

A ideia dele fazendo isso com qualquer outra pessoa era completamente insuportável. Agarrei-o com mais força, querendo que não acabasse, embora soubesse que ele estava perto.

Como era esperado, ele começou a tremer.

— Eu vou gozar, Raven. Não consigo segurar mais. — Ele repetiu com a boca no meu pescoço: — Vou gozar, amor.

Ele soltou um grunhido, e comecei a sentir o meu próprio orgasmo pulsar. Gozamos juntos, e eu vi estrelas. Não... eu vi fogos de artifício. Meu corpo inteiro se rendeu a um sentimento que nunca pensei que fosse possível. Tudo que eu conseguia pensar era em quando faríamos novamente. Eu já estava viciada nele.

Ele desabou sobre mim, e ficamos deitados por um tempo, em puro êxtase.

Gavin segurou meu rosto.

— Posso te contar um segredo?

— Sim.

— Você é a garota mais linda do mundo.

Enroscando meus dedos nos seus cabelos bagunçados, sorri.

— Acho que agora você é suspeito para falar.

— Não. Eu pensei isso no momento em que te vi. Foi a primeira coisa que pensei: essa é a garota mais linda que já vi.

— Obrigada.

Ele me beijou suavemente.

— A garota mais linda do mundo acabou de se entregar para mim.

— Ninguém pode tirar esta noite de nós. Você sempre será o meu primeiro.

Ele roçou os lábios nos meus.

— Obrigado por me escolher.

CAPÍTULO 12

Gavin

A noite passada tinha mesmo acontecido? Parecia ter sido um sonho.

Não conseguia acreditar que tínhamos ido até esse ponto. Raven não era mais virgem — e fui *eu* que fiz isso. Ela entregou seu corpo para mim. Ela era minha. Puta merda. Eu tinha *fodido* Raven, e também estava fodido.

Aquela garota me tinha por inteiro. Como raios eu ia conseguir deixá-la agora? Eu não queria sair nem da cama, imagine me mudar para Connecticut.

Fiquei olhando-a dormir. Nunca senti tanta satisfação em somente ficar olhando para alguém assim antes. Eu não tinha certeza se isso era amor, mas sabia que foi o mais perto que eu já tinha chegado de sentir isso na vida.

Meu corpo finalmente cedeu e, em determinado momento, caí no sono.

Eu esperava acordar e me deparar com seu rosto lindo olhando para mim. Nunca, em um milhão de anos, esperava acordar ao ouvir o som da voz do meu pai.

— Gavin.

Meus olhos estavam grogues e meu coração quase saltou do peito. Meu pai estava no vão da porta, com a expressão chocada por ter me encontrado na cama com Raven.

Raven entrou em pânico e protegeu seu corpo com as cobertas, incapaz de sair da cama porque estava completamente nua.

— Eu... eu sinto muito, Sr. Masterson — ela gaguejou. — Eu... eu já estava indo embora.

Ergui meu braço na frente dela.

— A mamãe está aqui?

Aparentemente tão chocado quanto nós, meu pai saiu do campo de visão e falou por trás da porta.

— Não. A sua mãe e Weldon ainda estão em Boston. Um dos meus clientes teve uma emergência e peguei um voo de volta mais cedo. Por favor, encontre-me no meu escritório assim que estiver... vestido. — Meu pai fechou a porta.

Sabia que ele estava bravo, mas eu estava muito aliviado por saber que minha mãe não estava em casa.

Graças a Deus.

A voz de Raven me abalou enquanto ela se atrapalhava para pegar suas roupas.

— O que nós vamos fazer? Você acha que ele vai contar a ela?

— Eu vou falar com ele. Não se preocupe.

— Não acredito nisso, Gavin. O seu pai acabou de me encontrar nua na sua cama! Isso é tão ruim.

Coloquei as mãos nos seus ombros.

— Me escute. Vai ficar tudo bem. Vou dar um jeito nisso. Por favor, não se preocupe ou se arrependa do que aconteceu entre nós. Foi a melhor noite da minha vida.

— Da minha também — ela disse suavemente.

Eu estava muito inebriado por ela para me importar de verdade com o meu pai ter nos flagrado. Contanto que a minha mãe não soubesse, eu aguentaria.

Raven se vestiu rapidamente. Por mais tensa que essa situação tenha ficado, não pude evitar olhar para seu corpo nu. *Ela é minha.* Eu adorei o jeito como seus seios balançavam conforme ela vestia a camiseta.

Raven tinha o tipo de beleza que fazia um homem perder a cabeça, fazia com que ele quisesse arriscar tudo. Aparentemente, era isso que eu estava fazendo.

Depois de deixá-la em casa, voltei e encontrei meu pai trabalhando no escritório. Fiquei calado ao me sentar de frente para ele, que fez de conta que não havia notado minha presença. Ele estava zangado. Eu não podia culpá-lo. Só não me importava o suficiente para deixar aquilo levar a minha euforia embora.

Ele finalmente olhou para cima e tirou os óculos, jogando-os de lado.

— No que diabos você estava pensando?

Esfreguei meus olhos cansados.

— Eu não sei.

— E se fosse a sua mãe voltando mais cedo para casa? O que teria acontecido?

— Achei mesmo que ninguém iria voltar cedo.

— Claramente!

— Pai, como todo respeito, eu sou adulto, e ela também. Eu...

— Sim. Você é adulto, mas, nesta casa, você precisa seguir certas regras. Se a sua mãe descobrir que você trouxe Raven para cá, as coisas podem ficar muito ruins, não só para você, mas também para Renata. Não posso controlar as decisões da sua mãe. E ela pode ser bem impetuosa quando está com raiva.

— Eu sei disso. Sinto muito por colocar os outros em risco, mas, pai, não posso evitar o que sinto. — As palavras que proferi em seguida me surpreenderam. — Tenho quase certeza de que estou me apaixonando por ela.

Os olhos do meu pai encontraram os meus, e a expressão dele suavizou. Ele soltou um longo suspiro.

— Filho, eu compreendo que, como humanos, temos pouco controle sobre os nossos sentimentos. Podemos apenas controlar as nossas ações. Mas, quando a sua mãe descobrir, ela vai enlouquecer.

— Ela não vai descobrir. Por que ela tem que descobrir?

— Não vou contar a ela o que vi. Mas, não se engane, a sua mãe vai descobrir se você continuar se encontrando com Raven. Ela sempre dá um jeito de saber de tudo, e vai dificultar extremamente a sua vida. Não quero ver isso acontecer.

Olhei para baixo, fitando meus pés.

— Eu sei.

— Você deve estar ciente de que já comecei a pagar as contas médicas de Renata pelas costas da sua mãe, não é?

Confirmei com a cabeça.

— Eu queria te agradecer, mas não sabia se tocar no assunto te deixaria desconfortável.

— É claro que me deixa muito desconfortável. Toda essa situação me deixa desconfortável, porque, se a sua mãe descobrisse, seria a Terceira Guerra Mundial!

— Eu sei disso, pai. Mas obrigado por correr o risco.

Meu pai olhou pela janela por um momento.

— Quando me casei com a sua mãe, ela não era do jeito que é hoje. O dinheiro a transformou completamente, criou um monstro. E agora, existem outros problemas exacerbando o comportamento dela. Ela não controla mais o quanto bebe, e se recusa a reconhecer isso. Me preocupo com ela e com esta família. Só estou tentando manter tudo no lugar.

— Você não deveria ter que viver assim, pai. Eu sei que você não está feliz. Eu queria...

— Não importa se estou feliz. A essa altura da minha vida, eu só quero paz. Às vezes, a felicidade exige um preço alto demais.

— Por que você tem tanto medo de pedir o divórcio? — perguntei, genuinamente curioso. — É pelo dinheiro?

— Não é pelo dinheiro. Eu não quero destruir esta família.

— Weldon e eu somos adultos agora. Você não precisa se preocupar com a gente.

Ele massageou as têmporas.

— Não vou aguentar passar pelo estresse de um divórcio, Gavin. A sua mãe infernizaria a minha vida. Não quero que nenhum de nós tenha que passar por isso. — Ele suspirou. — E talvez isso seja difícil de acreditar, mas parte de mim ainda a ama. Talvez eu permaneça apaixonado pela memória de quem ela era antes de mudar.

Fiquei muito triste por ouvi-lo dizer aquilo. Queria ter conhecido a minha mãe antes de ela mudar.

— Filho, por favor, tenha cuidado. Entendo como é ser jovem e apaixonado. Sei que não posso te dizer como deve se sentir, e também fico relutante em dizer que você ficaria melhor sem Raven. Não quero te dar um conselho do qual irei me arrepender. Então, tudo o que posso te pedir é que tenha cautela. Eu quero que você seja feliz.

Fiquei de pé.

— Obrigado, pai. E, mais uma vez, agradeço a sua discrição.

Mais tarde, naquela noite, apareci na janela do quarto de Raven.

— Você está bem? — perguntei quando ela me deixou entrar.

— Sim. Só estava preocupada com você — ela disse.

— Comigo? Eu estou bem. Nunca estive melhor.

— O que o seu pai disse? Ele brigou com você?

— Não. Ele me repreendeu por não ter sido mais cuidadoso, mas não vai dizer nada à minha mãe. Ele não faria isso.

Ela soltou um longo suspiro de alívio.

— Escapamos por um triz.

— Você não contou à sua mãe que o meu pai nos flagrou, né?

— Não. Isso só a estressaria. Ela vai fazer a próxima sessão amanhã, e não quero chateá-la.

— Ótimo. Não é preciso contar a ela.

Ela agarrou minha camiseta.

— Eu queria que isso não fosse tão difícil.

Sem poder evitar, eu a beijei.

— Vai ser mais fácil quando eu for embora — falei contra a sua boca. — Quer dizer, vai ser uma droga, em alguns aspectos, mas, em outros, será mais fácil para nós.

Raven recuou um pouco.

— Se a minha mãe não estiver bem por alguma razão, eu não vou poder sair daqui para ir te ver em Connecticut.

— Claro. Então, eu virei com mais frequência. Vamos dar um jeito. — Analisei seus olhos. — Você quer que dê certo, não é?

— Acho que não conseguiria me afastar de você nem se eu tentasse.

CAPÍTULO 13

Raven

Nos dias que se seguiram — os últimos de Gavin em Palm Beach —, nós dois nos aproximamos ainda mais. Ele entrava de fininho no meu quarto à noite e transávamos. Depois, ele me abraçava até eu cair no sono. Às vezes, eu chorava até dormir, porque assistir à minha mãe passar tão mal devido ao tratamento e perder os cabelos era demais para eu aguentar. De algum jeito, ela conseguiu continuar trabalhando na mansão dos Mastersons durante todo esse processo, com exceção de um ou dois dias quando suas náuseas ficaram insuportáveis.

Certa tarde, enquanto a minha mãe estava trabalhando, a campainha da nossa casa tocou. Eu esperava ver Gavin ou Marni quando fui abrir a porta. Em vez disso, levei um grande choque: a mãe de Gavin estava diante de mim, com uma expressão fria no rosto.

— Ruth... em que posso ajudá-la? — Meu estômago afundou. — Está tudo bem com a minha mãe?

— Está tudo bem com a sua mãe. Eu não quis alarmar você.

Soltei uma lufada de ar.

— Posso entrar? — ela perguntou antes de tomar a liberdade de fazer isso.

Engoli em seco.

— Hã... claro. Sim, claro.

Os cabelos loiros de Ruth estavam presos em um coque firme. Ela olhou em volta de maneira crítica. Eu tinha certeza de que ela não entrava em uma casa tão pequena assim há muito tempo, ou talvez nunca tenha entrado.

— Eu não gosto que a minha própria família minta para mim — ela disse finalmente.

Meu pulso acelerou.

— Do que você está falando?

— Acho que você sabe do que estou falando.

Meus olhos moveram-se de um lado para outro. Não dava para saber se ela se referia a Gavin e a mim ou, pior ainda, se ela havia descoberto, de alguma forma, que Gunther estava pagando as despesas médicas da minha mãe.

— Eu realmente não sei a que está se referindo, Sra. Masterson.

Ela enfiou a mão na bolsa e tirou de lá um cordão dourado antes de atirá-lo em mim. Ele caiu no chão, e quando eu o peguei, comecei a me sentir enjoada. Era o meu colar – o que tinha meu nome no pingente, que eu estava usando no fim de semana em que passei a noite na casa de Gavin.

Tentei me fazer de desentendida.

— Onde você encontrou isso?

— A empregada que estava substituindo a sua mãe o encontrou no quarto do meu filho outro dia. Você se importa de me dizer como isso foi parar debaixo da cama dele?

— Não faço ideia.

— Você é uma mentirosa. Acho que você faz, sim. Acho que ele te levou escondido para o quarto dele quando eu estava fora. Além disso, a filmagem da minha câmera de segurança confirmou a sua presença na minha casa naquele fim de semana.

Merda. Merda. Merda.

De jeito nenhum eu ia tentar negar alguma coisa. Eu precisava manter a calma e não responder nada a ela – mesmo que eu estivesse surtando por dentro.

Ela andou um pouco por ali, seus saltos altos clicando no piso de ladrilho.

— É muito interessante o jeito que a minha família pensa que pode mentir para mim. Meu filho faz isso, e o meu marido também. Eles acham que sou burra?

— Eu acho que eles...

— Não é para você responder. Foi uma pergunta retórica — ela me repreendeu.

— O que você quer que eu diga?

— Não quero que diga nada. Eu quero que você fique longe do meu filho!

Meu instinto foi suplicar para ela, mas eu sabia que era melhor não.

Não diga nada.

Qualquer coisa que diga pode e será usada contra você.

Suas palavras seguintes me deixaram completamente chocada.

— Meu marido pensa que só porque usou uma conta estrangeira, eu não descobriria que ele está pagando as despesas médicas da sua mãe. Eu conheço Gunther, o tipo de pessoa que ele é: excessivamente generoso. Eu sabia que ele iria se oferecer para pagar as despesas dela. Então, fiz uma pequena investigação no hospital e confirmei. Que tipo de tola ele acha que sou?

Senti o sangue me subir à cabeça.

Ela ergueu o queixo.

— Diante da sua expressão chocada, você claramente também não achava que eu iria descobrir.

— Sra. Masterson... eu sou tão grata pelo que o seu marido está fazendo pela minha mãe. Ele está salvando a vida dela, e nunca poderei retribuir a ele o suficiente.

Ela deu alguns passos na minha direção.

— Posso interromper esses pagamentos muito facilmente se eu quiser, Raven. A única coisa que o meu marido sempre tentou evitar foi um divórcio turbulento, não somente pelo bem dos nossos filhos, mas pelo bem da metade da fortuna dele. Se eu não der a ele outra escolha além de interromper esses pagamentos, ele *vai* me dar ouvidos, no fim das contas. Fazer isso irá matá-lo por dentro, mas eu vou vencer.

— Por favor, não faça isso — implorei. — Vou trabalhar pelo resto da vida para pagá-lo de volta, se for preciso.

— Você não precisa fazer isso. O dinheiro que ele está dando para a sua mãe é um pingo em um balde para nós.

— O que você quer? — perguntei abruptamente. Minhas lágrimas começaram a cair, porque eu já sabia qual era a resposta.

— Se você quiser que esses pagamentos continuem, vai parar de se encontrar com o meu filho. E com isso eu não quero dizer que é para você fazer de conta que vai parar de vê-lo e continuar a fazer isso pelas minhas costas, Raven. Quero que fique longe dele. Ele acha que pode me enganar. Já tenho um investigador particular a postos para segui-lo em New Haven. Tenho certeza de que ele está planejando se encontrar por aí com você depois que for embora de casa. Só por cima do meu cadáver.

Eu não conseguia imaginar a minha vida sem Gavin. Meus olhos estavam tão cheios de lágrimas que eu mal conseguia enxergar.

— Por favor, não faça isso.

— Você não me deu escolha. Não tenho nada contra você ou a sua mãe, de verdade. Mas não vou apoiar o meu filho se envolver com você. Nunca irei aceitar. Se escolher continuar a fazer o que está fazendo e Gavin concordar, eu não somente irei garantir a interrupção dos pagamentos das despesas médicas da sua mãe, como também deixarei Gavin sem nenhum centavo. É isso que você quer?

— Não — sussurrei.

— Todos sairão perdendo se você escolher ser egoísta, Raven. A escolha é sua.

Limpei meu nariz com a manga da blusa.

— O que eu devo dizer a ele?

— Não importa como vai fazer isso. Mas você *não* vai contar a ele que eu falei com você. Está entendendo? Meu filho irá me desafiar se pensar que isso se trata de alguma outra coisa além de uma decisão sua. Gavin vai embora em breve. É o momento perfeito para cortar os laços. Faça isso, e eu vou garantir que a sua mãe tenha tudo que ela precisar, pelo tempo que precisar.

— E se eu não fizer?

Ela parou por um momento para me lançar um olhar gélido.

— Eu vou fazer da sua vida um inferno.

Passei os dois dias seguintes vivendo meu inferno particular, agonizando quanto ao que deveria fazer. No fim, cheguei a uma conclusão em relação ao que passei a ver como uma decisão de vida ou morte.

Mas de jeito nenhum eu iria conseguir olhá-lo nos olhos ao fazer aquilo. Então, optei por mandar um e-mail. Eu sabia que era horrível. Mas toda essa situação era horrível — um pesadelo. Se eu o enfrentasse, ele me interpretaria na hora.

Levei horas para colocar em palavras a maior mentira que contaria na vida.

Querido Gavin,

Por favor, me perdoe por fazer isso por e-mail, mas não sei como te olhar nos olhos e dizer isso. Esse verão com você foi o melhor da minha vida. Você me proporcionou tantas experiências maravilhosas. Mas, diante de tudo que está acontecendo na minha vida agora, não posso dar conta de um relacionamento sério. É demais para mim. Acho que é melhor terminarmos. Não posso ser o tipo de namorada que você precisa, e acho que estou presa demais na minha própria cabeça agora. Me desculpe se isso for um choque para você. Eu sei que não te dei nenhum aviso, nem te disse o que tem passado pela minha cabeça. Mas, nos últimos dias, tudo ficou mais claro para mim. Sinto muito por terminar com você. Espero que você possa encontrar uma maneira de me perdoar.

Raven

Levei mais meia hora para ter coragem de clicar em enviar.

Depois que finalmente o fiz, fechei meu laptop com força e desabei no chão, em uma poça de lágrimas. Eu tinha certeza de que Gavin era o cara certo — o amor da minha vida.

A única coisa sobre a qual Ruth estava certa? A escolha *foi* minha. Eu havia feito a escolha que era certa para minha mãe, e para Gavin a longo prazo. E eu nunca poderia contar a nenhum deles.

Esse seria o meu segredinho sujo. Bem, meu e de Ruth. Afinal, eu tinha acabado de fazer um acordo com o diabo.

CAPÍTULO 14

Gavin

Eu não conseguia acreditar no que estava vendo. Em um momento, eu estava tomando banho, me aprontando para ir até a casa da minha namorada para ver se ela estava bem, e no seguinte, ela me enviou um e-mail de término que nem parece ter sido escrito por ela.

Mas que porra é essa?

QUE PORRA É ESSA?

Quanto mais eu olhava para o e-mail, mais bravo eu ficava. Eu estava com tanta raiva que me tremia.

Vestindo uma camiseta, saí bruscamente do quarto em busca da minha mãe. Isso tinha cara de ser culpa dela.

Encontrei-a no seu quarto.

— Mamãe!

— O que deu em você, Gavin?

— O que você fez? — rosnei.

— Do que raios você está falando?

— Você disse alguma coisa para a Raven?

— Não. Por quê? Eu nem vejo mais aquela garota.

— Você jura que não fez ou disse algo para chateá-la?

— Por que eu perderia o meu tempo com ela? Você não está mais se encontrando com ela, não é?

— Não, não estou — murmurei.

Infelizmente, aquele parecia ser mesmo o caso agora.

Examinei seus olhos. Não havia insinuação de desonestidade neles. Na verdade, ela parecia um pouco preocupada comigo. Ou a minha mãe merecia um Oscar, ou estava mesmo falando a verdade.

Saí dali abruptamente, sem saber o que fazer em seguida. Eu precisava me acalmar antes de ir à casa de Raven. De jeito nenhum eu desapareceria da vida dela sem questioná-la depois de ter terminado comigo através de um maldito e-mail.

Um e-mail.

Está brincando comigo, Raven?

Eu precisava que ela me olhasse nos olhos e me dissesse as mesmas coisas que estavam naquele e-mail. Se ela pudesse me olhar e dizer que não gostava mais de mim, eu me afastaria — por mais difícil que isso pudesse ser.

Eu não conseguia acreditar que isso estava acontecendo. Nem parecia ser real. Era como se eu estivesse no meio de um pesadelo.

Peguei meu celular e disquei o número de Marni.

— E aí? — ela atendeu.

— Oi. Você tem falado com a Raven?

— Não, faz alguns dias. Por quê?

— Porque ela acabou de terminar comigo por uma porra de e-mail.

— O quê?

— Pois é.

— Isso não é do feitio dela.

— Eu sei.

Ela fez uma longa pausa.

— Bem, que merda. Sinto muito, Riquinho. Sinto muito mesmo.

— Você pode me fazer um favor? Pode falar com ela e me contar o que ela disser?

— Estou no trabalho, mas posso ligar para ela. Mas não vou mentir para ela. Vou contar que você me pediu que ligasse.

Eu teria que aceitar aquilo.

— Não me importo. Tudo bem. Só preciso que você descubra o que puder antes que eu vá até lá. Se isso for o que ela realmente quer, tenho que aceitar. Mas, porra, Marni, eu não previ isso. Estou com vontade de vomitar agora.

— Caramba, Gav. Não faça isso. Me deixe ver o que consigo descobrir.

— Ok. Valeu. Agradeço muito.

Passei a meia hora seguinte andando de um lado para o outro no meu quarto. Como pude ser tão estúpido? Por que não vi que ela não estava feliz?

Quando meu celular tocou, eu praticamente saltei para o outro lado do quarto para pegá-lo na mesa.

— Oi, Marni. Pode falar.

— Então... eu falei com ela.

Alguma coisa no seu tom de voz fez meu estômago revirar mais ainda. Minha boca ficou seca.

— Ok...

— E, cara, sei lá. Ela parecia estar bem fora de si, sendo sincera.

— Fora de si?

— É... tipo, entorpecida.

— O que ela te disse?

— Ela disse que mudou de ideia em relação a você, que as coisas estavam indo muito rápido. Jurou que não aconteceu mais nada. — Ela fez uma pausa. — Ela disse que foi sincera no que escreveu.

Aquelas palavras destruíram meu último fio de esperança. Passei a mão por meus cabelos.

— Não acredito que ela não disse isso na minha cara. Você acha que eu sou louco por precisar vê-la para acreditar?

— Não, cara. Eu acho que é completamente compreensível. Também estou chocada. Ela é a minha melhor amiga. Era de se esperar que eu percebesse que algo assim estava prestes a acontecer.

— É. Acho que, às vezes, não dá mesmo para saber.

— Merda. Tenho que ir — ela disse. — O gerente acabou de chegar aqui. Me mande mensagem se precisar de alguma coisa. Boa sorte.

— Obrigado. Vou precisar disso.

Levei meia hora para conseguir sair do carro e ir bater na janela de Raven. Decidi que, se ela não estivesse no quarto, eu iria bater na porta da frente. Entrar pela janela havia se tornado apenas um hábito. Não era mais com intenção de me esconder de Renata.

Forçando-me a sair do carro, pude sentir meu sangue pulsando. Meu coração parecia estar na boca quando cheguei à janela e a avistei na cama. Ela estava deitada com uma manta cobrindo o rosto, como se estivesse querendo bloquear a luz.

Bati no vidro.

Ela pulou, virou-se para a janela e encontrou meu olhar.

Meu coração se partiu quando olhei nos seus lindos olhos. Percebi que a tristeza neles era pior do que a porra da minha própria dor. Eu amava essa garota. Eu não estava me *apaixonando* por ela. Eu estava *apaixonado* por ela, completa e inteiramente. *Ainda* estava apaixonado por ela. E, porra, eu não fazia ideia de como seria capaz de superar isso — ou se ao menos superaria, algum dia.

Ela abriu a janela, e eu entrei no seu quarto.

Forcei para que minhas palavras saíssem.

— Você não podia ter me dito o que precisava dizer pessoalmente? Não sou importante o suficiente para você ao menos terminar comigo olhando na minha cara? — O tremor na minha voz me pegou desprevenido.

Recomponha-se.

Ela mal conseguia proferir as palavras.

— Eu... eu não podia...

— Por quê?

— Eu sinto muito. Eu sinto muito mesmo.

— Então, era tudo verdade? Vai ser assim? Está simplesmente... acabado e pronto?

Ela fechou os olhos e sussurrou:

— Sim.

— Eu te amo, Raven. — As palavras começaram a jorrar de mim. — Eu estou *apaixonado* por você. Fui estúpido o bastante para pensar que talvez você estivesse começando a sentir o mesmo. Como pude me enganar tanto?

Ela continuou a olhar para os próprios pés.

— Você ainda não me olhou nos olhos desde o momento em que entrei neste quarto. É por isso que estou aqui. Para que você me diga que está tudo acabado olhando para mim. Só então vou poder ir embora e já era. Você não quer mais me ver? Você *nunca* mais vai me ver.

Ela começou a chorar copiosamente.

Que porra é essa? Por que ela estava fazendo isso, se a estava deixando mal?

— Diga, olhando nos meus olhos, e você nunca mais vai me ver.

Ela ergueu a cabeça e olhou diretamente nos meus olhos.

— Acabou, Gavin. Acabou.

— Então, por que você está chorando, porra?

— Porque é difícil para mim.

— Mesmo que você esteja me dando um pé na bunda, eu ainda te amo pra caralho. Patético, não é?

Ela não respondeu. Em vez disso, voltou a olhar para o chão.

Dei a ela uma última chance.

— Está mesmo acabado?

Ela me olhou uma última vez.

— Sim.

Lágrimas arderam nos meus olhos. Eu não sabia se dava para ela perceber que eu estava lutando contra o choro ou se ao menos se importava. Mas eu já tinha feito papel de otário de todas as maneiras o dia todo, então o que eram algumas lágrimas perto disso?

Mordi o lábio e me forcei a me afastar.

Minha voz tremeu.

— Obrigado, Raven. Obrigado por me ensinar que você nunca conhece realmente uma pessoa.

Depois de atravessar a janela, corri até meu carro, torcendo secretamente para que ela gritasse me pedindo para voltar, declarando que tudo isso tinha sido um erro. Eu teria voltado para ela na hora.

Liguei a ignição, mas não saí imediatamente. Em vez disso, olhei para a casa mais uma vez. Ela não estava vindo atrás de mim.

Quando finalmente acelerei para sair dali, deixei as lágrimas caírem. Elas estavam me cegando, impedindo que eu visse a estrada direito. Não me lembrava da última vez que tinha chorado assim.

Me permitiria ter esse momento, esse único choro. Quando atravessasse a ponte, encontraria uma maneira de me recompor. Nunca mais derramaria uma lágrima por aquela garota depois disso.

Eu encontraria uma maneira de esquecê-la.

CAPÍTULO 15

Raven

Quando ouvi o carro dele ir embora a toda velocidade, soube que era seguro desabafar a dor. Com as costas contra a parede do quarto, deslizei até o chão e desmoronei.

Murmurei as palavras que queria tanto ter expressado a ele.

— Eu te amo, Gavin. Eu te amo tanto.

Nunca na minha vida senti tristeza assim, uma mistura de dor, vazio e anseio. E eu não podia falar sobre isso com ninguém. Ninguém podia saber por que eu tinha feito aquilo — nem mesmo Marni e, principalmente, a minha mãe.

Eu sabia que a única maneira de conseguir sobreviver a isso seria apagando todas as lembranças dele. Qualquer lembrete seria doloroso demais para aguentar. Eu teria que deletá-lo do Facebook, bloqueá-lo de vez. Eu não iria aguentar vê-lo seguir em frente com outras garotas, seguir em frente com sua vida. Pensar nisso me dilacerava por dentro.

As percepções vieram em ondas. Eu nunca mais seria abraçada por ele. Nunca mais o sentiria dentro de mim. Nunca mais o ouviria dizer que me ama. Até hoje, eu não sabia que ele se sentia assim. Ouvir aquilo enquanto eu estava terminando com ele pareceu a piada mais cruel do mundo.

Abri seu perfil do Facebook para bloqueá-lo e notei que ele havia postado uma música pouco tempo depois de sair correndo daqui: *So Cruel*[5], do U2.

Entendi sua mensagem, alto e claro.

Mais tarde, naquela noite, minha mãe chegou em casa do trabalho e me encontrou deitada na cama. Passei o dia todo temendo o momento em que a veria, porque eu sabia que teria que mentir.

---

5 Em tradução literal, Tão Cruel. (N.E.)

A primeira coisa que ela perguntou foi:

— Aconteceu alguma coisa entre você e Gavin?

Endireitei as costas e recostei-me na cabeceira da cama.

— Por que está perguntando isso?

— Bom, quando passei pelo quarto dele essa tarde, ele estava sentado na beirada da cama, com a cabeça baixa. Ele parecia estar muito triste. Nunca o vi daquele jeito. Quando perguntei se estava tudo bem, ele apenas negou com a cabeça e não disse mais nada. Eu o deixei em paz, mas meu instinto me disse que isso tinha algo a ver com você.

Escondi o rosto nas mãos.

— Eu terminei com ele.

— O quê? Por quê?

— Não estava sendo como eu esperava.

Passei os minutos seguintes mentindo para minha mãe, enchendo-a com as mesmas bobagens que disse a Gavin. Independentemente do quão idiota soei, minha mãe me puxou para ela e me abraçou.

— Vai ficar tudo bem. Você ainda é jovem. Vai levar um tempo para descobrir o que realmente quer. — Ela apertou o abraço ao meu redor. — Eu sei que você pensa que estou passando por coisas muito difíceis agora, mas não guarde a sua dor. Estou sempre aqui por você, mesmo que pareça que as coisas estejam sufocantes. Você sempre será a minha prioridade. Não existe nada que eu não faria por você.

Olhei nos olhos dela.

— Também não existe nada que eu não faria por você.

Eu havia acabado de provar isso.

PARTE DOIS

Dez Anos Depois

CAPÍTULO 16

Gavin

Eu já deveria ter feito essa viagem há muito tempo. Usei todo tipo de desculpa possível para adiá-la. A verdade era que eu sabia que seria um inferno ver a condição deteriorante do meu pai de setenta anos de idade e todas as decisões que precisavam ser tomadas em virtude disso.

Depois de estacionar na entrada de carros circular em frente à casa em Palm Beach, fiquei sentado no carro por vários minutos. Olhei para a construção enorme e pensei em como tudo parecia o mesmo de sempre. As flores no jardim bem-cuidado ainda resplandeciam como antes. Os pilares brancos da frente continuavam ostensivos.

Mas as aparências enganavam, porque absolutamente nada mais era como antes.

Mais ou menos cinco anos atrás, nossas vidas viraram de cabeça para baixo quando a minha mãe morreu depois de dirigir bêbada e bater em uma árvore. Meu relacionamento com ela havia melhorado no decorrer dos anos antes da sua morte. E, ao mesmo tempo em que perdê-la foi doloroso, fiquei aliviado por não estarmos em maus termos quando ela faleceu.

No entanto, vivi com muita culpa por nunca ter insistido que ela buscasse a ajuda que precisava. Eu me perguntava com frequência o quanto do comportamento horrível que ela tinha enquanto eu crescia tinha a ver com sua dependência do álcool.

E como se as coisas não tivessem ficado ruins o suficiente após a morte da mamãe, cerca de um ano depois, meu pai começou a apresentar sinais precoces de demência, aos sessenta e cinco anos. As coisas avançaram bem rápido a partir daí. A equipe de funcionários na Flórida me ligava constantemente quando eu estava em Londres para dizer que estavam preocupados com ele. Weldon, que agora morava na Califórnia, era praticamente inútil. Então, a responsabilidade de cuidar do caso do papai era toda minha. Ele acabou piorando a ponto de eu ter que contratar cuidadores vinte e quatro horas por dia.

Não era fácil lidar com tudo isso do outro lado do oceano. Devido ao meu cronograma de trabalho insano, fazia mais de um ano que eu estivera aqui. E fazia quase dez anos desde que eu vivera aqui por ao menos um pequeno período de tempo.

Larguei o curso de Direito após o primeiro ano e mudei para o programa de MBA de Yale. Quando terminei, mudei-me para Londres, e há alguns anos, abri uma empresa de robótica com alguns engenheiros. Os robôs que projetávamos desempenhavam uma grande variedade de funções para várias indústrias. Crescemos bem rápido e agora empregávamos centenas de pessoas.

Eu havia finalmente encontrado minha paixão, e Londres havia se tornado meu lar permanente. Mas, por estar tão longe, era muito difícil estar ao lado do meu pai. Senti-me culpado por ter esperado todo esse tempo para vir vê-lo após ficar sabendo que sua condição havia piorado, e prometi a mim mesmo que nunca mais deixaria isso acontecer. Estava na hora de colocá-lo em primeiro lugar por um tempo. Fiz arranjos para poder trabalhar remotamente dos Estados Unidos por pelo menos um mês para poder avaliar a situação e montar um plano de cuidados mais duradouro. Perguntava-me se conseguiria convencer o papai a vender a casa e me deixar levá-lo comigo para Londres. *Um passo de cada vez.*

E lá vamos nós.

Soltando uma respiração pela boca, saí do carro e caminhei em direção à porta da frente. Eu não havia ligado para os funcionários para avisá-los de que viria, porque queria chegar de surpresa para sentir como as coisas realmente estavam. Eu não queria que eles fizessem nada para amenizar a situação.

Usei minha chave para entrar. Quando Genevieve ouviu o barulho da porta se abrindo, correu até a antessala.

Sua expressão dizia que eu era a última pessoa que ela esperava ver ali.

Seus sapatos ecoaram contra o piso de mármore conforme ela veio apressada até mim.

— Gavin? Oh, meu Deus, Gavin!

— Oi, Genevieve. Que bom te ver. — Arrastei minha mala até um canto.

Ela me abraçou.

— Por que você não avisou que viria? Poderíamos ter nos preparado para recebê-lo.

— Não precisava. Não preciso de nada além de um dos quartos de hóspedes. Vim apenas para ver o meu pai.

— Por quanto tempo você vai ficar?

— Na verdade, eu não sei. Não comprei uma passagem de volta ainda, mas provavelmente passarei pelo menos um mês aqui.

Havia algo estranho na sua expressão. Ela também parecia meio sem fôlego, como se a minha chegada a estivesse estressando. Aquilo me alarmou um pouco.

— Está tudo bem? — perguntei.

— Sim, claro. Bem-vindo ao lar. Vou preparar o seu antigo quarto para você.

— Obrigado.

— Devo dizer ao seu pai que você está aqui?

— Hã, claro. Avise a ele que estarei lá em alguns minutos.

Ela subiu as escadas correndo, como se estivesse apostando corrida comigo.

Estranho.

Após usar o banheiro do andar de baixo e tomar um copo d'água, subi as escadas. Eu estava tenso, muito apreensivo por estar prestes a testemunhar o que eu sabia que era verdade: a condição do meu pai havia se deteriorado. Não dava mais para fechar os olhos para isso.

Fiz uma pausa antes de abrir a porta do seu quarto. Quando finalmente a abri, vi algo totalmente diferente para o que havia me preparado. Nunca tinha compreendido o que significava a expressão "o tempo parou" até aquele momento.

Estreitei os olhos. Por um segundo, pensei que talvez pudesse ser o *jet lag* — talvez eu estivesse alucinando. Mas quanto mais eu olhava para ela, mais certeza eu tinha. Inconfundivelmente, era ela. E dez anos se dissolveram em dez minutos quando olhei nos seus olhos — olhos que eu tinha certeza de que nunca mais veria novamente.

Raven.

Raven?

O que está acontecendo?

Confusão misturou-se com raiva, e minhas palavras ásperas saíram antes que eu pudesse pensar melhor ao proferi-las.

— O que diabos você está fazendo aqui?

Raven permaneceu paralisada, parecendo incapaz de falar, enquanto eu assimilava sua presença.

Nunca senti vontade de vê-la novamente. Não queria me lembrar da dor que senti quando ela terminou as coisas entre nós. Mas, em segundos, estava tudo de volta. E, mais que isso, por que ela estava aqui com o meu pai?

— Que tipo de joguinho você está fazendo? — perguntei.

Sua expressão mudou de choque para raiva.

— Como é?

— Por favor, não fale com Renata desse jeito — meu pai disse.

Olhei para ele. *Ele disse Renata?*

— Pai, do que você está falando? A Renata já...

— Não! — Raven gritou. Seus olhos lançaram adagas em mim.

Ela falou com o meu pai em uma voz baixa e calma.

— Com licença, Sr. M. — E então, ela virou-se para mim. — Podemos conversar lá fora no corredor, por favor?

Sentindo como se tivesse acabado de entrar em um sonho bizarro, saí do quarto. Ela veio atrás de mim e fechou a porta.

Raven continuou a andar pelo corredor, e eu a segui.

Ela girou de uma vez para ficar de frente para mim.

— O que você acha que estou fazendo aqui? Você acha que estou manipulando o seu pai?

Falei a verdade.

— Não faço ideia do que você está fazendo.

Ela inspirou lentamente, depois expirou.

— Eu sou a *enfermeira* dele, Gavin.

— Enfermeira dele?

— A empresa para a qual trabalho me designou para trabalhar aqui há seis meses. Quase cancelei. Mas decidi vir fazer ao menos uma visita, porque eu estava realmente curiosa em relação à condição do seu pai. Eu não sabia se ele se lembraria de mim. E agora, ele pensa que eu sou a minha mãe. Deixei-o continuar pensando, porque isso o deixa feliz.

De repente, a reação estranha de Genevieve à minha chegada fez sentido. Ela já trabalhava aqui no tempo em que namorei Raven, todos esses anos atrás. Ela sabia de tudo que aconteceu. Por isso que, aparentemente, ela escondeu isso de mim por seis meses.

— Por que os funcionários não me disseram que você estava aqui?

— Talvez estivessem com medo da sua reação. Eles não querem que eu vá embora, porque o meu trabalho aqui tem ajudado muito o seu pai. Eu devo tanto a ele, Gavin. Então, fiquei. Eu o deixo acreditar que sou a minha mãe. Há seis meses, sou a enfermeira dele todo santo dia. Não há nenhuma maldade aqui. Mas obrigada pela sua confiança — ela disse amargamente.

— Raven, eu...

Ela saiu andando e voltou para o quarto do meu pai antes que eu pudesse formular um pedido de desculpas.

Eu a segui. Ela abriu a porta.

— Sr. M, vou dar um pouco de privacidade para o senhor e seu filho. Ele veio de longe para vê-lo.

— Quando você vai voltar? — meu pai perguntou, nem ao menos reconhecendo minha presença.

— Daqui a mais ou menos uma hora, ok?

Papai pareceu ficar triste.

— Ok.

Foi esclarecedor ver meu pai se importar mais com quando ela retornaria do que com a minha presença.

Sem fazer contato visual, Raven passou rápido por mim e desapareceu pela porta.

Sentindo como se estivesse vivendo uma experiência extracorpórea, virei-me para o meu pai. Ele estava olhando para o nada.

— É tão bom te ver, pai.

— Aonde Renata disse que ia?

— Ela não explicou, mas disse que voltaria em uma hora. Mas eu estou aqui agora. Do que você precisa?

— Ela ia me levar para dar uma volta.

— Eu posso te levar.

— Não. Prefiro que ela me leve.

— O que posso fazer por você enquanto estou aqui?

— Nada. Estou bem.

Sentei-me ao lado dele.

— Pai, me desculpe por passar tanto tempo longe. Pretendo ficar por pelo menos um mês, para ajudá-lo a colocar algumas coisas em ordem e garantir que você fique bem.

— Você vai encontrar o Clyde?

— Não, pai. Clyde não... hã, não está aqui.

O seu ex-sócio, Clyde Evans, morreu há três anos.

— Do que você precisa de mim? — ele perguntou.

— Nada. Só estou aqui para ficar com você, tudo bem?

Ele finalmente me olhou e abriu um sorriso muito pequeno.

— Tudo bem, filho.

A diferença no seu comportamento era chocante. Ele parecia quase uma criança.

Depois de ficar ali com ele por uns vinte minutos, meu pai me informou que queria tirar uma soneca. Eu o deixei em paz e fui para o andar de baixo.

Genevieve fez café e me contou sobre os últimos meses. Ela disse que a condição do meu pai estava bem pior antes da chegada de Raven. Acreditar que ela era Renata levantou seu ânimo. Mesmo que eu ainda não conseguisse realmente compreender tudo isso, sabia que ainda devia um pedido de desculpas a Raven por minha reação mais cedo.

Eu ainda estava tomando café na cozinha quando ela entrou pela porta lateral. Minha reação imediata e visceral foi bem desconcertante. Depois de todo esse tempo, ela ainda tinha um efeito forte sobre mim.

Ela parecia frustrada e não reconheceu nossa presença. Ela seguiu até as escadas, e eu me levantei.

— Ei. Antes de você ir, podemos conversar?

Raven mal me olhou nos olhos ao responder.

— Na verdade, estou devendo uma caminhada ao seu pai. E estou atrasada, então...

— Depois, pode ser?

Olhando para o chão, ela finalmente concedeu.

— Ok.

Meu pai e Raven ficaram fora por um longo tempo antes que ela o levasse de volta para seu quarto. Esperei no andar de baixo por pelo menos mais meia hora até ela finalmente aparecer na cozinha.

Ela não disse nada ao pegar uma caneca e servir-se com café da cafeteira. Parecia chateada.

— Eu te devo um pedido de desculpas pelo meu comportamento mais cedo — eu disse. — Entrar aqui e te ver foi um choque, por muitas razões. Eu não deveria ter tirado conclusões sem te deixar explicar. Sinto muito mesmo.

Ela misturou açúcar no seu café e fez uma pausa antes de soltar uma grande quantidade de ar pela boca.

— Tudo bem. Eu também estava nervosa. Não posso te culpar por ficar chocado. Ninguém ficou mais chocado do que eu por te ver hoje. Eu não estava preparada.

Ela finalmente virou-se para mim e recostou-se contra a bancada. Meu corpo se agitou conforme eu a inspecionei. Por mais que minha mente quisesse esquecer, meu corpo se lembrava dela bem demais.

De alguma maneira, Raven estava ainda mais linda do que antes. Os mesmos olhos grandes, a mesma pele macia de porcelana que ficava vermelha com o menor dos estresses. No entanto, seus cabelos pretos não tinham mais ondas selvagens. Eles agora estavam lisos e o comprimento ia até o meio das costas.

Havia tanta coisa que eu queria saber, mesmo que talvez não fosse da minha conta. Ela estava casada? Tinha filhos? O que ela fez durante toda essa década? E ela provavelmente conhecia o meu pai melhor do que qualquer pessoa, a esse ponto. Eu realmente queria saber sua opinião sobre a condição dele.

— Será que você teria um tempinho para me encontrar esta noite? Eu posso pedir o jantar. Eu gostaria de saber a sua opinião sobre algumas coisas... em relação ao meu pai.

Ela pensou no assunto por um momento.

— Acho que não. Tenho um compromisso hoje à noite.

— Ok... hã... talvez outro dia, essa semana?

Ela olhou para todo lugar, exceto meus olhos.

— Sim. Vou dar uma olhada na minha agenda.

— Obrigado. Fico muito grato.

Essa conversa pareceu um acordo de negócios. Em algum lugar, lá no fundo, meu coração gritou perguntas que usei todas as minhas forças para silenciar.

Não importa mais.

— Por quanto tempo você vai ficar? — ela indagou.

— Não sei. Acho que um mês. Passei muito tempo evitando isso. Preciso cuidar desses assuntos, colocá-los em ordem e decidir algumas coisas.

— Entendi. — Ela apoiou a caneca sobre a bancada. — Bom, é melhor eu ir tomar conta dele.

Depois que ela subiu as escadas, senti meu peito se comprimir. Não sabia dizer se era uma reação a Raven ou o preço emocional como um todo de estar de volta aqui — provavelmente, uma mistura das duas coisas.

Havia algo diferente em Raven que eu não conseguia entender bem o que era. Alguma coisa, talvez uma experiência, a tinha deixado mais rígida. Minha cabeça começou a girar conforme eu tentava descobrir. Perguntei-me se estava perdendo o juízo junto com meu pai enquanto olhava para a piscina através das portas de vidro.

O sol cintilava sobre a água. Porra, eu precisava me acalmar.

Fui para o lado de fora e tirei minha camisa antes de me livrar da calça. Sem pensar duas vezes, mergulhei na piscina de cueca boxer. A água, que tinha sido aquecida pelo sol, não estava fria o suficiente para o que eu precisava.

Nadando de um lado para outro, tentei me livrar dessa energia nervosa.

Quando finalmente parei, empurrei meus cabelos para trás, tirei a água do rosto e olhei para cima. Através da luz cegante do sol, eu poderia jurar ter visto Raven na janela do quarto do meu pai, olhando para mim.

Assim que pisquei, ela desapareceu.

CAPÍTULO 17

Raven

Não dava para acreditar que ele olhou para mim. Enquanto o Sr. M tirava uma soneca, espiei pela janela que tinha vista para a piscina. A última coisa que eu esperava ver era Gavin nadando como um tubarão de um lado para outro. Quando ele emergiu da água, exibindo seu corpo esculpido, quase perdi o fôlego. Então, de repente, ele olhou para cima, e eu me afastei da janela tão rápido que tropecei no cesto de lixo e quase acordei o Sr. M.

Aquele dia inteiro parecia um sonho. Horas haviam se passado, e ainda assim, eu continuava completamente chocada por Gavin estar aqui — e por saber que ele iria ficar por pelo menos um mês.

Dez anos lhe fizeram muito bem. Ele ainda era o mesmo, mas diferente — era o cara que eu conhecia e um homem que eu mal reconhecia, ao mesmo tempo. Seus cabelos continuavam lindos e desalinhados, caindo na testa. A linha da mandíbula estava mais definida, com uma barba que eu desejava sentir na minha pele. Os ombros dele estavam mais largos. Cada pedacinho disso era como sal na minha ferida antiga que nunca se curou. Todos os meus sentimentos estavam me inundando novamente.

Eu realmente precisava me controlar, porque, se ele iria passar um mês aqui, eu não podia deixar que minha reação a ele impedisse meu trabalho diário de cuidados com seu pai.

Gavin queria conversar comigo, mas eu não estava pronta. Eu mal conseguia olhá-lo nos olhos. Era doloroso demais, e depois de todo esse tempo, fiquei com medo de que ele enxergasse o que eu escondia; de que ele *soubesse*. Além disso, eu ainda estava remoendo um pouco sua reação ao me encontrar aqui. Fiquei irritada por ele ter sido capaz de pensar que minhas intenções eram qualquer coisa além de honráveis.

Fiquei no andar de cima pelo tempo mais longo possível. Meu turno normalmente terminava às sete, e a enfermeira noturna ficava no meu lugar. Hoje, Nadine estava atrasada, então fiquei com o Sr. M até ela finalmente chegar.

Eu esperava conseguir evitar Gavin quando descesse as escadas e sair sem que ele me visse. Mas eu tinha que passar pela cozinha para pegar minhas chaves e outros pertences. Ele estava diante da bancada de granito quando entrei no cômodo.

— Então... — ele disse. — Eu meio que me atrapalhei e pedi toda essa comida, sem me dar conta do tamanho das porções. Não consigo comer tudo sozinho. Tem certeza de que não quer se juntar a mim para jantar?

Fiquei ali em silêncio, incerta sobre o que dizer. Olhei para as embalagens marrons de papel que estavam sobre a bancada.

— Isso é do Wong's?

— Sim.

— Então você sabia quais eram os tamanhos das porções.

— Ok, deixe-me reformular minha pergunta. Tenho uma garrafa de vinho grande para anestesiar qualquer desconforto que jantar comigo possa causar. Você pode ficar?

Abri meu primeiro pequeno sorriso desde sua chegada.

— Ah, agora eu gostei.

Ele se animou.

— É mesmo? Você topa? Eu sei que você disse que tinha planos, então não quero que...

— Não tenho planos. Eu só não queria jantar com você.

Ele riu um pouco e assentiu.

— Ah. Bom, eu sempre admirei o seu jeito de mandar tudo na lata. Estou vendo que isso não mudou.

— Percebi que preciso superar qualquer constrangimento entre nós, principalmente se você for passar um tempo aqui.

— Concordo. Precisamos superar logo isso. Estou vendo agora que você não vai a lugar algum. E eu não ia querer que você fosse. Genevieve me contou como você se tornou importante na vida do papai. Nem sei como te agradecer por ter cuidado tão bem dele.

— O prazer é meu.

Olhei para a garrafa de vinho, que era, de fato, enorme.

— A garrafa de vinho é grande mesmo.

— Bom, você sabe o que dizem...

— O quê?

— Uma garrafa de vinho deve ser um reflexo da proeza de um homem, então...

— Ah. As pequenas deviam ter acabado, então. — Pisquei.

Ele fingiu estar ofendido.

— Ai!

Ele sabia muito bem que eu estava brincando.

— Acho que mereci essa por ter sido um babaca mais cedo.

— Sinceramente... tudo bem, Gavin. Talvez eu tivesse reagido da mesma forma, se fosse você.

A expressão dele ficou séria.

— Eu não fazia ideia da piora que ele teve. Sinto-me envergonhado pela minha falta de noção. Mas isso acabou. A partir de agora, ficarei por dentro de tudo. — Ele gesticulou em direção à mesa. — Vamos nos sentar?

— Posso ajudar?

— Não. Por favor. Você teve um dia longo. Pode deixar comigo.

Sentei-me à mesa enquanto Gavin pegava duas taças do armário e abria a garrafa de vinho tinto. Admirando suas mãos grandes e masculinas, procurei por uma aliança de casamento. Não havia uma. As únicas coisas que Genevieve compartilhou comigo nos últimos meses foram que Gavin era um empresário e não tinha terminado o curso de Direito. Ela não revelou muito sobre a vida pessoal dele, e eu nunca insisti que ela me desse mais informações. Tinha medo de descobrir a verdade.

Ele serviu meu vinho e pousou a taça diante de mim na mesa.

— Obrigada — eu disse.

— Por nada.

Ele serviu uma taça para si mesmo, pegou dois pratos e alguns talheres e trouxe tudo para a mesa. Depois, pegou as caixas de comida chinesa, e nós nos servimos.

Ficamos em silêncio por alguns minutos, começando a comer e dando alguns goles em nossos vinhos. A tensão no ar era densa. Era difícil não encarar seu lindo rosto, mas sempre que eu o fazia, só piorava a dor no meu peito. Meu Gavin. Ele estava *bem aqui*. Mas tão distante, ao mesmo tempo.

Ele parecia tão tenso quanto eu. Finalmente, ele pousou seu garfo e disse:

— Eu só quero tirar logo esse assunto do caminho, ok?

Meu coração acelerou.

— Ok...

— O que aconteceu entre nós foi há muito tempo. Somos dois adultos. Apesar de termos começado com o pé esquerdo, não tenho rancores contra você, Raven. Posso ver que estou te deixando muito nervosa agora. E sinto que é porque você está esperando que eu exploda, ou algo assim. Quero que saiba que está tudo bem, ok? O que aconteceu... foi há uma década.

Aquilo me deu um misto de sentimentos. Eu não queria que ele ainda estivesse magoado pelo que fiz. Mas tudo o que eu sentia por ele ainda estava ali, e parte de mim queria que ele sentisse o mesmo — mesmo que somente um pouco.

— Obrigada por esclarecer isso. Tem sido difícil, para mim, te ver depois de todo esse tempo. Mas não quero que as coisas fiquem estranhas entre nós, e agradeço por você ter quebrado o gelo.

Quando olhei para cima, seus olhos se demoraram nos meus de uma maneira que me fez duvidar de que eu não o afetava como ele afirmou. Sua boca tinha acabado de dizer uma coisa, mas seus olhos estavam dizendo outra.

Ou talvez fosse apenas ilusão minha. Fiquei perdida naqueles olhos por um segundo, até que ele interrompeu o momento com uma pergunta.

— Agora que já esclarecemos isso, me conte sobre o meu pai. Qual a sua opinião sobre o prognóstico dele? — Ele deu uma garfada na comida enquanto esperava minha resposta.

— A condição do seu pai com certeza piorou, comparado a como estava quando comecei a trabalhar aqui, há seis meses. Ele tem dificuldade em encontrar as palavras certas para dizer o que quer e fica confuso com bastante frequência. Acho que ninguém pode dizer o quão rápido isso irá avançar.

— Acho que talvez eu precise levá-lo comigo para Londres.

Ouvir isso fez meu estômago afundar. Eu não tinha certeza de como o Sr. M lidaria com uma mudança tão drástica — sem contar que ele tinha se apegado a mim. Fiquei muito triste diante da perspectiva de vê-lo perder tudo o que parecia ser realmente importante.

— Você quer a minha opinião sobre isso? — perguntei.

Ele limpou a boca.

— Sim, claro.

— Eu não acho que seria o melhor para ele. Esta casa, os funcionários daqui, é tudo que ele conhece. E por mais que fosse mais fácil para você ficar de olho nele se ele estivesse mais perto de você, acho que a única pessoa que se beneficiaria com isso seria você.

Gavin assentiu, absorvendo minhas palavras.

— É justo. Obrigado pelo seu ponto de vista. — Ele sacudiu a cabeça. — Não dá para acreditar que ele pensa que você é a sua mãe. Quer dizer, você se parece muito com ela. Mas o fato de que ele não se lembra... — ele se interrompeu.

— De que ela morreu. É, isso me surpreendeu também.

Ele fechou os olhos.

— Sinto muito por Renata.

— Obrigada. — Pensei sobre o funeral. — As flores que você mandou eram muito lindas.

Ele ficou me olhando por um longo tempo.

— Pensei muito em você quando isso aconteceu. Eu quis tanto vir para casa, mas tive medo de te chatear. Pensei que você não ia querer a minha presença. Não nos víamos desde... você sabe. — Ele hesitou. — Então, decidi mandar flores.

— Acho que nenhuma outra coisa teria me chateado naquele tempo. Eu estava tão devastada.

Gavin estendeu a mão sobre a mesa para tocar a minha.

— Eu sinto muito.

Seu toque desencadeou uma sensação de déjà vu. Entre isso e pensar na minha mãe, minhas emoções acabaram tomando conta de mim. Quando comecei a chorar, ele trocou de lugar e veio sentar ao meu lado.

E então, ele me puxou para seus braços e me abraçou. Tão natural. *Tão Gavin.*

Meu corpo absorveu sua energia. Era um sentimento poderoso que eu não conseguia descrever totalmente, mas sabia que era a sensação de finalmente ter encontrado meu caminho de volta para casa.

— Esse é o abraço que eu deveria ter te dado sete anos atrás. Me desculpe por não ter feito isso.

As palavras dele só me fizeram soluçar ainda mais. Quando nos afastamos e ergui o olhar para encontrar o dele, vi que estava cheio de emoção, tanta dor — um contraste gritante em relação ao que ele disse antes sobre não ter rancores. Depois que ele me soltou, meu corpo ansiou por seu toque.

Gavin voltou para seu lugar, do outro lado da mesa.

— Faz muito tempo que não choro por isso — eu disse. — Acho que rever você trouxe muita coisa de volta à tona. Você esteve comigo em momentos bem difíceis. — Enxuguei os olhos. — Eu também sinto muito pelo que aconteceu com a sua mãe.

Eu estava sendo sincera. Por mais que Ruth tivesse sido horrível comigo, ninguém merecia morrer daquela maneira. A única bênção em relação à maneira como a minha mãe morreu foi que eu tive a chance de me despedir dela.

— Ela te tratou muito mal, então agradeço por dizer isso.

— Fiquei devastada por você quando descobri. Eu também deveria ter entrado em contato. Fiquei sabendo pelos noticiários e mandei flores para o seu pai, mas, assim como você, não achei que fosse querer me ver. Eu te magoei tanto.

— Tudo bem. — Ele ficou encarando sua taça e agitou seu vinho. — Sabe, por pior que a minha mãe tenha sido, as coisas entre nós melhoraram bastante no decorrer dos anos. Quando ela morreu, estávamos mais próximos do que nunca. Então, o que me conforta é saber que, pelo menos, ela sabia que eu a amava.

Aquele não seria um bom momento para mencionar o fato de que ela tinha sido toda a causa do nosso término. Depois do que ele tinha acabado de dizer, eu não sabia se algum dia lhe contaria a verdade. Eu não podia macular a memória da sua mãe.

Ele tentou deixar o clima mais leve.

— Então, aqui vai uma pergunta simples. O que você fez durante toda essa década?

— Uma pergunta *bem* simples. — Dei risada, tomando um longo gole de vinho. — Os primeiros anos depois da última vez que nos vimos foram todos dedicados à minha mãe: cuidar dela, garantir que ela tivesse tudo o que precisava, até o último momento. Depois que ela faleceu, o ano seguinte foi um borrão. Um tempo depois disso, eu finalmente consegui reunir forças para me matricular na faculdade. Me formei em Enfermagem e consegui um emprego no hospital logo após pegar meu diploma. Com o passar do tempo, percebi que poderia ganhar mais dinheiro fazendo trabalhos particulares, então busquei um emprego na agência para a qual trabalho agora. Estou com eles há quase dois anos.

Torci para que aquilo satisfizesse sua curiosidade. Eu não queria admitir que, embora eu tivesse tido alguns namorados no decorrer dos anos, ninguém ao menos chegou perto do que tivemos. Gavin era o amor da minha vida que tinha ido embora. Meu coração nunca se curou e o espaço nele estava reservado para alguém que eu não podia ter, e assim nunca permitiu que ninguém mais entrasse completamente.

Ele limpou a garganta.

— Então, tenho que perguntar...

Meu coração começou a bater com força.

— Você ainda faz jiu-jitsu?

Meu pulso desacelerou um pouco. Esse jantar estava sendo como andar em uma montanha-russa.

— Na verdade, sim. Mas não sou mais aluna. Agora, eu dou aulas.

Ele abriu um sorriso largo.

— Mentira! Porra, que incrível.

— Isso tem sido o meu alívio de estresse constante durante todos esses anos.

— Estou muito feliz por saber que você continuou a fazer.

— É, eu também.

— E Marni? Como ela está?

— Ai, meu Deus. Ela acabou de ter um bebê!

— Sério? Isso é maravilhoso.

— Inseminação artificial. Ela ainda joga no mesmo time.

— Era o que eu ia perguntar.

— Ela e Jenny ainda estão juntas.

— Uau. Elas sobreviveram ao teste do tempo.

— Aham.

E nós terminamos antes mesmo de termos a chance de começarmos.

Havia um elefante enorme no ambiente, e nenhum de nós iria tocar no assunto — não importava o quanto estávamos curiosos.

— Então, me conte sobre a sua carreira — eu disse finalmente.

— Até onde você sabe?

— Sei que você não é advogado, mesmo que estivesse indo para a faculdade de Direito na última vez que te vi. — Sorri. — E sei que você abriu uma empresa, mas não sei exatamente o que você faz.

Ele limpou a boca com um guardanapo.

— Bom, um ano após ir embora para cursar Direito, decidi que aquilo não era para mim. Como você pode imaginar, a mamãe não gostou muito. — Ele deu risada. — Transferi-me para o programa de MBA, mas, mesmo depois de me formar, eu não tinha uma visão muito clara sobre o que eu queria fazer da vida. Me mudei para Londres e conheci dois caras que projetavam robôs que podiam fazer de tudo, desde dar assistência a pessoas com paralisia a desempenhar tarefas industriais. Entrei com o capital para abrir o negócio, e o resto é história. Agora, anos depois, sou proprietário de uma das empresas de robótica mais bem-sucedidas de toda a Inglaterra.

Uau.

— Isso é incrível. Parabéns.

— Obrigado. — Seus olhos brilharam. — Mas sucesso não é tudo. Eu trocaria tudo isso para ter os meus pais de volta. — Ele expirou. — Não quero falar do meu pai como se ele não estivesse mais aqui... mas... — Ele suspirou. — Ele sempre foi tão forte, a pessoa com quem eu podia contar. É difícil ainda tê-lo por aqui, mas não ter mais o que tínhamos antes.

— Entendo como se sente.

— Eu sei que sim. — O ar ficou em silêncio enquanto ele me olhava intensamente. — Estou muito feliz por você estar aqui, Raven.

Mandei uma mensagem para Marni e fui direto para a casa dela depois de sair da casa dos Mastersons. Eram quase dez da noite. Eu sabia que sua filha estaria dormindo, e Jenny trabalhava à noite.

— O que está acontecendo? — Marni perguntou ao atender à porta.

Passei por ela, entrando na casa.

— Ele voltou.

— Do que você está... — Ela fez uma pausa. — Ah, merda. Gavin? Gavin voltou para casa?

— Sim. Ele vai ficar por pelo menos um mês.

— Puta merda. — Ela seguiu em direção à cozinha estilo americano. — Espere aí. Preciso de uma taça de vinho para isso. Você quer?

— Não, obrigada. Mas que bom que você está achando isso divertido. Eu estou surtando.

Marni voltou para a sala de estar com uma taça de vinho branco. Ela sentou-se no sofá de frente para mim.

— Então, qual é a dele agora?

— Não sei, exatamente. Nós jantamos juntos após o meu turno, depois que o choque inicial se acalmou e que ele entendeu por que eu estava lá.

— E?

— Conversamos sobre as mortes das nossas mães, um bocado sobre o Sr. M, obviamente, e sobre as nossas carreiras. Mas não mencionamos nada mais além disso. Conseguimos desviar dos assuntos pessoais.

Ela ficou olhando para mim por um tempo, parecendo maravilhada.

— Deve ter sido estranho vê-lo depois de todo esse tempo.

— Foi como se tivesse sido ontem. O jeito como ele me faz sentir... tudo voltou de uma vez. E, meu Deus, você tinha que vê-lo. Se eu o achava lindo naquele tempo, ele está dez vezes mais agora. Ele está usando uma barba agora... — Suspirei. — Ele é tão lindo, Marni.

Ela pareceu confusa.

— Nunca entendi por que você terminou com ele.

Eu estava explodindo com a necessidade de contar a verdade a alguém. Mantive esse segredo durante tantos anos, e estava me corroendo por dentro. Como a minha mãe não estava mais aqui e eu não tinha mais nada a perder, respirei fundo. Estava na hora.

Durante vários minutos, confessei meu maior segredo para minha melhor amiga.

— Puta merda, Raven. Puta merda! — Marni quase acordou o bebê com seu grito. — Como você pôde esconder isso de mim todos esses anos?

— Me desculpe, mas espero que você entenda por que fiz isso.

— Bom, considerando que eu teria dado uma bela surra naquela mulher por ter te ameaçado, talvez tenha sido uma boa ideia você não me contar. Eu poderia estar na cadeia agora. — Ela olhou para o nada. — Não acredito que você sacrificou o seu único e verdadeiro amor. Eu sempre soube que você era uma filha maravilhosa... mas isso? Isso é outro nível.

— Por mais que eu estivesse apaixonada por Gavin, era incontestável. Eu não podia correr o risco da minha mãe não poder pagar pelo que precisava naquele tempo.

— Tudo está fazendo sentido agora. Por isso você não conseguiu seguir em frente com mais ninguém.

— Sim.

Ela pousou sua taça de vinho e levantou-se de uma vez.

— Você tem que contar a verdade ao Gavin. Essa é a sua segunda chance.

— Não sei se essa é a decisão certa.

— Por que não, cacete? A bruxa está morta.

— Gavin me contou que, nos anos depois que nos separamos, seu relacionamento com a mãe melhorou bastante. Ele está em paz por saber que, quando ela morreu, eles estavam em bons termos. Tenho quase certeza de que saber o que ela fez acabaria com ele.

— Sinto muito, mas ele precisa saber! Ele merece a verdade, mesmo que seja difícil de aceitar.

— Eu não sei nem *como* eu contaria a ele.

— Isso é fácil. Você diz "Gavin, sinto muito por te informar, mas a sua mãe era uma escrota". Daí, você conta a história para ele.

Ri um pouco.

— Não é tão simples assim.

— Simples ou não, você *tem* que contar.

Senti-me em conflito.

— Talvez você tenha razão.

— Eu *sei* que tenho razão. — Ela suspirou. — Olha, não estou dizendo para você dizer isso a ele amanhã ou depois. Mas você disse que ele vai ficar aqui por pelo menos um mês, certo? Você tem todo esse tempo para pensar em como contar.

Pensei novamente em como me senti quando ele me abraçou durante o jantar. Eu devia isso a mim mesma. Se havia alguma chance de ter Gavin de volta, talvez eu precisasse aproveitar. Quantas vezes na vida você recebe uma chance de desfazer o seu maior arrependimento?

CAPÍTULO 18

Gavin

O celular tocou às cinco da manhã. Estreitei os olhos para ver o nome na tela.

Paige.

Minha voz estava grogue quando atendi.

— Alô?

— Oi, amor. Como você está? — Ela estava alegrinha demais para essa hora da manhã.

— Bom, considerando que são cinco da manhã, eu estava dormindo — provoquei.

— Ai, merda. É mesmo. Esqueci do fuso horário. Me desculpe. O dia está bem cheio no escritório hoje, e eu não estava pensando direito.

— Sem problema. — Bocejei. — Como você está?

— Estou bem. Sinto sua falta.

— Também sinto sua falta — eu disse, esfregando os olhos.

— Como está o seu pai?

— Isso é difícil de responder. Quer dizer, fisicamente, ele está bem. Mas mentalmente... é pior do que eu pensava.

— Meu Deus, eu sinto muito. Estava com medo de que você dissesse isso. É difícil até me concentrar aqui sabendo que você está passando por tudo isso sozinho.

— Tudo bem. Eu preciso desse tempo com ele. Eu não poderia te oferecer muito agora, mesmo que você estivesse aqui.

— Eu não esperaria nada. Sei que faz apenas dois dias, mas é difícil estar longe de você. Fiquei bem durante o dia, mas senti muito a sua falta ontem à noite.

— Eu vou voltar em breve. O que ainda não sei é se o meu pai irá comigo.

— Você não sabe se ele estaria disposto a se mudar?

— Ah, eu *sei* que ele não estaria disposto a se mudar. Só não sei se posso forçá-lo. Ele está sendo muito bem-cuidado por aqui. Mas não posso estar em dois lugares ao mesmo tempo.

— Bom, estou torcendo para que você encontre a resposta certa enquanto estiver aí.

Suspirei.

— É o que eu espero.

— Me desculpe mais uma vez por ter te acordado.

— Tudo bem. Acho que é melhor eu levantar logo, mesmo. Quero passar um tempo com o meu pai antes que a enfermeira chegue.

— Ele não tem cuidados vinte e quatro horas?

— Sim, mas ele prefere a enfermeira diurna, então não quero interromper o tempo dele com ela. Pensei em ir até ele antes que ela chegue, se ele estiver acordado.

— Então, os funcionários são bons?

— Sim. Estou muito satisfeito até agora.

— Bem, isso é bom, pelo menos. — Ela suspirou. — Ok, bom, eu só queria ver como você estava.

— Fico feliz que tenha me ligado.

— Mesmo que eu tenha te acordado? — Ela riu.

Sorri.

— Mesmo que você tenha me acordado.

— Eu te amo.

— Eu também te amo.

— Tchau.

— Tchau. — Desliguei e encarei o celular.

Paige e eu estávamos juntos há pouco menos de um ano. Nos conhecemos quando ela foi contratada para um cargo de marketing na minha empresa.

Sempre jurei que nunca misturaria trabalho com prazer, mas, diante do fato de que o meu trabalho *era* a minha vida, acabei cedendo.

Minha vida em Londres com Paige era confortável, e fazia anos que eu não era feliz quando ela apareceu. Nunca tive dúvidas quanto a estar pronto para sossegar com ela — até essa viagem. Minha reação a Raven e o quão rápido tudo o que eu sentia veio à tona me pegaram desprevenido. Senti-me um pouco culpado, porque, mesmo que eu soubesse que nada aconteceria entre Raven e mim, foi inevitável questionar o que aqueles sentimentos significavam no que se referia ao meu relacionamento com Paige.

Por que eu estava sentindo aquilo por outra pessoa? Tive que culpar a nostalgia. As coisas entre Raven e mim acabaram tão abruptamente que nunca superei por completo. Vê-la novamente abriu uma antiga ferida. Talvez essa fosse uma reação normal, e eu a estava analisando demais.

Mas eu não tinha mencionado Paige na noite passada. E não entendia totalmente por quê. Raven e eu estávamos conversando sobre nossas vidas. Paige não era uma parte enorme da minha vida? Não era algo que eu tinha planejado esconder. Se Raven tivesse me perguntado, eu teria contado a ela.

Acho que eu não sabia bem como mencionar isso. Ela não me oferecera nenhuma informação sobre seus próprios relacionamentos. Eu não quis que parecesse que eu estava jogando o meu na sua cara. Mas, até onde eu sabia, Raven podia estar casada agora.

Depois que levantei e me vesti, eu disse à enfermeira noturna que ela podia ir embora mais cedo. Papai e eu acabamos indo fazer uma caminhada matinal pelos arredores da casa.

O ar da manhã estava ensopado com a umidade. Conforme andávamos devagar, papai me fez várias das mesmas perguntas que fez quando cheguei. Então, repeti muitas coisas que já havíamos discutido. Acho que, a essa altura, só me restava ser grato por ele ainda saber quem eu era.

— Por quanto tempo você vai ficar? — ele perguntou.

Mais uma vez, outra pergunta que ele já tinha me feito várias vezes.

— Um mês, mais ou menos.

— Que bom.

— Sabe, pai — eu disse, conforme continuávamos a caminhar. — Eu queria muito morar mais perto de você. A minha empresa fica em Londres, então não vou poder me mudar de volta para cá. Será que você consideraria me deixar te levar para morar em Londres, para ficar mais perto de mim?

Ele sacudiu a cabeça.

— Não.

— Você não vai ao menos considerar, mesmo que eu comprasse uma linda casa para você e te desse tudo o que você precisa com uma equipe de funcionários vinte e quatro horas, do mesmo jeito que é aqui?

Ele parou de andar e olhou nos meus olhos, com uma expressão de consciência que era efêmera desde que cheguei.

— Eu amo esta casa — ele declarou. — Quero morrer aqui.

— Você prefere ficar aqui, sendo cuidado por estranhos, do que pela sua própria família?

— Renata não é uma estranha.

Renata.

— Ok... não a Renata. Mas, e se ela tiver que ir embora, ou se for designada para outro trabalho? Não posso cuidar de você do outro lado do oceano, pai.

Mais uma vez, ele me olhou fixamente nos olhos.

— Não vou a lugar algum.

Assenti em silêncio. Tentar convencê-lo a se mudar era uma causa perdida. No fim das contas, ele tinha o direito de viver e morrer onde quer que achasse melhor. E eu teria que aceitar isso.

Ele pareceu ficar estressado, e odiei ter causado aquilo.

Coloquei a mão no seu ombro.

— Tudo bem, pai. Vamos dar um jeito. Talvez eu possa vir com mais frequência.

Naquele momento, notei um SUV vermelho estacionando na entrada de carros. Raven saiu do veículo. Meu pai deu uma olhada nela e se animou.

— Ali está ela — ele disse.

— Aham. Ali está ela — murmurei, seguindo-o em direção a ela.

Um sorriso se abriu no rosto lindo de Raven.

— Vocês foram dar uma caminhada?

— Sim. A manhã está linda — eu falei. — Agradável e fresca.

— Fico feliz que esteja passando tempo com seu filho, Sr. M. Na verdade, se o senhor estiver disposto a dar uma saída por aí hoje, eu estava pensando que poderíamos ir conferir o novo mercado de comidas orgânicas que abriu no centro da cidade.

Meu pai confirmou com a cabeça.

— Eu adoraria ir.

Ela virou-se para mim.

— Você gostaria de ir conosco?

Pisquei algumas vezes, surpreso com o convite. Talvez ela não estivesse mais me evitando.

— Seria ótimo.

Mais tarde, naquela manhã, nós três entramos no meu carro alugado e fomos para o novo mercado.

No caminho, parei na Starbucks, e foi como nos velhos tempos. Raven pediu seu *macchiato*. Pedi o mesmo, entrando na onda. Papai não quis nada. Ele estava ao meu lado, no banco do passageiro, enquanto Raven estava no banco de trás. Eu olhava para ela vez ou outra pelo espelho retrovisor, ainda maravilhado por ela estar aqui. Seu cheiro familiar me trouxe lembranças que passei muito tempo tentando suprimir.

As coisas estavam bem tranquilas, até que *Hello*[6], da Adele, começou a tocar no rádio.

Demais, Universo. Agora foi demais.

Troquei de estação mais rápido do que nunca.

Assim que chegamos ao mercado, descobri que sair com o meu pai era

6 Em tradução livre, Olá. (N.E.)

agridoce, porque era somente mais um lembrete do quanto ele dependia de Raven. Ela sabia que manga era a fruta favorita dele e que ele não reagia bem a coisas cítricas. Ele não sabia tomar decisões sozinho, nem ao menos se lembrava do que gostava.

Fiquei triste por não ter podido estar aqui antes para fazer coisas desse tipo com ele o tempo todo. Minha mente estava acelerada enquanto eu tentava pensar em uma solução para seus cuidados a longo prazo, se existia algum jeito que pudesse me incluir. Minha empresa inteira ficava em Londres. Eu não podia trazer centenas de funcionários para cá. Mas era o meu pai. Talvez eu pudesse descobrir um jeito de morar aqui uma parte do ano. Meu cérebro ficou girando em círculos enquanto fazíamos compras.

Havia uma banca de sorvete no canto do mercado. Papai anunciou que queria um e que ia até lá para comprar. Raven e eu esperamos com o carrinho enquanto ele entrava na fila.

— Às vezes, eu tento dar espaço a ele — ela explicou.

— Isso deve ser difícil, considerando que ele não pode exatamente ficar sozinho.

— Sim, mas se eu estiver por perto, tento deixá-lo fazer algumas coisas por conta própria. Não quero sufocá-lo.

— Não acho que ele se importa de te ter grudada ao lado dele. Parece que o meu pai está tão encantado por você quanto eu fui um dia.

As palavras me escaparam antes que eu pudesse pensar bem antes de proferi-las.

Ela ruborizou.

— É inocente. O seu pai nunca insinuou nada, se é esse o seu ponto.

— Não estava sugerindo isso. Só estava apontando o óbvio: você o faz feliz.

Eu sei como é essa sensação.

Nossa conversa foi interrompida quando a atendente da banca de sorvetes gritou.

— Alguém está com este homem?

Largamos o carrinho e corremos para a fila.

— Pai, você está bem?

— Ele parece estar desorientado — a garota disse.

— Obrigada. Vamos cuidar dele — Raven falou. — O senhor ainda quer sorvete?

— Eu... só... eu quero ir para casa — papai respondeu, enquanto ela o conduzia para se afastar dali.

— Claro, Sr. M. — Ela acenou para mim com a cabeça. — Gavin vai levá-lo lá para fora e eu vou pagar as compras.

Senti meu coração se partindo ao segurar o braço do meu pai.

— Venha. Vamos voltar para o carro.

Senti-me como um peixe fora d'água, mas Raven estava completamente calma. Estava claro que algo desse tipo já havia acontecido antes. Deus, eu não fazia ideia de como lidar com o meu próprio pai. Às vezes, o amor não podia consertar tudo.

Depois de colocar o papai dentro do carro, acomodei-me no banco do motorista e apoiei a cabeça no encosto do assento. Não consegui evitar a lágrima solitária que escapou do meu olho. Limpei-a rapidamente. Isso era tão mais difícil do que eu imaginava.

Após alguns minutos, consegui me recompor e virei-me para ele.

— Você está bem agora, pai?

— Sim — ele disse, olhando pela janela.

Eu sabia que ele estava procurando por ela, esperando impacientemente Raven retornar, como sempre fazia. Olhei para as marcas de velhice nos nós dos seus dedos das mãos. Estendi a minha para cobrir a sua.

O que eu vou fazer com você?

Empurrando o carrinho de compras, Raven finalmente se aproximou. Ela estava com os braços apoiados nele para movê-lo, porque suas mãos estavam ocupadas; ela segurava duas casquinhas de sorvete.

Ela abriu um sorriso e, de repente, tudo ficou melhor. Os olhos do meu pai brilharam de felicidade ao vê-la. Ele abriu a janela do carro, e ela entregou a ele um dos sorvetes.

— Era isso que o senhor queria, Sr. M?

— Sim. — Ele sorriu.

— É o seu sabor favorito, noz-pecã.

Meu pai começou a devorá-lo. Ela deu a volta no carro e me entregou a outra casquinha de sorvete.

— Achei que precisasse de algo para se animar, também. — Ela sorriu.

Ela sabia o quanto aquela cena havia sido devastadora para mim.

O sorvete era de *cookies and cream* – meu favorito. Ela lembrou.

Dessa vez, a dor no meu peito não teve nada a ver com o meu pai.

Depois que voltamos para casa, Raven levou meu pai para o quarto dele.

Quando ela desceu as escadas, eu estava sentado no pátio.

Ela me notou ali e se aproximou, sentando-se ao meu lado.

— Você está bem? — ela perguntou, estreitando os olhos devido à luz do sol.

— Sim. — Expirei. — Aquilo foi... bem difícil de ver.

— Eu sei. — Seus longos cabelos esvoaçaram com a brisa. Ainda tinha as mesmas tonalidades azuladas que eu me lembrava quando o sol refletia na sua cor preta.

— Você tem uma paciência incrível com ele.

— Eu me acostumei com essas coisas. Não foi sempre assim. Então, não fique mal pela maneira como se sente. É totalmente normal, diante das circunstâncias.

— Sabe, hoje mais cedo, antes de você chegar aqui, falei com ele sobre levá-lo comigo para morar em Londres. Ele ficou chateado e recusou no mesmo instante. Agora eu sei que não posso forçá-lo a ir. Ele se esforçou muito durante a vida inteira e merece viver e morrer onde quiser. Não vou insistir.

Raven pareceu aliviada.

— Acho que é uma decisão sábia. Que bom que você tem essa perspectiva agora.

— Nem sei no que eu estava pensando.

— Você estava pensando o que qualquer pessoa no seu lugar estaria. Isso teria facilitado bastante a sua vida. Você tinha que ao menos considerar a ideia e perguntar se ele estaria disposto.

Aquilo me deu mais tranquilidade. Estava me sentindo culpado, pensando que meu desejo de levá-lo embora era puramente egoísta. Por mais estranho que fosse ter Raven aqui, eu não sabia o que faria sem ela.

— Hoje, pensei que sou muito jovem para ficar sem nenhum dos meus pais — contei a ela. — Mas aí me toquei de que você era bem mais jovem quando perdeu a sua mãe. Não é fácil.

— Não, não é.

Ficamos quietos por um tempo, curtindo a brisa morna da Flórida.

— Por quanto tempo mais você se vê fazendo esse trabalho? — finalmente perguntei. — Deve ser cansativo.

— Não pretendo ir embora.

— Como pode ter tanta certeza disso?

— Porque eu não quero ir embora, e eu devo muito ao seu pai. É uma honra retribuir o que ele fez por nós da única maneira que posso.

— E se você casar e tiver filhos? Não vai poder dar conta dessa carga de trabalho. É o dia todo.

— Eu daria um jeito.

Então, ela não está casada e com filhos.

Pensei que, talvez, minha pergunta fosse incitá-la a falar sobre seu status de relacionamento, mas ela não disse mais nada. Não sabia por que eu ainda estava tão curioso. *Isso realmente importava?*

Ela mudou de assunto.

— O que exatamente o Weldon anda fazendo? Parece que ninguém sabe.

— Ah. A pergunta do ano. — Pensar no meu irmão sempre me deixava um pouco bravo. — Bem, enquanto eu abri uma empresa de tecnologia do outro lado do oceano, meu adorável irmão decidiu desistir da sua formação em Direito e trocá-la por uma vida de surfe e bebedeira na Califórnia. Ele está nos dando muito orgulho.

— Está brincando? Weldon? Ele era tão certinho, sempre tentando agradar a sua mãe. Você mantém contato com ele?

— Só para conferir se ainda está vivo. Em sua defesa, ele saiu dos trilhos depois que a mamãe morreu. De todos nós, para ele foi mais difícil aceitar. Então, decidi pegar leve com ele, talvez até demais. O próximo item na minha lista é uma viagem para a costa oeste para fazer uma intervenção quando eu conseguir me afastar do trabalho novamente.

— Não é fácil para você, Gavin. É você que está mantendo essa família de pé.

Dei uma risada.

— Não sei bem se alguém está conseguindo se manter de pé por aqui, além de você.

Mais tarde, naquela noite, quando olhei para o relógio, faltava cerca de uma hora para o turno da Raven terminar. Ela estava no andar de cima, no quarto do papai, e eu a ouvi falando com ele, então eu sabia que ele não estava dormindo.

Fizemos bastante progresso na nossa habilidade de nos darmos bem no decorrer do dia, e eu queria fazer algo a mais para quebrar o gelo. Lembrando-me do tempo em que eu tocava música para lhe mandar alguma mensagem, peguei meu celular e procurei por *Ice Cream Girl*[7], de Sean Kingston. Coloquei no volume máximo. Mesmo que ela não conseguisse ouvir e não entendesse o que eu estava fazendo, pelo menos eu estava me entretendo após um dia bem longo.

Na tarde seguinte, Raven e eu estávamos na cozinha enquanto meu pai tirava uma soneca no seu quarto.

A campainha tocou.

— Você está esperando alguém? — ela perguntou.

— Não — eu disse, sacudindo a cabeça.

Ouvi Genevieve atender à porta e dizer:

---

7 Em tradução livre, Garota do Sorvete. (N.E.)

— Posso ajudá-la?

Espiei pela cozinha e deparei-me com cabelos loiros no instante em que registrei sua voz.

Não podia ser. Eu tinha falado com ela no dia anterior.

E então, vi seu rosto.

Quando Paige me avistou, ergueu os braços.

— Surpresa! Peguei o restante das minhas férias. Dane-se! Entrei em um avião. Senti saudades demais para aguentar um mês inteiro.

Não tive tempo de assimilar o que estava acontecendo antes de Paige me envolver em um abraço. Meu queixo caiu.

— Uau. Isso com certeza é uma surpresa. — Meu coração saltou com força.

— Eu sabia que você me diria para não vir. Espero que tenha gostado da surpresa. Eu simplesmente não podia mais ficar longe. Quero ficar aqui, ao seu lado. — Ela arrastou sua mala até um canto antes de voltar a me abraçar pelo pescoço.

Olhando sobre o ombro de Paige, vislumbrei Raven, que tinha vindo da cozinha. Ela parecia estar vendo um fantasma enquanto observava Paige me abraçando.

Gotas de suor brotaram na minha testa. Recuei e segurei a mão de Paige, caminhando com ela em direção a Raven. Forcei-me a dizer as palavras inevitáveis.

— Raven, está é minha noiva, Paige.

CAPÍTULO 19
Raven

A noiva dele.

Paige.

Noiva dele.

Noiva dele.

Diga alguma coisa.

Limpei a garganta.

— Prazer em conhecê-la.

Ela abriu um sorriso branco lindo.

— Igualmente.

Além de ter um sotaque britânico encantador, Paige era uma perfeição loira de olhos azuis. Ela parecia uma versão mais velha das garotas que costumavam vir à piscina antigamente, mas também parecia um pouco com Baby Spice, das Spice Girls.

Ele virou para ela.

— Raven é a enfermeira do meu pai.

Aham. Isso é tudo que sou. Nada além disso.

A expressão dela mudou.

— O seu nome... é Raven?

— Sim.

— Isso é tão irônico.

— Por que diz isso?

Ela olhou para ele antes de tornar a olhar para mim.

— O nome do primeiro protótipo de robô que a nossa empresa projetou era Raven. Gavin deu esse nome.

O quê?

Lancei um olhar inquisitivo para ele. Seus olhos queimaram nos meus, mas ele não disse nada.

Puta merda.

— Uau — eu disse. — Isso é... tão estranho.

— Eu sei. Uma coincidência muito estranha. — Ela sorriu. — Enfim, que bom conhecer você.

— Idem. — Olhei para Gavin, depois para ela e, então, para a pedra enorme no anel no dedo dela. *Eu vou vomitar.* — Se me derem licença, tenho que ir ver o Sr. M.

Corri pelas escadas o mais rápido que pude. Entrando no banheiro, fechei a porta e soltei uma lufada de ar trêmula pela boca. Gavin tinha uma noiva. Ele ia se casar. Ele estava comprometido – para a vida toda. Qualquer esperança de reacender algo entre nós havia acabado. E o que foi aquela história do robô? Gavin tinha dado o meu nome para um *robô*? Ele havia pensado em mim no decorrer dos anos. Mas, agora, isso era insignificante. Porque era tarde demais.

Tarde demais.

Tarde demais.

Tarde demais.

Olhei para minhas mãos trêmulas. Não tinha percebido, até esse momento, o quão esperançosa estava de que Gavin e eu encontraríamos nossos caminhos de volta um para o outro. Como fui estúpida ao pensar que um partidão como ele ainda estaria solteiro.

O Sr. M acordaria a qualquer minuto. Eu precisava me recompor e ir tomar conta dele. Eu era sua enfermeira. *E nada mais.* Apesar de estar me sentindo vazia por dentro, joguei um pouco de água no rosto, reuni minhas forças e fui fazer meu maldito trabalho.

Me esforcei ao máximo para ficar longe de todo mundo, exceto do Sr. M, pelo resto do dia e rezei para não encontrar com Gavin e Paige na hora de ir embora. Mas, mais uma vez, precisei passar pela cozinha para pegar meus pertences.

Gavin estava sozinho lá quando entrei. Encostado na bancada, ele parecia tenso e tinha uma taça de vinho na mão.

Não consegui nem ao menos olhar para ele.

— Desculpe por interromper. Só vou pegar minhas chaves e ir embora.

— Você não está interrompendo. Eu estava esperando por você.

Meu coração se comprimiu.

— Onde está a sua namorada... hã... noiva?

— Ela está tirando um cochilo antes do jantar. Você sabe, fuso horário e tal.

— Ah. Certo. — Depois do que pareceu ser o tempo mais longo de silêncio da história, eu disse: — Bem, é melhor eu te deixar em paz. Eu só...

— Desculpe por não ter contado sobre ela — ele disse.

— Você não me deve explicações.

— Eu sei, mas, dada a nossa história, eu deveria ter dito alguma coisa. Eu ia dizer. Só que nunca parecia ser o momento certo.

Minha atenção permaneceu grudada no chão.

— Sem problemas.

— Ela realmente me surpreendeu vindo para cá.

— Bom, claramente, ela não consegue viver sem você.

Eu sei como é.

— Sobre a história do robô... — ele continuou.

Finalmente, ergui o olhar para ele.

— Sim, que história é *essa*?

— Eu dei mesmo o seu nome ao protótipo. Não sei por quê. Não quero que você pense que eu estava...

— Que ainda estava apaixonado por mim? — falei abruptamente.

Ele piscou algumas vezes.

— Sim. Quer dizer... em algum nível, acho que sempre carreguei um pedaço seu comigo, mesmo quando não queria pensar em você. Acho que transformar você em tecnologia foi um tributo à minha experiência, as partes boas e as ruins. Você marcou muito a minha vida em um curto espaço de tempo. E, nem preciso dizer, eu pensei que nunca mais te veria novamente, então não tinha a intenção de que você descobrisse. Era meu segredinho... mas não é mais tão secreto assim, né?

— Você não contou a ela, não foi? Sobre nós?

— Não. Ainda não.

Ainda não?

— Ótimo. Não quero nenhum constrangimento. Não vai fazer bem algum ela ficar sabendo.

— Ainda não tive tempo de pensar em como lidar com isso. Se você preferir que eu não conte enquanto ela estiver aqui, não contarei. Mas, em algum momento, terei que ser honesto com ela.

— Sim. Eu realmente prefiro que você não diga nada agora.

— Tudo bem.

Quando o peso do seu olhar se tornou demais para que eu pudesse suportar, eu disse:

— Enfim... é melhor eu ir.

— Vai a algum lugar?

Contei a verdade.

— Tenho um encontro.

Há algumas semanas, antes da chegada de Gavin, marquei um encontro para esta noite com um homem que conheci em um aplicativo de relacionamentos. Quando isso aconteceu, ele estava fora da cidade em uma viagem de negócios e disse que voltaria hoje. Eu tinha me esquecido totalmente disso até ele me mandar uma mensagem à tarde para me lembrar. Não estava a fim de ir, mas, diante do que aconteceu, iria me forçar a ir. Eu precisava muito da distração.

— Oh. Ok. — Ele apoiou sua taça sobre a bancada. — Namorado?

— Não. Não tenho namorado no momento. Mas vou encontrar uma pessoa para jantar.

Gavin assentiu devagar.

— Bem, tenha uma boa noite — eu desejei.

— Eu ia te dizer para ter cuidado, mas a quem estou querendo enganar? Você vai dar uma surra nele, se for preciso. — Ele sorriu, e foi como levar uma facada no coração.

Por mais que eu precisasse ir, não queria deixar Gavin, e isso era patético. Nunca pensei que poderia sofrer de novo por causa dele, mas era exatamente o que estava acontecendo.

Do lado de fora, eu estava procurando minhas chaves na bolsa quando um homem usando preto pareceu surgir de trás dos arbustos.

Ele pulou na minha frente.

— Bú!

Morrendo de medo, sem pensar, dei um giro e o chutei antes de prendê-lo no chão.

— Que porra é essa? — ele gritou sob mim.

— Quem é você?

— Quem é *você*, porra?

— Eu trabalho aqui.

— Bem, essa é a *minha* casa — ele declarou.

O quê?

Senti o cheiro de álcool no seu hálito. Olhei nos seus olhos e o reconheci.

Oh, meu Deus.

— Weldon? — Eu o soltei.

— O primeiro e único. — Ele se levantou.

Caramba, como ele tinha mudado. Seus cabelos estavam compridos e desgrenhados. Ele tinha um bigode e uma barba. Eu nunca o reconheceria de longe.

— Eu não te reconheci. Me desculpe. Pensei que você ia me assaltar.

Ele estreitou os olhos.

— Espere um minuto. Eu te conheço. Você é a garota que destruiu o coração do meu irmão.

Engoli o bolo na minha garganta.

— É, eu sou a Raven.

— Fiquei sabendo que ele está em casa. Mas o que você está fazendo aqui? Está fodendo a cabeça dele de novo?

— Eu trabalho aqui, Weldon. Eu não sabia que o seu irmão viria para cá.

— Como assim, você *trabalha aqui*? Você conseguiu o seu antigo trabalho de empregada de volta?

— Não. Sou enfermeira particular. Fui designada para trabalhar aqui há seis meses para cuidar do seu pai. É uma longa história, mas ele pensa que sou a minha mãe, Renata. E eu nunca tive coragem de dizer a verdade a ele ou lembrá-lo de que ela morreu.

— Fala sério! Que loucura. — Ele deu uma olhada na casa. — Enfim, eu... sinto muito pela sua mãe. Nunca tive a chance de te dizer isso.

— Obrigada. E eu sinto muito pela sua.

— Você mente bem — ele zombou.

— Eu *realmente* sinto muito, Weldon.

— Bem, obrigado. Eu ainda não consegui superar isso.

Dá para ver.

— O seu irmão sabe que você está aqui?

— Nah, eu não disse a ninguém que viria. Gavin não atendia o celular, então liguei para o escritório dele em Londres. Me disseram que ele pegou um voo para cá. Então, pensei: por que não fazer disso um evento em família? Já fazia tempo que eu queria vir visitar meu querido velho pai, mesmo. — Ele tirou um frasco de bebida da jaqueta. — O quão biruta ele está, exatamente?

Observei-o tomar um gole.

— O seu pai ainda possui boa parte da memória, mas está sofrendo de demência, e todo dia é diferente. Você vai ter que ver com os seus próprios olhos.

— Porra. Pensei que já tinha motivos suficientes para beber. Estar aqui talvez vá me fazer cair do precipício.

— Do jeito que as coisas parecem estar, acho que vai ser bom para você estar com a sua família.

Ele deu risada ao fechar o frasco.

— O meu irmão borrou as calças quando te viu?

— Foi um grande choque para nós dois.

— Desconfortável, né?

— Bom, desconfortável foi quando a noiva dele apareceu aqui esta tarde.

— Mentira, porra! Noiva? O babaca nem me disse que estava com alguém, muito menos que estava noivo.

— Pois é. Mas não diga nada a ela sobre mim. Ela só sabe que sou a enfermeira.

— Ela não sabe que você destruiu o coração do meu irmão?

— Por favor, pare de dizer isso.

— Por quê? É a verdade, não é?

Senti meus olhos marejarem. Esse não era um momento oportuno para deixar minhas emoções tomarem conta. O dia tinha sido muito longo.

— Por que você parece que está prestes a chorar? — Ele semicerrou os olhos. — Você ainda sente algo por ele?

— Não — menti.

— Você está solteira?

— Sim. — Eu precisava fugir dessa conversa. Abri a porta do meu carro com pressa. — Hã, eu tenho que ir. Aproveite o tempo com a sua família.

Bati a porta do carro para fechá-la e liguei a ignição o mais rápido que pude.

Meu encontro acabou sendo um fracasso. Não que eu esperasse que fosse ser bem-sucedido, considerando que me vi incapaz de focar em qualquer outra coisa além do fato de que Gavin ia se casar. Mas o cara passou o tempo todo falando sobre si mesmo, sem o mínimo interesse no que eu tinha para dizer. No entanto, ele definitivamente estava interessado em transar. Ele deixou isso muito claro quando tentou ir para casa comigo. Infelizmente, essa havia sido a mesma experiência que tive nas últimas poucas vezes em que saí com pessoas que conheci em aplicativos de relacionamentos.

No dia seguinte, fiquei perto da piscina com o Sr. M para que ele pudesse passar um tempo ao ar livre com seus filhos. Evitei encorajar essa ideia, mas, quando ele pediu para se juntar a eles, engoli meu orgulho e o acompanhei.

No segundo em que apareci nas portas francesas que levavam à piscina, Weldon abriu um sorriso presunçoso. Pedi a Deus que ele não me desmascarasse para Paige.

Pude sentir os olhos de Gavin em mim enquanto eu ajudava o Sr. M a se acomodar na espreguiçadeira. Sentei-me ao lado dele e fiquei olhando para a piscina, tentando não fazer contato visual com ninguém.

— Gavin, por que você não vai com a Raven a Starbucks para demorar duas horas para voltar? Estou a fim de tomar um café.

Weldon claramente ainda era o mesmo provocador de sempre.

Meu coração bateu com força.

Gavin lançou um olhar irritado para ele.

— Se você fosse beber só café hoje, eu ficaria surpreso.

— *Touché*, mano.

Em determinado momento, Paige saiu de onde estava para sentar na beira da espreguiçadeira de Gavin e pousou a cabeça no peito dele. Ver os dois daquele jeito fez a minha pele formigar. Os cabelos dourados dela estavam espalhados sobre ele, e ela parecia estar tão contente. Um flashback me veio à mente: eu fazendo aquela mesma coisa durante o nosso único fim de semana sozinhos. Tive que desviar o olhar.

A voz de Paige me sobressaltou.

— Então, Raven, há quanto tempo você trabalha aqui?

Respondi sem olhar para ela.

— Pouco mais de seis meses.

— *Renata* trabalhou para nós por vários anos antes de retornar — Gavin esclareceu.

Paige fez uma careta, desculpando-se.

— Bem, é bom ver que o pai de Gavin está sendo tão bem-cuidado.

— Posso dizer o mesmo sobre o meu irmão — Weldon interrompeu. — Parece que você está cuidando muito bem dele, Paige. Quem sabia que ele estava enlaçado lá na Inglaterra? Eu, com certeza, não. Acho que sempre sou o último a saber de tudo por aqui.

— Bom, se você atendesse às porras das minhas ligações, talvez eu pudesse te atualizar sobre a minha vida — Gavin vociferou.

Paige pareceu surpresa. Nem preciso dizer que a dinâmica volátil daqueles dois não era choque algum para mim.

Com um olhar sugestivo, Weldon virou sua atenção para mim.

— Então, *Renata*, você tem planos para esta noite?

Aonde ele está querendo chegar?

— Como é?

— Tenho ingressos para ver o musical Escola de Rock, no Kravis Center. Um amigo meu está atuando nessa peça. Não tenho ninguém para ir comigo. E, já que você está solteira, e eu estou solteiro...

— Como você sabe que ela está solteira? — Gavin bradou.

— Ela me disse ontem à noite durante o nosso papinho lá fora, logo depois de ela me prender no chão porque pensou que eu ia roubar o carro dela.

Gavin olhou para mim e, por um momento, eu poderia jurar que ele estava zangado.

— Renata tem coisas melhores para fazer do que acompanhar um bêbado a um musical — Gavin rosnou.

Então, aconteceu algo muito estranho. Weldon pareceu ficar triste de verdade, como se o comentário de Gavin o tivesse magoado. Fiquei um pouco irritada por Gavin ter respondido por mim. Eu sabia que ele estava apenas repreendendo seu irmão, mas, quanto mais via Paige em cima dele, mais eu enlouquecia.

Eu provavelmente precisava ir ao psiquiatra pelo que disse a seguir.

— Na verdade, Escola de Rock é um dos meus musicais favoritos. Seria uma boa ir assistir.

Weldon endireitou as costas.

— É mesmo? — Ele sorriu. — Tudo bem, então.

O que estou fazendo?

— Eu diria que poderia ir te buscar às sete, mas estou sem carro no momento — ele disse.

— Você não vai buscar ninguém bêbado — Gavin ralhou.

— Eu dirijo — declarei.

Weldon abriu um sorriso satisfeito.

— Legal.

Gavin ficou com uma carranca por todo o restante de tempo que passamos ali fora.

Depois que ele e Paige subiram, Weldon virou-se para mim.

— Ele deve ter ido foder a outra para te esquecer.

Ai, meu Deus.

— Você poderia baixar a voz quando disser coisas assim? O seu pai pode ouvir.

Felizmente, o Sr. M tinha adormecido na espreguiçadeira.

Weldon riu.

— Que família mais disfuncional! Meu irmão, que está noivo, ainda está a fim de você. Posso ver nos olhos dele. Enquanto isso, o meu pai também está a fim de você, mas só porque ele sempre foi a fim da sua mãe, que agora está morta, e acha que você é ela. E eu? Só estou bêbado e assistindo tudo rolar, enquanto tenho certeza de que a minha mãe está se revirando no túmulo.

Pior que isso é verdade.

Fui para casa rapidamente para me trocar antes de voltar para buscar Weldon e irmos ao musical.

Quanto mais o tempo passava, mais eu me arrependia de ter concordado com isso. Foi uma decisão estúpida baseada em ciúmes e despeito.

Quando cheguei para encontrar Weldon, Gavin abriu a porta. Ele não parecia estar nada feliz com isso, assim como mais cedo.

— Olá — cumprimentei.

Ele não disse nada, apenas engoliu em seco ao me analisar.

Eu estava usando um vestido preto que talvez fosse exagerado para um musical. Mas, definitivamente, exibia minhas pernas. E, sim, eu queria que Gavin ficasse se corroendo por dentro um pouquinho.

— Você está zangado porque vou com Weldon ao musical?

Gavin cerrou a mandíbula.

— Você sabe que ele está tentando me provocar e não perdeu tempo em compactuar com a brincadeira dele.

— Acho que compactuei porque você respondeu por mim. Os últimos dias têm sido bem cansativos emocionalmente. Quase liguei para cancelar, mas então pensei, por que não ir e curtir a peça? Tentar distrair a mente?

Ele me encarou por alguns segundos.

— Quer saber? Você tem razão. Não tenho direito de ficar zangado por isso. Acho que simplesmente não consigo evitar. Velhos hábitos demoram a morrer.

— Você não precisa se preocupar. Sei que não te devo explicações, mas eu nunca namoraria o seu irmão, Gavin.

Apesar da situação atual, eu estava ciente de que o tinha magoado há uma década. Não podia aguentar a ideia de que ele poderia pensar que eu faria aquilo novamente.

Paige chegou à sala, interrompendo nossa conversa. Endireitei minha postura conforme ela se aproximava.

Ela olhou para mim e notou minha bolsa.

— Você está bonita, Raven. Essa bolsa é vintage? Fendi?

Olhei para o objeto.

— Não. Está mais para uma... Wendi.

— Uma o quê?

— Falsificada. Gosto de gastar mil dólares em coisas mais úteis.

Gavin riu baixinho.

Paige tentou ser educada.

— Ah, bem... é... bonita.

Olhei para a bolsa novamente.

— Na verdade, a minha mãe estava doente antes de morrer, e quando ela soube que provavelmente não resistiria, decidimos fazer uma viagem para Nova York. Nenhuma de nós havia saído da Flórida antes disso, e ela sempre quis ir a Manhattan. Passamos uma semana lá. Comprei essa bolsa na Canal Street. É antiga, mas me faz lembrar de tempos melhores, então ainda a carrego em memória dela.

Gavin pareceu estar com os olhos um pouco enevoados quando olhei para ele rapidamente.

— Que lindo. — Paige sorriu. — E sinto muito pela sua mãe.

— Obrigada.

No mesmo instante, Weldon desceu as escadas usando um... smoking? *Ele ficou maluco?* Seus cabelos compridos estavam presos em um rabo de cavalo.

Ele bateu palmas ao me ver.

— Aí está ela, deslumbrante como sempre. Está pronta para ir, querida?

— Você está usando um smoking? E eu aqui pensando que estava arrumada demais.

Ele deu um giro, orgulhoso.

— Encontrei no closet do papai.

— Que tal você deixar a bebedeira de lado por algumas horas, James Bond? Tente curtir o espetáculo — Gavin disse.

— Oh... mas assistir ao espetáculo mamado vai ser tão mais divertido. — Ele deu risada. — Estou brincando. Infelizmente, estou bem sóbrio agora.

Peguei um vislumbre da sala de jantar, onde a mesa havia sido posta para dois – taças de vinho, guardanapos de tecido perfeitamente dobrados sobre os pratos. Um sentimento de carência na minha garganta ameaçou me sufocar. Eu daria qualquer coisa para poder jantar com Gavin esta noite, daria qualquer coisa para trocar de lugar com Paige. Daria qualquer coisa para trocar de *vida* com ela.

Quando paramos em frente ao Kravis Center, algo estava estranho. Em vez de Escola de Rock, o letreiro digital estava divulgando uma ópera.

— Tem certeza de que viemos na noite certa?

Weldon sorriu.

— Sim... hã... sobre isso... Escola de Rock... pois é.

— O quê, Weldon?

— Eu inventei.

Arregalei os olhos.

— Não tem musical algum?

Ele começou a rir.

Eu queria estapeá-lo.

— Por que você fez isso? — gritei.

Ele esfregou os olhos.

— Só estava tentando provocar o meu irmão. Não esperava que você fosse aceitar a minha oferta para sairmos. Mas aí, você aceitou, e eu só entrei na onda.

Apoiei a cabeça no encosto do assento.

— Você é ridículo.

— Ei, anime-se. Vamos procurar um bar na rua Clematis, fazer uma boquinha. Ainda podemos nos divertir.

— O último lugar para onde eu deveria te levar é um maldito bar.

— Ou eu vou acabar bebendo sozinho esta noite ou na companhia de alguém que possa ficar de olho em mim. Qual vai ser?

Encarei-o, incrédula.

— Vamos — ele insistiu. — Eu pago. Não sou tão mal-educado a ponto de te convidar para sair e não pagar pelo jantar. Já é ruim o suficiente eu não ter um carro.

Sacudi a cabeça e dei partida. Será que a minha vida poderia ficar ainda mais bizarra?

Acabei dirigindo para o centro da cidade. Estacionamos e entramos em um bar e grill que estava abarrotado de gente. O piso estava grudento com cerveja derramada, e todas as televisões presas nas paredes exibiam esportes. Com certeza, não foi assim que imaginei que essa noite seria. Eu estava cansada, estressada e sensível, e pretendia descontar meus sentimentos em comida.

Fizemos nossos pedidos, e depois que o garçom trouxe o meu hambúrguer gigantesco com batatas fritas, Weldon ficou me olhando comer, divertindo-se com a cena.

— Caramba. Você é boa de garfo — ele disse.

Dei mais uma mordida enorme no hambúrguer e falei com a boca cheia.

— O que vamos dizer ao seu irmão quando ele perguntar como foi o musical? Não vou mentir.

— Você não precisa mentir. Vou contar a verdade e assumir a culpa. Ele já está decepcionado comigo por tantos motivos. Mais um não vai fazer diferença.

— O que está acontecendo com a sua vida, Weldon? — perguntei, limpando ketchup do canto da minha boca.

Sua expressão mudou, e ele expirou.

— Não sei. Queria poder te dizer.

Apoiei o hambúrguer no prato.

— Há quanto tempo você vive assim? Bebendo e surfando, ou seja lá o que você anda fazendo?

Ele tomou um gole de cerveja e fechou os olhos momentaneamente.

— Quando a minha mãe morreu, eu fiquei perdido. Larguei meu emprego de advogado em Nova York e nunca mais voltei. A mamãe me deixou muito dinheiro, e acho que me aproveitei do fato de ter recursos para fazer o que quisesse. Ainda estou aproveitando.

— Bom, normalmente, eu diria "contanto que você esteja feliz", mas não me parece que você está.

— Não estou — ele respondeu sem hesitar. — Estou perdido.

Fiquei olhando para ele, esperando que elaborasse melhor sua resposta.

Finalmente, ele continuou.

— Meu irmão... não importava o que ele decidisse fazer na vida, sempre foi bem-sucedido. Ele largou a faculdade de Direito, mas não importava. Simplesmente dava para saber que ele ia encontrar uma maneira de fazer algo ainda melhor. Quando dei por mim, ele estava construindo robôs, porra. Ele sempre encontra as paixões dele, sabe? Melhor, as paixões dele o encontram. Eu nunca encontrei uma. Eu odiava advogar, mas fazia mesmo assim, porque não sabia que outra coisa poderia fazer.

Ele apoiou o rosto nas mãos por um momento.

— No entanto, aos olhos da minha mãe, eu nunca fazia nada errado. Ela era a única pessoa que acreditava em mim, até mesmo quando eu fazia merda. Quando ela morreu, foi como se parte de mim tivesse morrido junto com ela. A única pessoa que me amava incondicionalmente se foi.

Eu me identificava com aquele sentimento.

— Sinto muito, Weldon.

— Sei que não posso viver assim para sempre. Só espero poder encontrar meu caminho de volta à vida real, em algum momento. Preciso de ajuda. Eu sei disso.

Assenti.

— Quando a minha mãe morreu, também senti como se meu mundo tivesse acabado. E, desde então, tenho sofrido tentando encontrar o meu caminho. Me sinto muito sozinha. E até conseguir esse emprego ajudando o seu pai, eu não tinha um propósito. Isso tem me ajudado imensamente.

— Ainda não dá para acreditar que ele pensa que você é a sua mãe.

— O estranho é que não me importo. É como se isso a mantivesse viva, de alguma maneira, mesmo que somente para ele.

— Essa merda é profunda.

Acabei meio que curtindo a companhia de Weldon. Ele era uma alma perdida, sem dúvidas, mas, em muitos sentidos, eu também era. E embora ele estivesse com uma bebida diante de si, não bebeu muito durante a última hora.

Engatamos uma conversa confortável, na qual ele me contou histórias sobre a Califórnia. Contei a ele algumas das minhas experiências com seu pai que vivenciei nos últimos meses. E então, o clima mudou.

— Então, seja sincera, você ainda sente algo pelo meu irmão? — ele indagou.

Senti-me agitada, de repente.

— Por que está perguntando isso?

— Você pareceu estar desconfortável hoje perto dele e da Paige. Tive essa impressão.

— É complicado — eu disse, brincando com uma batata frita que sobrou.

— Você acabou mesmo com ele naquela época. Ele nunca tinha se apaixonado antes.

Meu corpo se contraiu. Gavin não era somente o meu primeiro amor, mas meu *único* amor. Eu não queria saber o que fiz com ele. Sabia que o tinha magoado muito, mas consegui me manter alheia aos detalhes. No entanto, Weldon havia presenciado tudo. Eu deveria tê-lo impedido de me contar mais sobre isso, mas não fiz isso.

— Depois que você terminou, ele não quis falar com ninguém por dias. Eu não fazia ideia de que porra estava acontecendo. E então, finalmente consegui fazê-lo sair de carro comigo e ele confessou que você tinha terminado. Ele ficou muito na merda por isso. E depois, ele só... foi embora. Teve que ir para Yale. Mas foi embora arrasado.

Minhas lágrimas começaram a cair. Deus me ajude, isso não era nada bom.

Weldon me inspecionou.

— Por que você está chorando, Raven?

— Porque nunca foi minha intenção magoá-lo.

— Então, por que fez isso?

— Eu tive que fazer.

Ele cruzou os braços.

— Foi por causa da minha mãe?

Enxuguei os olhos.

— O que te faz pensar isso?

— Porque eu sei a resposta — ele disse, com calma. — Mas quero ouvir de você.

Senti meus olhos se arregalarem.

— O quê?

— Ela me contou.

Meu coração parou.

— Ela te contou...

Ele confirmou com a cabeça.

— Certa noite, quando estava bêbada pra caralho, ela me contou a história de como... — Ele fez aspas no ar. — *Se livrou de você.*

— Oh, meu Deus — sussurrei, cobrindo a boca.

Ele me encarou.

— Eu amava a minha mãe, mas, cara, isso que ela fez foi sacanagem.

— Você nunca disse ao seu irmão o que sabia, não é?

— Não. Naquele tempo, eu não queria trair a minha mãe. Ela sabia que podia me contar qualquer coisa e ficaria somente entre nós. Depois que ela morreu, eu não quis magoar o Gavin e contar a ele, porque que sentido faria? Nunca pensei que ele fosse te ver de novo. Tanto tempo já tinha passado. Decidi que não valia a pena arruinar o relacionamento que ele tinha construído com a mamãe antes dela morrer. Sinceramente, isso nunca me incomodou, até eu perceber o jeito como ele estava te olhando hoje.

Fiquei aturdida, incapaz de compreender tudo isso.

— Não acredito que você sabe. Pensei que *ninguém* soubesse. Nem sei o que dizer.

— Ele só está com a Paige porque acha que não pode ficar com você.

Sacudi a cabeça em descrença; era difícil aceitar aquilo.

— Tantos anos se passaram. É tarde demais. Como você disse, contar mancharia a memória da mãe dele. E, gostando ou não, ele está com Paige agora. Eles têm uma vida juntos em Londres. Ele colocou um anel no dedo dela. Só me resta aceitar.

Apesar das minhas palavras, algo estava se formando na boca do meu estômago. *Ele ainda não está casado.*

Weldon recostou-se na cadeira e soltou seu guardanapo sobre a mesa.

— É isso? Você vai simplesmente desistir?

— Que escolha eu tenho?

— Na verdade, você tem duas escolhas. Uma delas é contar a verdade a ele. A outra é mantê-la guardada pelo resto da sua vida, até você morrer. Nenhuma dessas escolhas está livre de consequências.

— Você acha mesmo que vale a pena contar a verdade a ele e arriscar destruir seu atual relacionamento *e* a memória da sua mãe?

— Não sei a resposta para isso. Tudo que sei é que... o meu irmão estava disposto a abrir mão de tudo por você naquele tempo. Você deve ter sido mesmo importante pra cacete para ele. Eu, com certeza, não sacrificaria a minha herança por uma garota. Mas não sou o Gavin. Meu irmão sempre foi um cara mais sensível.

Meus sentimentos agora pareciam estar me sufocando. Ainda assim, lutei contra eles.

— A vida do Gavin está em Londres — eu disse. — E não vou deixar o seu pai. Devo muito a ele. Então, mesmo que o seu irmão não estivesse com alguém, as coisas entre nós não dariam certo.

— Bem, então acho que você tem a sua resposta.

— Você não vai dizer nada a ele, não é?

— Não. Bom, pelo menos, não sóbrio.

Revirei os olhos.

— Ótimo.

— Farei o melhor que puder. — Ele inclinou-se para mim. — Só para constar, não acho que ela o faz tão feliz quanto ele ficaria se soubesse que você ainda gosta dele. Mas, mais uma vez... não cabe a mim dizer nada. — Ele sorriu com gentileza no olhar.

Foi a primeira vez que pude ver a alma de Weldon. Essa versão ferrada dele também tinha algumas qualidades.

— Você não é tão ruim assim, Weldon.

— Me desculpe por ter sido tão babaca quando era mais novo. — Ele suspirou. — Bom, ainda sou um babaca, mas pelo menos agora eu admito. Isso conta?

CAPÍTULO 20

Gavin

Estava escuro. Fiquei olhando pela janela para ver se eles tinham voltado. A peça já devia ter terminado a essa hora, então, se não tinham voltado ainda, significava que foram para algum outro lugar depois.

Porra, Weldon.

Ainda não conseguia acreditar que ele tinha saído com a Raven. Essa situação toda me irritava pra cacete.

— O que você está procurando?

Virando e me afastando da janela, forcei um sorriso.

— Nada.

Paige havia acabado de sair do banho. Ela estava tirando o excesso de umidade dos cabelos loiros com uma toalha, e eles pareciam bem mais escuros assim.

— Você parece ansioso. Está assim desde que o seu irmão saiu daqui com a Raven.

Sua expressão me disse o que eu já sabia: ela estava desconfiada.

Engoli em seco. Fui um idiota por pensar que meus sentimentos não eram transparentes.

— Tem algo que você não está me dizendo? — ela perguntou.

Esconder de Paige a verdade sobre Raven estava me estressando mais que qualquer outra coisa. Paige e eu sempre tivemos uma comunicação muito aberta. O que eu estava tentando fazer ao esconder isso dela? Ela merecia saber. Essa era a mulher com quem eu ia me casar. Eu precisava controlar o meu desejo vazio de proteger os sentimentos da Raven e fazer o que era certo.

— Você não está errada — revelei. — Tem uma coisa sobre a qual não fui honesto.

— Tem a ver com a Raven?

Fiz uma pausa.

— Sim.

Ela expirou pela boca.

— A *vibe* desde o momento em que a conheci foi estranha. Além disso... o nome. Quer dizer, qual é? Quem é ela, Gavin?

— Ela é minha ex-namorada.

O rosto de Paige ficou vermelho.

— Por que você não me disse?

— Eu não queria que você ficasse desconfortável. Porque não há motivos para ficar desconfortável.

Seus olhos percorreram meu rosto.

— Não estou entendendo. O que ela está fazendo aqui, trabalhando para o seu pai?

— Acho melhor você se sentar para falarmos sobre isso. É uma longa história.

Passei a meia hora seguinte contando a Paige a história sobre como conheci Raven, o que aconteceu entre nós, e como ela acabou vindo trabalhar aqui depois de uma década.

— Foi estúpido da minha parte não te explicar imediatamente quem ela era. Eu me arrependo disso, e sinto muito. Por favor, me perdoe.

Paige massageou as têmporas.

— Eu nem sei o que dizer. É muita informação para assimilar.

— Eu sei. Pode me perguntar qualquer coisa.

Ela encontrou meu olhar.

— Você ainda sente algo por ela?

Como eu responderia àquilo de forma que ela pudesse compreender?

— Meus sentimentos por Raven sempre serão complicados. Com ela, foi a primeira vez que tive o coração partido. Pensei que nunca mais a veria, e muito menos que a encontraria aqui trabalhando para o meu pai. Não tive a chance de absorver bem isso antes de você chegar. Mas, por favor, não interprete nada a mais que isso.

— Então, você tem certeza de que ela realmente está aqui pelo seu pai, e não por você?

— Certeza absoluta. Ela sente que deve muito a ele. A essa altura, ele está tão apegado a ela que eu não poderia interromper esse vínculo. Espero que você possa entender isso.

Ela ainda parecia incerta, e não disse nada.

— O que aconteceu foi há muito tempo, Paige.

Ela olhou para mim.

— Foi há muito tempo e, mesmo assim, você ainda estava pensando nela anos depois quando deu o nome àquele protótipo, não é?

A pergunta era justa. Eu tinha que tentar explicar, mesmo que nem eu conseguisse entender direito. Suspirei.

— Foi uma decisão impulsiva. Naquele tempo, eu ainda carregava ressentimentos em relação a ela. De um jeito estranho, dar o nome dela ao robô foi o jeito que encontrei de me conformar e seguir em frente. Foi antes de você.

No meu coração, eu sabia que meus sentimentos por Raven eram mais complicados do que eu estava fazendo parecer. Eram mais profundos do que eu estava disposto a admitir. Apesar disso, Raven perdeu a minha confiança no dia em que saiu da minha vida. Eu nunca poderia ficar com uma pessoa capaz de mudar de ideia tão rápido daquele jeito. Eu sempre teria medo de que fosse acontecer de novo. Então, não havia futuro para Raven e mim. Eu tinha que fazer o que fosse possível para assegurar a Paige de que ela não precisava se preocupar. Porque Paige era o meu futuro.

Ela caminhou até o espelho e começou a escovar seus cabelos em movimentos curtos e frustrados.

— Então, eu devo passar o resto do meu tempo aqui interagindo com ela como se nada fosse diferente? Como se você não tivesse sido apaixonado por ela?

— Podemos lidar como você quiser. Você não precisa admitir que eu te contei, ou podemos contar juntos a ela que você sabe. Concordarei com o que quer que te faça sentir mais confortável.

Ela finalmente soltou a escova.

— Ok. Obrigada por ser honesto. Eu sei que você não pediu por essa situação. Essa viagem não tem sido fácil para você.

Paige era meu conforto, em quem eu podia me apoiar. Eu precisava respeitar seus sentimentos e mostrar a ela o quanto eu a apreciava.

Peguei sua mão e a beijei.

— Estou feliz por você ter decidido vir.

Ela se aproximou e deu um beijo casto nos meus lábios.

— Eu também. — Ela olhou para nossos dedos entrelaçados. — E acho mesmo que quero que você conte a ela que eu sei, e quero estar presente. Quero que ela saiba que você não está escondendo nada de mim. Chega de *vibes* esquisitas por aqui. Ninguém precisa disso, com tudo que está acontecendo com o seu pai.

Inspirando profundamente, concordei com a cabeça.

— Ok. Podemos contar a ela amanhã.

Raven geralmente levava meu pai para a sala de jantar para almoçar conosco. Todos comíamos juntos, como uma família. Então, na hora do almoço do dia seguinte, esse seria o tópico da nossa conversa. Não podia dizer que estava ansioso por isso.

Paige dormiu cedo; ela ainda não havia se ajustado à mudança de fuso horário. E embora eu tenha prometido a mim mesmo que não me meteria no "encontro" de Weldon e Raven, isso ainda era tudo em que eu conseguia me concentrar: o que eles estavam fazendo, sobre o que estavam conversando. Estava ficando tarde, e ele ainda não tinha voltado para casa.

Enquanto Paige dormia, desci até a cozinha. Fiz um pouco de chá e sentei-me à mesa, atento à porta da frente.

Quando Weldon finalmente chegou, pouco depois da meia-noite, levantei-me e fiquei recostado na bancada, esperando por ele feito um falcão.

Ele abriu a geladeira e pegou uma lata de refrigerante antes de olhar para mim.

Cruzei os braços.

— Como foi o musical?

Esperava que ele chegasse aqui com a mesma expressão pretensiosa com a qual saiu. Mas algo estava diferente; sua expressão estava mais séria.

— Nós não fomos.

Meu sangue começou a ferver.

— Como assim vocês não foram? Onde diabos vocês estavam?

Ele tomou um longo gole de refrigerante e se recusou a olhar para mim.

— Muito bem... quando estávamos todos na piscina hoje, eu inventei o musical. O único motivo pelo qual a convidei para sair foi para mexer com você, porque você claramente ainda gosta dela. Eu não esperava que ela fosse aceitar. Então, quando ela aceitou, só entrei na onda.

Está brincando comigo, porra?

— Onde vocês estavam esse tempo todo, então?

Dessa vez, ele havia voltado a ser o antigo Weldon.

— Está ficando nervosinho?

Apertei os punhos.

— Olha... — ele disse. — Posso até ser um babaca, mas não encostaria naquela garota nem se ela estivesse minimamente interessada. Eu não faria isso com você.

Ainda furioso, repeti a pergunta.

— Onde vocês estavam?

— Fomos a um bar na Clematis. Ficamos conversando. E só. É muito fácil conversar com ela.

— Quando foi que *ela* descobriu que vocês não iam a um musical?

— No instante em que estacionamos em frente ao local e ela viu o letreiro anunciando outra coisa.

Não pude evitar uma risada.

— Você é um idiota.

— Mas ela levou na boa. Ela poderia ter me chutado e me trazido de volta para casa, mas levou na esportiva. Nós comemos pra caramba e conversamos sobre a vida. Foi a experiência humana mais normal que tive em meses. Ela não é do tipo que julga, coisa que gostei, já que agora eu sou um fracassado.

Encarei meu irmão. Passei muito tempo de olhos fechados para a vida de Weldon. Eu precisava parar de olhar somente para o meu próprio umbigo e buscar ajuda para ele. Antes que eu pudesse dizer mais alguma coisa, ele começou a me contar uma história.

— Sabe, teve uma vez que caí no sono na praia, há alguns meses. Quando acordei, me deparei com duas pessoas passando e olhando para mim com nojo. Elas presumiram que eu era um sem-teto. Pela primeira vez, senti um gostinho de como deve ter sido estar do outro lado do tratamento que eu costumava oferecer para qualquer pessoa que não tinha as mesmas origens que nós. Foi revelador. Muitas coisas ruins aconteceram comigo, Gavin, mas nenhuma tem a ver com o meu espírito, com a minha alma. Isso tem crescido, enquanto meu corpo está se deteriorando.

Dei alguns passos na sua direção e coloquei a mão no seu ombro.

— O que eu posso fazer para te ajudar? Farei qualquer coisa.

— Só não vire as costas para mim. Não importa quantas vezes eu faça merda.

Puxei-o para mim. Fazia anos que eu não abraçava o meu irmão. Ficamos naquela posição por pelo menos um minuto.

Dei tapinhas nas suas costas.

— Se eu não te chutei até agora, não chutarei mais, seu pé no saco.

Ficamos quietos por um tempinho, até ele interromper o silêncio.

— Sabe... consigo entender perfeitamente por que você se apaixonou pela Raven. Eu não entendia, naquela época. Na verdade, tinha muita coisa que eu não entendia. Mas entendo agora.

Sem dúvidas, era muito fácil se apaixonar por Raven. Mas eu me apaixonei por muitas coisas, incluindo a ideia de que ela correspondia aos meus sentimentos, de que eu era realmente importante para ela.

Weldon pareceu estar pensando em algo e sorriu consigo mesmo. Ele definitivamente tinha voltado com uma postura diferente.

— Eu vou buscar ajuda, ok? Quando eu voltar para a Califórnia, vou começar a fazer terapia.

— Ótimo. É a coisa inteligente a se fazer. Estou orgulhoso de você por reconhecer que precisa.

Weldon amassou sua lata de refrigerante e jogou na lata de lixo reciclável.

— Bom, eu estou cansado, e preciso de um banho. Vou para o meu quarto.

— Ok.

Antes de subir as escadas, ele parou.

— Às vezes, quando as pessoas são jovens, elas tomam decisões estúpidas baseadas em medo e outras coisas. Eu sei que foi isso que fiz. Continuo fazendo, na verdade. Em todo caso, quando a sua mulher voltar para Londres, talvez você devesse conversar com a Raven. Conhecer quem ela é agora. Não estou dizendo que você deveria trair a sua noiva ou algo assim. Apenas se certifique de que você tem *mesmo* certeza antes de se comprometer com algo do qual não vai poder sair. Tudo que aconteceu até agora pode ter sido por uma razão, para te fazer chegar onde está hoje. Mas a garota que você, um dia, quis mais do que qualquer coisa? Ela ainda está aqui.

CAPÍTULO 21

Raven

Fiquei tentando não fazer contato visual com Gavin e Paige enquanto estávamos à mesa para almoçar. Eu estava prestes a fugir dali com o Sr. M quando Gavin perguntou a Genevieve se ela se importaria de levar seu pai lá para cima. Ele disse a ela que precisava falar comigo.

Meu coração começou a palpitar. *Ele vai me demitir ou algo assim?*

— Sobre o que você quer falar?

— Me desculpe, eu não queria dizer isso na frente do papai. Eu só queria que você soubesse que contei a Paige sobre a nossa história. Achei que ela deveria saber.

Fiquei ali, em choque, e Paige se manifestou.

— Não há por que se sentir desconfortável. Ele me explicou a situação. Foi há muito tempo.

Aquilo me doeu, mas fingi rir da situação.

— Foi *mesmo* há muito tempo. Éramos praticamente crianças. Não sei por que eu não disse nada antes. Quero dizer, somos todos adultos.

— Exatamente.

Eu não deveria ter esperado que Gavin guardaria nosso segredo, mas, mesmo assim, convenci a mim mesma de que ele guardaria. Isso apenas provou como eu era tola.

— Caralho, isso foi estranho — Weldon murmurou ao estender a mão para pegar mais um rolinho.

Não sei se Gavin e Paige ouviram, mas eu com certeza ouvi.

Levantei e fui para fora, em busca de um pouco de ar. Sentei-me no pequeno banco perto do jardim e torci para que ninguém viesse atrás de mim.

Após alguns minutos, os passos de alguém se aproximaram por trás. Quando virei, era Weldon vindo na minha direção.

— Quem precisa de televisão com o tipo de drama que rola nessa casa?

— Weldon, eu vim para cá para ficar sozinha, então...

Ele me ignorou e sentou-se ao meu lado no banco.

Ele soltou um longo suspiro.

— Deu para ver que o meu irmão queria muito vir atrás de você. Mas ele está com as mãos atadas, então eu vim. — Ele me lançou um olhar compassivo.

— Bom, isso não era necessário. Eu só precisava de um pouco de ar. Vou ficar bem.

— Você está se esquecendo de que sou o único aqui que sabe o que realmente aconteceu. Então, não me venha com a balela de que está bem com tudo isso. Você pode ser sincera comigo.

Soltei uma lufada de ar pela boca, cedendo.

— É só que... é uma droga.

— É, eu sei. — Ele pareceu realmente estar um pouco triste. E então, ele estalou os dedos. — Ei! Quer que eu a seduza esta noite? Faça eles terminarem? Quer dizer, olhe só para mim. Ela não vai conseguir resistir. — Ele balançou as sobrancelhas.

Enquanto isso, parecia que ele não lavava os cabelos há duas semanas, e tinha migalhas de pão na sua barba.

Mas ele tinha conseguido me fazer sorrir.

— Bem, aí está... — Dei risada. — A solução para o meu problema.

Ele riu.

— Se serve de consolo, acho que a mamãe também não teria gostado da Paige.

— Por que diz isso?

— Porque a mamãe não gostava de *ninguém*, além de mim. — Ele piscou.

O restante da tarde passou sem que eu me encontrasse com Gavin novamente. Ele e Paige saíram de casa para turistar um pouco.

Infelizmente, eles chegaram em casa logo antes do meu turno acabar naquela noite.

Paige foi para o andar de cima. Gavin estava sozinho quando me seguiu até o lado de fora enquanto eu ia até meu carro. Fingi que não o tinha visto.

— Raven... — ele chamou por trás de mim.

Virei de uma vez antes de perder um pouco a cabeça com ele.

— Teria sido bom receber um aviso sobre aquele confronto desconfortável.

— Me desculpe se aquilo te chateou.

— Eu tenho que ir. — Corri para o carro.

Ele não me seguiu.

Meus pneus cantaram quando saí dali a toda velocidade.

Fui direto para a casa de Marni, sentindo minhas emoções borbulharem no peito. Eu a vinha mantendo informada por telefone todos os dias, mas não a via desde a noite em que ele chegou.

Quando ela abriu a porta, desabafei tudo, caindo nos seus braços às lágrimas.

— Não posso mais fazer isso. Não posso ficar na casa quando ela está lá. Não posso mais vê-lo com ela. Não posso ficar perto deles.

— Merda. — Ela me apertou. — Eu estava esperando você surtar. Você já descartou a ideia de contar a verdade a ele?

Afastei-me para olhar para ela.

— Ele está apaixonado por ela. Noivo. Qual é o sentido de fazer isso? — Enxuguei os olhos e entrei mais na casa. — Mal posso esperar que ela vá embora. Sinceramente, mal posso esperar que *ele* vá embora.

A filha de Marni, Julia, estava no balanço de bebê. Curvei-me para dar um beijo na sua testa.

— O que aconteceu *especificamente* hoje? — ela perguntou.

Fiquei de pé novamente.

— Eles me confrontaram juntos. Ele contou a ela sobre a nossa história. Acho que se sentiu culpado por ter escondido dela. — Meu peito doeu ao pensar nisso. — Ele tinha me prometido que não contaria enquanto ela estivesse aqui. Eu pedi que ele não fizesse isso. O fato de que ele ignorou isso e contou mesmo assim só prova que ele não tem consideração alguma pelos meus sentimentos. E por que ele teria, não é?

— Pois é. Ele pensa que você deu um pé na bunda dele anos atrás. Ele não sabe que você ainda o ama. Ele tem o direito de saber, Raven.

— E então, o que acontece? Ele vai voltar para Londres, voltar para ela.

— Você não sabe disso.

— Marni, a única coisa que poderia doer mais do que fazer o que eu fiz com ele seria perdê-lo de novo, principalmente para outra pessoa. Isso vai soar estranho, mas existe uma parte de mim que se conforta com o fato de que ele me amava quando terminei com ele. Pelo menos eu sabia que ele me amava. Abrir meu coração para ele novamente e ser rejeitada porque ele está apaixonado por outra pessoa? Eu acho que não aguentaria isso.

— Eu entendo. Mas você tem certeza de que ele está apaixonado por ela?

— Ele vai se casar. Por que a teria pedido em casamento se não a amasse? E o jeito como se juntaram contra mim hoje... eles são unidos. Estava na cara.

Ela me encarou, como se estivesse impotente.

— Então, é isso? É assim que a história termina?

Fechei os olhos por um momento.

— Sim. — Engoli em seco. — Tenho que seguir em frente.

Naquela noite, quando voltei para casa, desenterrei algumas fotos que não via há anos, fotos que eu não me permitia ver. Havia algumas imagens que Gavin e eu tiramos juntos naquele fim de semana que passamos na sua casa enquanto seus pais estavam fora. Era doloroso olhar para elas, principalmente porque eu podia ver nos seus olhos o amor que ele tinha por mim. Eu podia ver o quão felizes nós estávamos. Era assim que eu queria me lembrar de nós.

Eu precisava aceitar que o cara da foto não existia mais. Ele agora era um homem maduro, que finalmente encontrou sua paz. E eu também não era mais a mesma. Tive minha própria parcela de dificuldades e perdas, até mesmo depois que a minha mãe morreu — algo que não compartilhei com ele.

Sentada com as pernas cruzadas sobre a cama, continuei a olhar as fotos. Nunca teríamos aquela inocência de volta.

CAPÍTULO 22

Gavin

Nos dias após Paige ir embora, tentei manter o foco no meu pai, passando meus dias fazendo caminhadas com ele ou jogando cartas. Consegui fazer o máximo que pude por aqui. Não consegui convencer meu pai a se mudar, mas me sentia mais confortável quanto a deixá-lo em Palm Beach. Eu só precisava arrumar um jeito de vir aqui mais vezes.

Raven havia feito todo o possível para manter distância de mim desde o dia em que contei a ela o que eu tinha compartilhado com Paige. Talvez tenha sido melhor assim. Ela ficou afastada, permitindo-me ter mais tempo sozinho com meu pai.

Entretanto, o fato de Raven estar chateada comigo por ter contado a verdade para Paige continuou a me assombrar. Outra coisa que vinha me assombrando eram as palavras que meu irmão dissera na noite em que saíra com Raven, sobre como às vezes as pessoas cometem erros quando mais jovens.

Raven se arrependia de ter terminado comigo naquele tempo? Eu sabia que ela ainda se afetava com a minha presença. Aquilo era claro, diante da sua linguagem corporal. E eu sabia, lá no fundo, que meus sentimentos por ela ainda existiam. Mas o fato era que eu finalmente havia encontrado alguém com quem podia me ver passando o resto da vida. Eu não podia deixar minhas emoções confusas destruírem tudo que construí com Paige.

Na noite seguinte, fui ao andar de cima para ver como meu pai estava. Eu sabia que Raven provavelmente ainda não havia ido embora, mas não tinha certeza de onde ela estava. O quarto do meu pai estava vazio, mas a porta do banheiro estava entreaberta.

Ao me aproximar, paralisei. Meu pai estava na banheira, e Raven estava dando banho nele. Aquilo me chocou. Claramente, eu deveria saber que isso fazia parte das suas responsabilidades como sua enfermeira. Mas acho que nunca me toquei de que isso significava que ela já tinha visto o meu pai pelado.

Raven massageou shampoo nos cabelos dele. Ele parecia tão relaxado, como se esse fosse seu pedacinho de paraíso. Ela cuidava tão bem dele. Os olhos dele permaneceram fechados enquanto ela pegava água em um pequeno recipiente e jogava sobre a cabeça dele. Ele gemeu de prazer.

É, cara. Posso imaginar. Não pude evitar minha risada alta.

Ela se sobressaltou.

— Oh, meu Deus! Você me assustou.

— Desculpe. Não foi a minha intenção. Vim aqui para ver como ele estava. — Sorri para ele. — Oi, pai.

Meu pai simplesmente gemeu em resposta. Os olhos dele continuaram fechados, esperando por mais água para enxaguá-lo.

Após dar mais alguns passos para dentro do banheiro, pude ver dentro da água. Meu pai estava com uma ereção. Meu queixo caiu. *Que merda, hein?*

Naquele momento, ouvi passos. Meu irmão entrou no banheiro também.

— Aí está você. Queria saber onde estava todo mundo. Eu... — Ele percebeu a situação na banheira. — Oh... *olá.*

Raven pareceu se irritar.

— Será que podem dar um pouco de privacidade ao pai de vocês? Preciso terminar de enxaguá-lo antes do meu turno terminar.

— Desculpe. Não queríamos incomodar. — Empurrei Weldon para fora comigo.

No andar de baixo, na cozinha, Weldon decidiu dar uma de Weldon.

— Gosto de pensar que talvez ela vá dar um jeito naquele probleminha dele quando terminar o banho.

— E eu gostaria de bater a sua cabeça na parede.

— Jesus. Você está tão frustrado que nem ao menos aguenta uma brincadeirinha. — Ele pegou uma cerveja da geladeira. — Quer uma?

Dei de ombros. Ele me entregou uma garrafa.

Saímos para o pátio e nos sentamos em silêncio por um tempo, tomando nossas cervejas.

Quando avistou Raven através da porta de vidro, ele levantou e correu até a cozinha.

O que diabos ele está fazendo?

Quando me dei conta, ele a estava arrastando para fora e conduzindo-a até uma das nossas espreguiçadeiras.

— Não posso mesmo ficar, Weldon. Tenho muitas coisas para fazer esta noite.

— O seu turno acabou, não foi?

— Sim, mas...

— Só tome uma cerveja com a gente. Você claramente teve um dia bem *duro*.

— É sério? — Ela ficou brava. — Você é tão imaturo assim?

— Ah, pelo amor de Deus. Nem você nem o Gavin sabem mais rir com uma maldita piada. Você tem que admitir que o fato de que ele fica com uma ereção enquanto você dá banho nele é hilário.

— Na verdade, não acho hilário. Mas quer saber o que eu acho engraçado? O fato de que você está usando a mesma camiseta há sabe lá Deus quanto tempo, que tem uma mancha de molho do almoço de três dias atrás.

Deixei escapar uma risada pelo nariz; não pude evitar.

— Muito bem. Vai ser assim? — ele perguntou. — Eu aguento.

Raven abriu um sorrisinho.

Weldon apontou para o rosto dela.

— Estou vendo um resquício de diversão? Isso significa que você vai ficar para tomar uma cervejinha?

Fiquei surpreso quando ela concordou.

— Ok. Só uma.

Weldon foi até a cozinha para pegar uma cerveja para ela, deixando-nos a sós por um minuto. Um cachorro uivou à distância. Raven e eu nos olhamos e trocamos um sorriso hesitante, mas não dissemos uma palavra.

Havia tanta coisa que eu queria dizer, como pedir desculpas novamente por ter contado a Paige sobre nós sem lhe dar nenhum aviso. Mas Raven teve um dia longo, e achei que não era o melhor momento para tocar naquele assunto de novo.

Weldon voltou, entregando a cerveja para ela antes de relaxar na sua espreguiçadeira.

— Ahhh. Isso não é maneiro? Igualzinho aos velhos tempos, não é?

Ela riu.

— Não exatamente. Eu não era bem-vinda para ficar no pátio assim naquela época, como você deve saber. E, se me lembro corretamente, você era um cretino idiota que não se parecia em nada com Jesus. Esses, sim, eram os velhos tempos. — Ela piscou para ele.

Mordi o lábio, sem saber se gargalhava ou ficava chateado com a lembrança de como as coisas costumavam ser por aqui.

— Se bem que... — ela acrescentou. — Preciso admitir que você até que serve para aliviar o clima, quando é preciso.

Weldon flexionou os músculos.

— Eu sei que sou demais.

Raven bebeu mais um pouco de cerveja e ergueu a garrafa.

— A propósito, Weldon, ouvi dizer que o musical *Jesus Cristo Superstar* está em cartaz no Kravis Center. Quer ir?

— Está falando sério?

— Não.

— Ah, cara. Você me deixou todo animado.

— Sei como é — ela se queixou.

Permaneci calado, mas estava curtindo a atmosfera relaxante. *Porra, estava precisando demais.*

— A propósito — Weldon disse. — Você não acha que a mamãe acharia toda essa situação hilária agora? O papai lá em cima com o pau duro, e nós três tomando de conta da casa?

De repente, o céu abriu e começou a cair uma chuva forte.

Raven olhou para cima e estendeu a palma para aparar um pouco da água.

— Bem, aí está a sua resposta.

Conforme a data da minha partida se aproximava, percebi que não conseguia parar de pensar na Raven. Eu só tinha mais alguns dias aqui, e havia um sentimento intenso de urgência dentro de mim do qual eu não conseguia me livrar.

Eu não estava ficando mais jovem. Eu queria uma família. Estava pronto para sossegar. Não queria ficar com dúvidas antes disso acontecer. Esses últimos dias seriam a minha única oportunidade de explorar cada pergunta não respondida e conseguir o ponto final que eu precisava para seguir em frente com a minha vida, casar com Paige e não olhar mais para trás.

Isso tinha relação somente com seguir em frente com Paige, não com olhar para trás com Raven. Mas, de alguma maneira, eu sentia como se essa segunda opção fosse necessária para que eu pudesse fazer a primeira.

Eu tenho que conversar com ela.

Eu sabia que era o dia de folga de Raven. Tinha passado a manhã inteira com o papai, e agora ele estava tirando uma soneca.

Precisando clarear a mente, decidi sair dirigindo e acabei indo parar do outro lado da ponte, em West Palm Beach.

Só por diversão, decidi ir ver como estava o antigo clube de improviso. Para minha consternação, estava todo tapado com tábuas. No entanto, o letreiro ainda estava ali. Por alguma razão, ver aquele letreiro praticamente ileso pendurado no local fechado me deixou muito triste. Eu tinha tantas lembranças boas daquele lugar.

Para completar, o dia estava nublado e chuvoso. Fiquei no estacionamento vazio e tive uma sensação de déjà vu. Como dez anos se passaram tão rápido? Tanta coisa havia mudado. Tantas pessoas já não estavam mais aqui.

Ali estava novamente — aquele sentimento de urgência no meu peito. Eu não entendia bem o que ele estava tentando me dizer, mas suspeitava de que tinha algo a ver com Raven e o ponto final que eu estava buscando antes de voltar para Londres.

Paige e eu não planejávamos uma grande festa de casamento e iríamos para Fiji para nos casarmos. Eu sabia que ela queria que isso acontecesse em breve. Pelo que eu sabia, na próxima vez em que eu voltasse aqui, poderia estar casado. Se ainda restava alguma dúvida quanto aos meus sentimentos por outra mulher, eu precisava resolvê-los antes do casamento.

A insistência do meu irmão para que eu falasse com Raven me veio à mente mais uma vez. Weldon não costumava ser uma pessoa muito sábia, mas o que ele me tinha me dito me deixou realmente intrigado.

Dirigi por aí mais um pouco e acabei passando em frente ao estúdio de jiu-jitsu. Lembrei-me de que ela disse que dava aulas lá nos seus dias de folga. Eu não fazia ideia de qual era o horário da aula que ela instruía, mas parei no estacionamento. Se eu a visse lá, não ia atrapalhar nem nada, apenas assistir.

A parte frontal inteira do estúdio era feita de vidro, então dava para ver o interior. Meu coração falhou uma batida quando vi Raven usando seu uniforme preto. Ela sempre entrava no seu ambiente aqui, mas testemunhá-la na posição de líder era muito poderoso. Ela tinha evoluído tanto. Fiquei assistindo-a andar de um lado para outro enquanto falava diante de uma fila de adolescentes usando quimonos brancos.

Meu coração parecia prestes a explodir no peito. Mas eu tinha que reconhecer o que esses sentimentos realmente eram, não tinha? Um afeto inexplicável. Eu tinha amado verdadeiramente aquela garota? Eu achava que sim. Mas, depois de todos esses anos e da maneira como as coisas terminaram, não era o que eu estava sentindo atualmente. Não podia ser. Sabe quando pessoas perdem um dos membros e dizem que ainda conseguem senti-lo, às vezes, mesmo que ele não esteja mais ali? Isso também acontece com um coração partido. Às vezes, você ainda consegue sentir o amor que teve por alguém dentro do seu coração, mesmo depois de ele ter sido destruído.

Fiquei dizendo a mim mesmo que deveria ir embora, mas não conseguia parar de olhar para ela. Agora, ela estava no chão, segurando alguém enquanto descrevia sua técnica.

Quando a aula terminou, os alunos se dispersaram, e Raven sentou-se a uma mesa.

Vários minutos depois, eu ainda estava ali do lado de fora. Ela estava sozinha agora.

É melhor eu ir embora.

Apesar da recomendação do meu cérebro, abri a porta do estúdio. Um sino tocou quando entrei.

Raven ergueu o olhar da papelada na qual estava trabalhando e pareceu chocada ao me ver ali.

Enfiei as mãos nos bolsos.

— Oi.

— Oi. Hã… o que você está fazendo aqui?

— Você acreditaria se eu dissesse que estava na vizinhança por acaso?

Ela lambeu os lábios, nervosa.

— Acho que não.

— Ótimo. Então não vou tentar fazer você acreditar nessa bobagem.

— Sério, o que você está fazendo aqui?

— Eu não sei. — Dei alguns passos para me aproximar dela. — Eu queria espairecer a mente, então peguei o carro para dirigir por aí e fui parar naquele antigo clube de improviso. Está todo fechado com tábuas.

Ela assentiu, compreensiva.

— Eu não planejei vir aqui, mas passei em frente a caminho de casa. Então, estacionei, dei uma espiada e vi que você estava aqui. Não consegui mais parar de olhar, então fiquei e assisti à aula por um tempo.

— Não acredito que não percebi que você estava aqui.

— Bom, você estava ocupada.

— Você assistiu a tudo?

— Uma boa parte. Você estava incrível, como sempre.

Uma leve camada de suor brilhava na sua testa. Por alguma razão, aquilo me lembrou de nós dois suados na minha cama depois de transarmos pela primeira vez. Não pude evitar o que surgiu na minha mente.

— Se eu não te conhecesse bem, pensaria que você está me evitando, nesses últimos dias. Pode ser a minha imaginação, mas…

— Estou mesmo — ela admitiu.

— Eu sei. — Um momento de silêncio se passou. — É o seguinte. Eu vou embora dentro de alguns dias. Tenho algumas dúvidas e sentimentos dos quais não consigo me livrar. Pensei que não existiam mais. Mas existem. Eu vou voltar para a Inglaterra e vou me casar, então, não se preocupe, não estou insinuando nada com isso. Apenas sinto que precisamos conversar antes que eu vá embora. Só isso.

Ela parecia estar à beira das lágrimas, e me perguntei que parte do que eu havia dito podia ter causado aquilo. Estar perto de mim fazia tão mal assim a ela?

— Será que podemos ir comer alguma coisa? — sugeri. — Eu te trago de volta para buscar o seu carro depois.

— Na verdade, eu vim andando. Velho hábito. E gosto do exercício.

— Ah, ok. Bom, posso te levar para casa depois que terminarmos, então.

Ela pensou por um instante antes de assentir.

— Vou pegar as minhas coisas.

Quando retornou, ela me seguiu para o lado de fora. Abri a porta do passageiro para ela e entrei pelo outro lado. Tê-la no meu carro assim, só nós dois, parecia surreal.

— Gostaria de ir a algum lugar em particular? — perguntei.

— Bom, o Steak n' Shake ainda existe. Sei que você gostava bastante de lá.

— Até que enfim alguma coisa ainda existe por aqui. Quer ir lá?

— Claro. — Ela sorriu.

Acabamos comendo dentro do restaurante, cada um com seu hambúrguer e batatas fritas. Depois, pedimos milkshakes para a viagem.

Ficamos sentados no carro, tomando milkshake por um tempo. Eu não queria ligar a ignição, porque ainda não havia desabafado nada, e não sabia bem para onde ir.

Enquanto ela olhava pela janela, meus olhos se demoraram nela. Eu ainda me cegava por sua beleza. Não dava para evitar a atração física. Era inegável e palpável. Eu duvidava que meu corpo algum dia pararia de reagir a ela. A lembrança da sensação de estar dentro dela era real demais. A lembrança da sua vulnerabilidade, da maneira como ela se entregou para mim... era tudo real demais.

Raven se remexeu no assento, ainda sem olhar para mim.

— Por que eu te deixo tão nervosa? — perguntei.

Ela virou o rosto para encontrar meu olhar.

— Não sei — ela mal sussurrou.

— Tudo bem se você preferir deixar tudo isso para lá. Mas, para mim... sinto como se tivesse muitas coisas não ditas entre nós. Se eu não tivesse te reencontrado, talvez pudesse viver com isso. Mas você vai continuar na minha vida por causa do meu pai. Nós *vamos* nos ver novamente, e não quero que seja desconfortável.

Ela assentiu.

— Eu entendo.

Gotas de chuva bateram no para-brisas do carro conforme uma chuva típica de fim de tarde na Flórida começava a cair.

— Posso te pedir um favor, Raven?

— Ok...

— Você pode me mandar a real? Se eu te perguntar alguma coisa, pode ser honesta comigo?

Ela ficou quieta por um longo tempo, mas, por fim, balançou a cabeça afirmativamente.

CAPÍTULO 23

Raven

Ele queria que eu fosse honesta. Isso era ao menos possível? Respirei fundo. Ele merecia o máximo de honestidade que eu pudesse oferecer sem magoá-lo.

— Eu... te deixo chateada? — ele perguntou.

Meu coração martelou no peito.

— Não.

— É que você parece ficar tão triste quando estou por perto. Eu poderia jurar que você está prestes a chorar, às vezes.

Esse homem lindo pensa que me chateia. Ele não percebe que ainda o amo tanto que dói.

Eu precisava olhar nos seus olhos para dizer isso.

— Juro que você não me deixa chateada. Carrego muitos arrependimentos em relação à maneira como lidei conosco. A sua volta fez com que todos eles retornassem à superfície.

— Mas você não ficou feliz quando contei a Paige sobre nós. Você ficou *muito* chateada comigo aquele dia.

— Bom, sim, ok, *aquilo* me chateou. Você prometeu que não contaria nada. Mas eu entendo por que contou — acrescentei rapidamente. — Ela é sua noiva. Você precisa ser honesto com ela. E eu sinto muito por ter te pedido que escondesse a verdade dela. Isso não foi justo.

Ele assentiu.

— Obrigado por compreender por que contei. Mas me senti péssimo por isso. Você tem sido tão boa para o meu pai, e faz o seu trabalho com tanto esforço. Eu não queria te causar estresse. Entendo por que você não queria que as coisas ficassem desconfortáveis.

— Tudo bem, Gavin.

Embora eu estivesse evitando seus olhos, podia sentir seu olhar intenso com cada centímetro da minha alma.

Sua pergunta seguinte me abalou.

— Você se apaixonou por alguém?

Não desde você. Nem de longe.

— Não.

— Mas você teve namorados.

— Sim, eu tive. Mas nunca me apaixonei. Meu relacionamento mais longo durou dois anos. O nome dele era Ray. Trabalhávamos juntos no hospital. Ele também era enfermeiro. Ele gostava muito de mim... queria casar comigo. Eu queria amá-lo, mas, no fim de tudo, não consegui chegar a um ponto em que eu podia me ver passando o resto da vida com ele. Então, terminei.

— Onde ele está agora?

— Está casado e com dois filhos.

Gavin pareceu estar tentando assimilar aquilo. Uma emoção que não consegui identificar nublou seu rosto.

— Ok.

Eu também tinha uma pergunta para fazer a ele. Eu queira ouvir a resposta em voz alta.

— Já que vai se casar, você está apaixonado pela Paige?

Ele olhou para a chuva batendo na janela.

— Sim, eu a amo. Quero dizer... estou em paz. Até conhecê-la, não tinha sentido esse contentamento com nenhuma outra mulher.

E aquele era precisamente o motivo pelo qual eu não podia lhe contar. Ele estava feliz. *Em paz*. Paige o tinha ajudado a juntar os pedaços, o fazia se sentir amado. Mesmo que eu contasse a verdade, ele a escolheria em vez de mim, e eu não sobreviveria a essa desolação.

— Mas o amor se manifesta de maneira diferente de pessoa para pessoa, sabe? — ele acrescentou de repente. — O que eu tenho com ela é um tipo de amor mais maduro. O que eu senti por você... foi diferente.

Diferente.

— Como assim?

Ele fechou os olhos e riu um pouco.

— Foi... insano. Louco pra caralho. Intenso. Mas agora fico me perguntando se isso foi porque, talvez... não fosse real.

Olhei para cima, encontrando seu olhar com o meu pela primeira vez desde que desviei há alguns minutos.

— Não era real?

— O que eu quero dizer é... talvez fosse prematuro. Muito intenso, rápido demais. Os seus sentimentos verdadeiros no tempo provaram que eu estava envolvido demais, não é? Aparentemente, eu era o único que sentia algo tão forte assim. Às vezes, me pergunto se o que senti por você foi amor ou se foi alguma outra coisa, como uma paixão muito profunda e poderosa. Tudo o que sei é que nunca senti nada parecido desde então.

Eu o tinha feito duvidar se me amou de verdade? Lutei em silêncio contra as lágrimas. Saber que ele tem dúvidas quanto ao que tivemos, pensando que podia ser outra coisa além de amor, me causou uma dor profunda.

O que eu tive com Gavin foi o amor mais real e maravilhoso que eu poderia imaginar. Um amor que me impediu de me apaixonar por qualquer outra pessoa. Mas sua perspectiva fazia sentido. Não dei a ele nenhum motivo para acreditar que o que tivemos tinha sido real.

Fiquei ali, atônita, tentando segurar as lágrimas.

Gavin virou para mim.

— Prometi a mim mesmo que não chegaria a esse ponto... esse lugar de vulnerabilidade com você, Raven. Mas é muito difícil guardar tudo dentro de mim. Fico querendo te perguntar *por quê.* Sei que você respondeu a essa pergunta anos atrás. Mas nunca achei que fosse uma resposta boa o suficiente, por algum motivo.

— Eu era jovem e estúpida. Mas, por favor... nunca pense que o que vivemos não foi real para mim. Sim, fui eu que terminei. Mas cada segundo foi real, Gavin.

Perdi a batalha contra as lágrimas, e elas começaram a cair com força total.

Ele parecia estar compreensivelmente confuso ao pegar um lenço no console do carro e me entregar.

Funguei.

— Obrigada. Me desculpe por me descontrolar.

Ele sacudiu a cabeça enquanto eu assoava o nariz.

— Eu levei muito tempo... — ele disse. — Muito tempo mesmo para conseguir te esquecer. Tive muitos relacionamentos desde que fui embora, e tive mais casos insignificantes do que estou disposto a admitir. Não importa o que eu fizesse, ou *com quem* eu fizesse... eu não conseguia te apagar. Então, parei de tentar. Simplesmente segui em frente, apesar dos sentimentos persistentes. Eles ainda existem, só não com a mesma intensidade.

O medo começou a me sufocar conforme eu sentia tudo na ponta da língua, pronta para confessar.

— Eu não te trouxe aqui para te fazer sentir culpada — ele falou. — Eu só precisava colocar isso para fora. Estou bem de verdade, Raven. Foi há muito tempo. Quero que você saiba o quanto aprecio o que você está fazendo pelo papai. Só preciso que você fique bem sempre que eu vier visitar. Depois que eu casar com Paige... — Ele hesitou.

Ele não precisou terminar a frase.

A ficha caiu de uma vez. *Depois que ele casar com Paige.* Se eu continuasse a trabalhar para o Sr. M, teria que *ver* Paige e ele quando *os dois* viessem visitar. Eu teria que assistir à vida deles de camarote — os filhos deles. Senti-me prestes a hiperventilar.

Ele deve ter notado meu pânico, porque, de repente, ligou o carro.

— Muito bem. Quer saber? Isso é demais. Me desculpe. Vamos dirigir por aí um pouco.

Gavin seguiu em direção ao oeste por um tempo. Fomos parar em Wellington, que ficava a cerca de trinta minutos de onde eu morava.

Permanecemos em silêncio, até que Marni me mandou uma mensagem perguntando se eu ainda iria para sua casa esta noite.

— Merda — eu disse.

Gavin olhou para o celular na minha mão.

— O que foi?

— Esqueci que Marni vai fazer um churrasco hoje. Eu disse a ela que passaria lá.

— É mesmo? Seria ótimo ver a Marni. Você se importa se eu for com você para dizer oi? Posso te deixar lá e ir embora logo em seguida.

O que eu devo dizer? Não?

— Sim. Tenho certeza de que ela adoraria te ver também.

— Ótimo. — Ele sorriu. — Deveríamos levar alguma coisa para ela, não é? Seria falta de educação aparecer de mãos vazias.

— É. Não tinha pensado direito.

— Que tal passarmos no mercado?

— Ok. — Sorri.

Gavin deu a volta e seguiu novamente em direção a West Palm antes de, por fim, parar no supermercado. Estava chuviscando ao caminharmos pelo estacionamento.

Em certo ponto, Gavin acidentalmente pisou na parte de trás do meu sapato, fazendo-me quase tropeçar.

Ele pousou as mãos nos meus ombros.

— Merda. Me desculpe. Você está bem?

Seu toque me aqueceu. As emoções que ainda estavam rodopiando em mim desde a nossa conversa no carro me deixaram particularmente sensível.

— Estou bem. — *Bom, não exatamente.*

Assim que entramos, passamos por algumas seções procurando algo para levar. Uma dor insistia em irradiar pelo meu peito o tempo inteiro. Era surreal estar fazendo compras com ele. Tínhamos perdido esses tipos de coisas rotineiras no decorrer dos anos. *Isso.* Eu preferiria fazer essas coisas mundanas com Gavin a qualquer outra coisa em qualquer outro lugar do mundo. Porque nunca se trata do lugar. É sempre da *pessoa.*

Eu esperava que Paige soubesse o quão sortuda era por poder passar o resto da vida com Gavin, fazer essas coisas simples com esse homem maravilhoso, dormir ao lado dele à noite e ouvi-lo dizer que a ama.

Em determinado momento, pedi licença para ir ao banheiro, a fim de recuperar minha compostura.

Cinco minutos depois, quando me juntei novamente a ele, decidimos comprar uma daquelas garrafas enormes de vinho que Gavin gostava. A caminho do caixa, peguei-me empurrando o carrinho muito lentamente, porque não queria que isso acabasse. Quando isso acontecesse, ele estaria um passo mais próximo de ir embora.

Na fila do caixa, Gavin engatou uma conversa educada com a operadora. Mal ouvi uma palavra que eles disseram, encarando seus traços lindos, gravando esses últimos momentos com ele na minha memória, me perguntando se essa seria a última vez que estaríamos juntos sozinhos em algum lugar.

Quando voltamos para o carro, ele virou para mim.

— Tudo bem?

— Sim. — Forcei um sorriso.

Gavin examinou meu rosto por alguns segundos. Eu sabia que ele podia perceber que eu estava mentindo.

Ele ligou a ignição e saiu em direção à casa de Marni.

Mandei uma mensagem escondido para minha amiga enquanto a atenção dele estava na estrada.

Raven: Longa história, mas o Gavin está indo comigo. Ele quer te dizer um oi.

Marni: ?????!!!!!

Raven: Não é nada disso. Estávamos conversando e eu disse a ele que ia para a sua casa. Ele só quer te ver. Só isso.

Marni: !!!!!!!!!

Estava muito nervosa quando estacionamos em frente à casa de Marni. Essa situação toda me deixava muito desconfortável, mas eu podia entender por que Gavin queria vê-la. Eles se tornaram bons amigos nos seus próprios termos durante aquele verão, e quando o deixei tão abruptamente, acarretou também no término da amizade que eles tinham desenvolvido.

Marni abriu o portão antes mesmo de sairmos direito do carro.

— Ai, meu Deus! Riquinho! — Ela veio correndo até nós e puxou Gavin para um abraço.

— Como é bom te ver.

— Puta merda. Eu não esperava que fosse chorar — ela disse, limpando os olhos.

Gavin recuou um pouco para olhar o rosto dela, depois a puxou para mais um abraço.

— Você sentiu a minha falta tanto assim?

Ela enxugou os olhos novamente.

— Acho que sim.

— É tão bom ver você, Marni. Você ainda está do mesmo jeito.

— E você está ainda mais bonito, seu panaca.

Todos demos boas risadas com isso.

Quando Marni olhou para mim, eu soube. Ela estava chorando por mim. Porque ela me amava e sabia o quanto tudo isso estava sendo difícil.

— Você vai ficar, não é? — ela perguntou para ele.

Gavin virou-se para mim.

— Eu não planejava isso.

— Fique — Marni insistiu. — Temos bastante comida, e você precisa conhecer a minha filha.

Eu sabia que ele estava buscando pela minha aprovação, já que ele havia se convidado a aparecer aqui.

— Você deveria ficar — eu disse finalmente.

— Eu adoraria.

— Está combinado, então — Marni falou ao pegar o vinho da mão dele e agarrar meu braço. — Pode se servir de bebida e comida, Gav. Vou roubar a Raven para me ajudar lá dentro por um segundo.

— Tem certeza de que não quer que eu também ajude?

— Tenho. Apenas relaxe no jardim.

— Ok.

Ela me arrastou para a cozinha. Jenny estava misturando alguma bebida alcoólica com suco e frutas em uma tigela de ponche enorme.

— Oi, Raven.

— Oi, Jenny.

Marni olhou para trás por cima do ombro para se certificar de que Gavin não tinha nos seguido.

— Me desculpe por ter perdido o controle daquele jeito. É só que... ver você com ele depois de todo esse tempo... me deixou abalada.

E agora, estava *me* deixando abalada. *Deus, por favor, não permita que eu chore agora.*

— Eu sei.

— Ele está muito bonito.

Revirei os olhos.

— Sei disso também.

— Isso me deixa com tanta raiva.

Lancei um olhar de alerta para ela.

— Prometo que vou me comportar — ela disse.

— É melhor mesmo.

— Vou buscar a Julia. Ela tem que acordar, ou vai acabar não dormindo à noite.

Enquanto Marni foi buscar sua filha, ajudei Jenny a levar alguns copos vermelhos descartáveis e alguns outros itens para o lado de fora. Elas tinham colocado um monte de lanternas externas e pendurado pisca-piscas brancos ali, o que com certeza deixaria o ambiente deslumbrante assim que escurecesse.

Gavin estava de pé, conversando com um dos vizinhos de Marni. Ele tinha uma cerveja em uma das mãos e um pequeno prato com um guardanapo amassado na outra.

Quando me avistou, sua boca se curvou em um sorriso. Aquilo me lembrou do jeito como seu rosto sempre se iluminava quando ele me via. Ele pediu licença e veio até mim.

— Quer que eu prepare uma bebida para você? — ele perguntou.

Ergui a mão.

— Não. Estou bem, por enquanto.

Ele se inclinou para mim e falou diretamente no meu ouvido:

— Tudo bem mesmo para você eu estar aqui?

Senti o desejo me arrebatar.

— Sim, tudo bem mesmo.

— Ok. Só conferindo.

Acabei deixando que ele pegasse para mim um copo do ponche, no fim das contas, para aliviar um pouco a tensão.

Gavin e eu conversamos amenidades durante vários minutos, e ele me contou mais sobre como abriu sua empresa. De alguma maneira, aquilo se tornou uma conversa sobre investimentos. Ele me deu ótimos conselhos sobre fundos de aposentadoria. Também mencionei que queria vender a casa da minha mãe e me mudar para um apartamento de condomínio. Minha única hesitação era o aspecto sentimental. Ele sugeriu que eu a colocasse para alugar e tentasse tirar um lucro disso, o que era definitivamente algo a se considerar.

E então, nossa atenção desviou para Marni quando ela chegou ao jardim segurando uma Julia sonolenta, que estava chupando a mãozinha.

— Olha quem acordou — falei.

Marni trouxe sua filha até nós.

— Gavin, essa é a minha bebezinha, Julia.

Ele me entregou sua cerveja e pegou Julia nos braços. Vê-lo segurando-a era tão lindo quanto doloroso. Eu diria que meus ovários explodiram, mas foi mais como se tivessem murchado e morrido. Gavin seria um pai maravilhoso, algum dia.

Quando ele se aproximou e beijou a testa de Julia, veio a explosão.

— Você leva tanto jeito com ela, Gav — Marni disse. — Geralmente, ela chora quando uma pessoa estranha a pega nos braços.

Bem nesse instante, Julia começou a chorar.

— Bom, acho que o meu tempo acabou — Gavin brincou ao entregá-la de volta.

Marni levou a bebê para conhecer os outros convidados, deixando-me sozinha com Gavin mais uma vez.

— Você se sente pronto para voltar para Londres? — perguntei.

Ele deu de ombros.

— Sim e não. Definitivamente sinto que estou deixando uma parte de mim aqui. Não gosto da ideia de ficar tão longe do meu pai. E tem o meu irmão, que está um desastre. Sinto como se eu precisasse me dividir em dois: um para gerenciar a minha empresa e outro para ficar aqui com a minha família.

— Entendo. Mas alguma parte sua deve estar morrendo de vontade de voltar para a sua rotina, não é?

— Meu trabalho é tão corrido. Mal tenho chance de respirar. Vendo por esse lado, tem sido bom tirar essa folga.

— Eu sei que você sempre amou Londres. Não fiquei surpresa quando soube que você tinha se estabelecido por lá.

— Moro em um *loft* perto do rio Tâmisa. É lindo. Você ia adorar.

Isso machucou um pouco.

— Aposto que sim. — Respirei fundo. — Paige mora com você?

— Ela não se mudou oficialmente ainda, mas passa a maioria das noites lá. Eu trabalho durante muitas horas por dia, mas tento tirar folga pelo menos aos domingos. Nunca faltam coisas para se fazer onde moramos. Coisas para ver, museus... uma arquitetura linda.

— Você costumava dizer que adorava como lá era o oposto de Palm Beach.

— Sim. Isso ainda é verdade. Mas, sabe, agora que passei tanto tempo longe da Flórida, sinto falta daqui. Agora aprecio mais a beleza desse lugar. — Ele tomou um gole de cerveja. — Você se vê vivendo aqui para sempre? Quero dizer, tirando o seu trabalho com o papai?

— Acho que, mesmo sem o trabalho, eu provavelmente permaneceria aqui. Me sinto mais próxima da minha mãe aqui. E tem a Marni. Ela é minha família, sabe?

— Ah, eu sei. Fico feliz por vocês terem continuado tão amigas. É importante ter alguém para te dar suporte, não importa o que aconteça. Ela sempre foi esse tipo de pessoa para você.

— Sim. Concordo. — Olhei para ela e sorri. — Espero que você e o seu irmão possam reparar o relacionamento entre vocês. Ele não é tão ruim assim. Só precisa de ajuda.

— Ele precisa querer se ajudar também.

— Eu sei.

— Queria que ele não tivesse escolhido se mudar para tão longe, embora isso tenha sido parcialmente intencional.

— A Califórnia parece combinar com o estilo dele.

— É. Um lugar propício para ser um beberrão de praia. — Ele revirou os olhos e sorriu. — A propósito, ele fala muito bem de você. Você o conquistou bastante durante o encontro que tiveram.

— Não foi um encontro.

— Eu sei. Estou brincando. Afinal de contas, seria demais ter o meu pai *e* o meu irmão apaixonados por você. — Ele piscou.

Sentindo minhas bochechas esquentarem, olhei para o meu celular.

— Você precisa voltar?

— Não. Só quando você quiser ir para casa.

Marni surgiu por trás de nós.

— É bom que vocês não estejam indo embora. Vamos acender uma fogueira. Você pode me ajudar, Gavin?

— Claro.

Ele ajudou Marni a carregar algumas lenhas.

Assim que a fogueira estava pronta, todos se juntaram em volta das chamas pequenas e controladas.

Gavin sentou do lado oposto ao que eu estava, de frente para mim. Vez ou outra, eu o flagrava me olhando através das chamas.

Aquilo acendeu um fogo dentro de mim.

CAPÍTULO 24

Gavin

Olhei para o céu noturno, embora soubesse que ela havia me flagrado olhando-a. O dia tinha sido bem cansativo emocionalmente. Lançar alguns olhares furtivos para ela através das chamas da fogueira era tudo que eu queria fazer agora. Raven era um colírio para os olhos. As outras coisas que eram difíceis: interpretá-la, descobrir o que ela realmente estava pensando.

Algo estava faltando — e não somente relacionado ao que aconteceu entre nós. Eu tinha a sensação de que havia outra coisa sobre sua vida que ela nunca me contou. Estava com essa suspeita desde o nosso jantar na minha primeira noite aqui. Ela parecia estar mais cautelosa e se portava de maneira diferente. Tenho tentado compreender isso, mas sem sucesso.

Ela havia me perguntado se eu estava pronto para voltar para Londres. Enquanto parte de mim queria escapar de volta para a minha vida normal, esse sentimento de urgência, de coisas mal resolvidas, persistia.

Estava ficando tarde, e o tempo havia esfriado significativamente. Fui até meu carro e peguei um moletom com capuz do porta-malas.

Quando retornei, entreguei a ela.

— Tome. Você parece estar com frio.

— Obrigada — ela disse ao vesti-lo e fechar o zíper.

Pouco tempo depois, os convidados de Marni começaram a ir embora.

— É melhor nós irmos também — Raven falou após um tempinho. — Somos os últimos aqui.

Eu não queria ir. Bom, não queria deixá-la. Sabia que, provavelmente, esta noite seria o fim. E eu ainda não tinha o ponto final do qual precisava.

Apesar da minha relutância, fiquei de pé.

— Sim, claro. É melhor irmos.

Enquanto nos preparávamos para ir embora, Marni veio até nós e me deu um abraço enorme.

— Foi tão bom te ver, Riquinho. Fico feliz que tenha decidido vir.

— Pode ter certeza de que vou me convidar para vir de novo na próxima vez que eu estiver na cidade.

— Você sempre será bem-vindo aqui. Sempre.

— Isso significa muito para mim. E ter conhecido Julia também.

Raven abraçou Marni antes de irmos juntos para o meu carro.

O curto caminho pela estrada em direção à casa de Raven foi quieto, mas a intensidade que nos rodeou o dia inteiro persistia ali.

Quando estacionei em frente à casa dela, saí do carro para levá-la até a porta.

— A sua casa ainda está igual — comentei.

— Sim. Não fiz nenhuma mudança drástica nela.

Olhei em volta mais um pouco.

— Estar aqui me faz sentir como se tivesse sido ontem.

Sendo mais específico, me lembrava do dia em que ela terminou comigo, quando senti como se meu mundo tivesse desabado.

Raven estava em silêncio, apenas me olhando, embora seus olhos expressassem que ela queria me dizer alguma coisa.

Falei primeiro.

— Apesar de qualquer coisa que aconteceu entre nós, eu sempre quis o melhor para você. Espero que encontre a sua felicidade. — Fiquei enrolando por um longo tempo antes de, finalmente, me forçar a ir embora. — Te vejo amanhã em casa.

Assim que virei para voltar para o carro, ela me chamou.

— Espere.

Meu coração acelerou, pensando que talvez ela fosse dizer algo para me convencer a ficar. Mas, ao invés disso, ela abriu o zíper do meu moletom, tirou a peça de roupa e estendeu para mim. Quando o peguei, nossas mãos se tocaram. Ela ainda parecia estar tão... triste.

Agindo por impulso, coloquei o moletom em volta dos seus ombros antes de usar as mangas para puxá-la para um abraço. Simplesmente senti que ela precisava disso. Ou, talvez, eu era que estava precisando.

— Fique com o moletom.

Ela enterrou o rosto no meu peito. Ela era tão mais baixa que eu que sua cabeça se encaixava naturalmente sobre o meu coração. Eu sabia que ela podia sentir como ele estava acelerado.

E então, ela começou a chorar copiosamente.

Que porra está acontecendo?

Afastei-me um pouco para olhar seu rosto.

— Olhe para mim. Olhe nos meus olhos. — Quando ela finalmente o fez, eu disse: — Não importa quanto tempo passou. Não importa o que aconteceu nas nossas vidas... ainda sou eu. Sou eu, Raven. Você pode me dizer qualquer coisa. Me diga por que está chorando. Me diga por que está triste. *Por favor.*

Envolvi seu rosto entre as mãos e limpei as lágrimas com os polegares. Ela não parava. Apoiei a testa na dela e fiquei ouvindo o som da sua respiração trêmula.

Eu sabia que isso era completamente inapropriado. Mas as minhas emoções estavam me controlando; minha necessidade de confortá-la vencia todo o resto.

A cada vez que ela expirava, eu inspirava, sentindo o sabor do seu hálito. Foi tudo que me permiti fazer, e ainda assim, significou tanto.

Quando fechei os olhos por um instante, senti seus lábios nos meus. Chocado pelo contato, me afastei.

Raven parecia estar despertando de um transe.

— Ai, meu Deus. Eu... eu não sei o que deu em mim. Eu sinto muito!

— Tudo bem.

Não foi porque eu não queria beijá-la — eu queria isso mais que qualquer coisa. Mas eu sabia que era errado.

Ela se apressou em direção à porta.

— Não! Não, não está tudo bem. Eu te beijei. Isso *não* foi certo. *Nada* certo. Eu... eu tenho que ir.

— Raven, não vá.

Ela estava surtando.

— Eu tenho que ir — ela repetiu antes de se atrapalhar com as chaves, entrar em casa e bater a porta.

Mesmo que eu não tivesse iniciado o beijo, senti a culpa me consumir. Eu queria aquilo. Passei a noite toda querendo tanto sentir o sabor dos lábios de Raven. Querer trair é quase tão ruim quanto realmente trair, não é? Paige merecia mais que um homem que ainda gostava de outra pessoa.

Porra. Essa era a verdade, por mais que eu tentasse negar.

Eu precisava superar isso. Precisava superá-la. Lembrei a mim mesmo de que eu nunca conseguiria confiar em alguém que me dispensou tão facilmente. Ela faria isso de novo, e eu não sobreviveria a uma segunda vez. Eu me importava com ela — sempre me importaria —, mas ela era perigosa. Eu tinha que ir embora.

Raven era como uma droga. Eu estava bem até me permitir sentir um pequeno gosto dela novamente. E agora, me sentia fora de controle. O único jeito de realmente superá-la seria ir embora de vez, cortar laços emocionais e deixá-la ir.

Deixe-a ir.

CAPÍTULO 25
Raven

Deitei-me encolhida na minha cama, enquanto a chuva noturna batia na janela.

No que eu estava pensando?

Eu o *beijei*.

Fechando os olhos com mais força, estremeci.

Como pude perder o controle? Simplesmente aconteceu. Quando ele colocou o rosto tão próximo do meu, a necessidade de sentir seu sabor uma última vez se tornou insuportável. Inspirar seu cheiro tinha me transportado para outro tempo, outro mundo — um no qual não havia consequências.

Burra.

Burra.

Burra.

Ele se afastou de uma vez antes que qualquer coisa pudesse realmente acontecer.

Meu Gavin me rejeitou.

Se isso não foi o suficiente para mostrar o que seu coração sentia, não sei o que mais seria.

Estou tão envergonhada.

Eu não podia enfrentá-lo no dia seguinte. Eu ia dizer que estava doente e pediria uma licença pelo tempo em que ele ainda ficaria aqui. Quando ele fosse embora, eu retornaria para minha função. Odiava ter que fazer isso com o Sr. M, mas eu precisava ficar longe de Gavin pelo bem da minha própria sanidade. Nunca pedi folga por doença — do jeito que a minha mãe me ensinou. Com certeza, eu merecia isso.

Peguei uma foto da minha mãe de cima da minha mesa de cabeceira. Foi tirada perto da época em que ela foi diagnosticada. Éramos realmente muito parecidas, com nossos cabelos escuros, peles claras e olhos verdes. Por muitas vezes, desejei poder pedir um conselho a ela, mas nunca desejei tanto quanto esta noite. Queria que ela me dissesse o que fazer, como fazer essa dor ir embora, como esquecer Gavin. Eu acreditava que, onde quer que estivesse, ela agora sabia do sacrifício que fiz por ela. Esperava que ela entendesse que, se eu pudesse voltar no tempo, faria tudo de novo.

Uma batida alta na porta me assustou.

Alguém estava aqui.

Bang. Bang. Bang.

Meu pulso acelerou diante da possibilidade de ser Gavin. Meu coração traidor se encheu de esperança rápido demais. Será que ele tinha voltado por mim?

Bang. Bang. Bang.

Corri até a porta da frente e parei a alguns passos de distância.

— Quem é?

— É a Marni! Me deixe entrar!

Desapontada, abri a porta.

— Que droga é essa?

— Demorou, hein! — Ela passou direto por mim, parecendo um rato afogado.

— É uma da manhã! Você está maluca?

— Sim. Sim, eu estou. E vou te dizer por quê. — Ela estava sem fôlego. — Tive que vir correndo até aqui. Fiquei me revirando na cama, e não estava aguentando mais. A princípio, não consegui entender por quê. Mas então, a ficha caiu. Eu disse a mim mesma: "Marni, você precisa fazer alguma coisa. Você não pode simplesmente ficar quieta e deixar a sua melhor amiga cometer o maior erro da vida dela. Ela está com medo. E, porra, você precisa enfiar um pouco de juízo na cabeça dela. Porque ela está prestes a deixar o amor da vida dela voltar para a Inglaterra e se casar com outra pessoa". Só por cima do meu maldito cadáver!

— Eu o beijei, Marni.

Ela arregalou os olhos.

— Você o beijou?

— Sim. E sabe o que aconteceu?

— O quê?

— Ele se afastou tão rápido que fiquei tonta. Ele não me ama mais. Ele ama a noiva dele. Essa foi a prova.

Marni cruzou os braços.

— Eu não acredito nisso. Ele se afastou porque não quer se apaixonar por você de novo só para acabar se magoando ainda mais. E ele provavelmente teve medo de que o beijo se transformasse em algo a mais. Ele é um bom rapaz. Não quer trair a Paige, nem ceder ao que sente por você se, para isso, tiver que trair outra pessoa. Mas ele te ama. Passei o tempo inteiro hoje vendo aquele homem olhando para você. Ele está muito apaixonado por você, Raven, e deve se odiar pra caralho por isso. Porque acha que não *deveria* te amar. Ele não sabe a verdade. E acha que está apaixonado por alguém que simplesmente o descartou. Você *tem* que contar a ele.

Minha alma gritou para que eu acatasse seu conselho. Mas o medo era uma droga que tomava de conta da minha alma vulnerável.

— E se eu contar a ele e perdê-lo mesmo assim?

— Você não entende? De um jeito ou de outro, você vai perdê-lo, querida. Se ele escolher a outra, você o perderá. Se não contar a verdade, você o perderá. O único jeito de ter uma chance de ficar com ele é contar. — Ainda recuperando o fôlego, ela apertou o peito. — Quando ele vai embora?

— Depois de amanhã.

— Faz assim: tire um dia de folga. Amanhã. Olhe bem dentro do seu coração e se pergunte se você será capaz de viver consigo mesma se deixá-lo ir embora. Eu sei que não conseguiria viver *comigo mesma* se não tivesse vindo aqui no meio da noite nessa tempestade para te implorar que não cometa esse erro. Mas, no fim de tudo, a decisão é sua.

Respirei fundo.

— Ok. Eu prometo que tirarei o dia amanhã para pensar sobre isso.

CAPÍTULO 26

Gavin

Você fez a coisa certa.

Foi o que fiquei dizendo a mim mesmo.

Então, por que eu me sentia tão errado por ter magoado a Raven ao recuar? Aquilo tudo era culpa minha. Fui eu que fiquei muito perto dela. E então, perdi a porra da cabeça.

Paige.

O que foi que eu fiz?

Minha mente ficou girando.

Você não fez nada.

Você interrompeu.

Está tudo bem.

Daí, tudo mudava de novo para: *Como você pôde?*

No caminho de volta para casa, parei em uma loja de bebidas. Só o que tínhamos em casa era vinho, e eu precisava de algo muito mais forte que isso. Comprei uma garrafa da melhor vodca e fui direto para casa.

Eu precisava afogar as mágoas, ficar tão chapado que nada mais importaria. Se não fosse assim, eu ficaria acordado a noite inteira analisando tudo, quando a realidade era apenas uma: foi um erro.

Me deixei levar por sentimentos antigos.

Nada aconteceu.

Nada aconteceu.

Mas eu a queria. Isso era inegável. E não era tão ruim quanto?

No dia seguinte, eu veria as coisas com mais clareza, recuperaria os sentidos. Mas, esta noite, eu precisava de uma ajudinha.

Escolhi a área da piscina para a minha festinha de autopiedade solitária.

Estava escuro, exceto pelas luzes que iluminavam a água. O vento da noite farfalhava as palmeiras ao meu redor.

Quando olhei para o meu celular, percebi que não tinha visto uma mensagem de Paige, enviada hoje mais cedo.

Paige: *Estou indo dormir. Queria que soubesse que estou pensando em você. Te amo e mal posso esperar que volte para casa. Contando as horas!*

Tomando um longo gole direto da garrafa, olhei para o céu noturno. A vodca queimou ao descer pela minha garganta.

Um tempo depois, Weldon surgiu das sombras, vindo da casa da piscina. Agora eu sabia por que quase não o via mais. Ele estava escondido ali.

— Ora, ora, ora... bebendo da boa, hein, irmão? E eu que pensava que você era bem-resolvido.

Fechei a garrafa.

— Me deixe em paz. Diferente do que você faz, essa não é uma ocorrência diária.

Ele me deu um tapa no ombro.

— Que bicho te mordeu, porra?

Senti o cheiro de álcool no seu hálito.

Aparentemente, éramos dois bêbados.

Weldon tinha mesmo me dado a impressão de que não estava bebendo ultimamente. Não o tinha visto tão bêbado assim desde que ele chegou. Pensei que ele estava fazendo um esforço para melhorar. Acho que me enganei.

— Estava querendo te dizer uma coisa. Estou pensando em ficar na Flórida por mais um tempo.

— O quê? Por quê?

— Não tenho motivos para ir embora ainda.

De jeito nenhum eu queria que o meu irmão ficasse aqui depois que eu voltasse para a Inglaterra e não pudesse ficar de olho nele. Eu não queria que ele ficasse perto do meu pai — ou da Raven — no seu estado atual. Ele precisava voltar para a Califórnia e buscar ajuda. Ficar na Flórida somente atrasaria isso.

— Você não vai ficar aqui.

— Como é?

— Você me ouviu. Você não vai ficar aqui, porra. Os funcionários não são pagos para cuidar de você. E não quero ter que ficar me preocupando com o que você anda fazendo nessa casa.

— *O que* ando fazendo ou *com quem* ando fazendo? — Seus olhos queimaram nos meus. — Qual é? Você acha que não sei sobre o que isso realmente se trata? Você não confia em mim com a Raven. Acha mesmo que eu faria isso com você?

— Não acho que faria nada comigo sóbrio. Mas você não tem autocontrole algum quando está bêbado.

— Olha só quem fala, sentado aqui com uma garrafa de vodca. A propósito, essa era a marca favorita da mamãe.

— Deixe a nossa mãe fora disso.

— Ok, você não quer falar da mamãe. Vamos, então, voltar ao fato de que você parece achar que tem o direito de me dizer que eu não posso ficar na minha própria casa.

— Eu tenho, sim, esse direito. Sou o representante legal, lembra? Tomo as decisões em relação ao nosso pai e a esta casa, e se eu disser que você não pode ficar aqui, você não tem outra escolha além de me obedecer.

Eu deveria ter pensado melhor antes de trazer esse assunto à tona. Weldon ficou bravo quando meu pai me designou como seu representante legal sem pensar duas vezes. Mesmo que tenha feito todo sentido no tempo em que isso aconteceu, somente fortaleceu o que Weldon acreditava: que meu pai sempre me favoreceu. Ao tocar nesse assunto, eu tinha ido longe demais.

— Agora você está me ameaçando? Você se acha tão esperto, não é? Mas não sabe de merda nenhuma, nem mesmo sobre a pior coisa que já te aconteceu.

A pior coisa que já me aconteceu?

— Do que você está falando, porra?

— Bem debaixo do seu nariz, e você não fazia ideia.

Se tinha uma coisa que eu odiava era ser manipulado pela minha própria família. Já tinha tomado vodca o suficiente para não dar a mínima para as consequências quando o agarrei pela gola da camiseta e o arrastei até a parede da casa da piscina.

— É melhor você me explicar do que está falando, ou eu juro por Deus que vou te estrangular.

Ele lutou para falar.

— Me solte!

Não soltei. Em vez disso, apertei sua gola com ainda mais força, mantendo-o preso contra a parede.

— Me diga. Do que você está falando?

— Raven... — Ele tossiu.

Minha pressão subiu. Agarrei-o com mais força.

— O que tem a Raven?

Debaixo do meu nariz.

Será que ele a tocou?

Tinha acontecido algo entre eles?

— Foi a mamãe...

Assimilei suas palavras.

Meu coração afundou.

— O que tem a mamãe? — Quando ele não respondeu, insisti que falasse. — Weldon...

— Ah, merda! — ele disse baixinho, como se tivesse cometido um grande erro.

Era tarde demais.

Cerrei os dentes.

— Weldon... o que tem a mamãe, e o que isso tem a ver com a Raven?

Um pavor me preencheu.

Não. Não. Não.

Não podia ser.

Por favor, me diga que isso não aconteceu. Porque isso seria a *única* coisa pior do que aquilo em que acreditei durante todos esses anos.

— Weldon! — gritei, e minha voz ecoou pela noite.

— Foi a mamãe que a fez terminar com você — ele revelou de uma vez.

Meu corpo inteiro entrou em choque e o soltei. Ele caiu no chão e lutou para recuperar o fôlego.

— Juro por Deus que, se você estiver mentindo sobre isso...

— Eu juro pelo túmulo da nossa mãe. É a verdade.

E agora eu sabia que ele não estava mentindo.

— O que... o que ela... — Eu mal conseguia falar.

— Ela descobriu que o papai estava pagando as despesas médicas da Renata. Ela surtou, foi à casa da Raven e a ameaçou. Ela jurou que interromperia os pagamentos e disse que te expulsaria da família para sempre se Raven não terminasse com você e fizesse parecer que foi escolha dela.

Minha cabeça estava girando.

— Você sabia disso?

— Não quando aconteceu. Descobri anos depois. A mamãe me confessou, certa noite. Achei que não teria sentido te contar àquela altura. Isso só iria te fazer sofrer e se virar contra ela.

De repente, uma sensação nauseante terrível me atingiu. Apertando meu estômago, corri até os arbustos e vomitei. Coloquei tudo para fora, até não sobrar mais nada, como se estivesse expelindo as mentiras nas quais baseei a minha vida durante a última década.

Desabei no chão e sentei-me no concreto, enquanto um tornado de emoções me arrebatou – raiva e traição, mas, principalmente, pura tristeza... perda. Dez anos vivendo uma mentira. Aparentemente, eu era o único que não sabia. Pensei em Raven e no fato de que ela tinha terminado comigo apesar do que, agora, eu sabia – que ela correspondia ao meu amor.

O que ela fez... foi tudo por Renata. Foi altruísta. E, sinceramente, eu nem conseguia ficar bravo com ninguém além da minha mãe. Como eu poderia perdoá-la por isso? O perdão ao menos importava, se a pessoa não estava mais aqui?

Tudo fazia sentido agora. Cada maldita coisa, especialmente a dor nos olhos de Raven sempre que ela estava perto de mim – perto de Paige.

Paige.

A mulher com quem vou me casar.

Sentia meu peito tão comprimido que mal conseguia respirar. Puta merda. Eu não sabia nem por onde começar a compreender isso.

Debilitado demais para dirigir, eu não podia ir até Raven esta noite. Pensei em ir andando, mas decidi que era melhor não. Eu precisava dessa noite para processar tudo, para pensar no que isso significava e em como afetaria minha vida.

Paige.

Paige me amava. Eu a amava, mas era suficiente para me fazer esquecer o que eu agora sabia?

Quando o sol nasceu, eu não tinha dormido nada, ainda sem a mínima ideia de como ia admitir para Raven que eu sabia. Decidi que deveria simplesmente ir falar com ela.

Talvez surgisse um clique na minha mente enquanto eu estivesse lá, algo que me diria que raios eu deveria fazer. Talvez ela me assegurasse de que o que sentia por mim não existia mais, e isso facilitaria a minha decisão. A dor nos seus olhos poderia muito bem ser culpa.

Após tomar um banho demorado e quente para tentar aliviar a dor, me vesti e fui para o andar de baixo.

A primeira coisa que Genevieve me disse foi:

— Raven pediu para avisar que não virá hoje. A agência irá mandar uma substituta para o turno diurno.

É claro.

Fiz-me de desentendido.

— Ela disse por quê?

— Foi a agência que ligou. Não sei o que está acontecendo, mas ela nunca faltou um dia de trabalho. Espero que esteja bem.

Ela não está.

Ela não estava doente. Estava me evitando, e eu não podia culpá-la.

— Genevieve, preciso sair por algumas horas. Por favor, certifique-se de que quem quer que venha no lugar de Raven tenha tudo o que precise. Me ligue se houver algum problema.

— Pode deixar, Gavin.

Quando cheguei à casa de Raven, fiquei no carro por alguns minutos para pensar no que dizer. Estava cedo. Ela podia até estar dormindo ainda. Pensei que deveria dar uma espiada lá dentro primeiro, para ver se ela estava de pé. Não queria acordá-la. Depois da noite passada, me ver ali já seria um despertar abrupto, de qualquer jeito.

Um sentimento nostálgico me preencheu conforme caminhei pela lateral da casa e espiei pela janela do seu quarto, do jeito que costumava fazer. A cama dela estava vazia.

Então, olhei em direção ao quintal e a avistei. Raven estava com as pernas cruzadas em posição de yoga, inspirando e expirando. Seus olhos estavam fechados; ela parecia estar mergulhada profundamente em uma meditação. Lembrei de como ela estudou sobre isso quando estávamos tentando ajudar sua mãe.

Os cabelos longos e pretos de Raven estavam presos em uma trança lateral. *Beleza boêmia*. Ela estava usando somente a parte de cima de um biquíni e um short. Foi o mais seminua que a vi desde que voltei para casa. Ela estava claramente imersa, abafando tudo ao redor. Estava tudo quieto, exceto pelo som dos pássaros cantando.

Seus olhos permaneceram fechados. Conforme fui me aproximando e a observei bem, ficou claro que havia uma coisa nela que estava muito diferente. Eu me lembrava do corpo de Raven. Cada centímetro, cada curva estava gravada na minha memória. Eu desejava com frequência poder esquecer.

E agora, enquanto meus olhos se demoravam no seu peito, eu estava confuso.

Tão confuso.

Por que ela faria isso?

— Raven — chamei.

Ela se sobressaltou e abriu os olhos.

— Gavin! O que você está fazendo aqui?

— Precisamos conversar.

Ela se cobriu com os braços.

— Há quanto tempo você está aí?

— Vários minutos.

Ela olhou para seu peito e, depois, para mim.

CAPÍTULO 27

Raven

Gavin estava de olhos arregalados.

Não tinha como contornar aquilo; eu tinha que explicar.

Meu coração acelerou.

Sentindo-me exposta, abaixei os braços. Somente dois triângulos pequenos de tecido cobriam meus seios. Eu definitivamente não teria usado um biquíni tão pequeno se soubesse que Gavin ia aparecer no meu jardim.

Ele sentou-se na grama de frente para mim e esperou.

Engoli em seco.

— São... implantes, obviamente.

Ele piscou, confuso.

— São bonitos... mas os seus seios já eram tão bonitos. Não entendo por que você...

— Eu os removi, Gavin. Removi os meus seios.

Ele pareceu perplexo.

— O quê?

— Eu fiz uma mastectomia profilática, há dois anos. Foi uma medida preventiva, porque fiz um teste com resultado positivo para mutação nos genes BRCA, o que me dá uma chance muito maior de ter câncer de mama. Depois do que aconteceu com a minha mãe, eu não queria correr nenhum risco. Então, por recomendação do meu médico, decidi ser proativa.

Ele soltou um longo suspiro, olhando para os meus seios.

— Ok... uau — ele murmurou.

— Acho que você não sabia disso, mas a minha avó também teve câncer de mama. Como a minha mãe teve tão jovem, assim como a mãe dela, pensei que seria melhor investigar o meu risco genético. Muitas pessoas fazem somente exames, como check-ups a cada seis meses com ressonâncias magnéticas e mamografias, mas eu não queria ter que ficar me preocupando com isso. Removê-los não exclui por completo o risco de câncer de mama, mas o diminui significativamente.

Ele sacudiu a cabeça.

— Eu sabia...

— Sabia o quê?

— Que você tinha passado por algo muito importante e não queria me contar. Tinha algo diferente em você. Eu não conseguia descobrir o que era. Agora, eu sei.

— É — sussurrei.

— Não consigo nem ao menos imaginar a força que você teve que ter para tomar essa decisão. — Ele colocou a mão na minha. — Estou tão feliz por você ter feito isso, feliz porque você vai ficar bem.

— Espero que sim...

Quando ele olhou para os meus seios dessa vez, não me senti mais vulnerável. Pensei tanto nele quando estava passando pelo tormento de decidir o que fazer. Ficava me perguntando o que ele acharia, que conselho me daria.

— E eles são lindos — ele disse. — Você é linda.

— Foi a *segunda* coisa mais difícil que já fiz na vida.

Eu podia sentir minhas lágrimas começarem a se formar, porque eu sabia que tinha que contar a verdade a ele. Depois de passar a noite inteira acordada e de meditar pela manhã, cheguei à conclusão de que Marni tinha razão. Eu não conseguiria viver comigo mesma se não contasse antes que ele partisse.

Antes que eu pudesse proferir as palavras, ele segurou minhas duas mãos, olhou-me nos olhos e disse:

— Eu sei, Raven.

Minhas mãos começaram a tremer.

— O que você sabe?

Quando uma lágrima desceu por sua bochecha, eu não tive mais dúvidas.

Puta merda. Ele está chorando.

Ele sabe?

Como?

— Eu sei o que você fez pela sua mãe — ele disse. — Eu sei que a minha mãe te ameaçou. Sei que você não queria realmente terminar comigo. Sei que você viveu com esse segredo por dez anos. Eu sei de *tudo*. Cada maldita coisa.

Oh, meu Deus.

Ele sabe.

Ele realmente sabe.

Senti um peso enorme sair do meu peito. Ele tirou o fardo de ter que explicar. Mas eu ainda não fazia ideia de *como* ele sabia.

— Como você descobriu?

Gavin apertou mais as minhas mãos.

— Eu fiquei completamente na merda depois de ir embora ontem à noite. Acabei bebendo mais do que deveria. Isso resultou em uma briga com o meu irmão, que, sem surpresa alguma, também estava bêbado. Ele deixou escapar algo que parecia ser um segredo. E então, ele disse o seu nome, e eu quase o estrangulei até ele admitir toda a verdade.

Weldon. Meu Deus.

Havia tantas coisas que eu queria expressar, mas as palavras não vinham. Nenhum de nós parecia capaz de encontrar a coisa certa a dizer.

Gavin soltou minhas mãos e deitou ao meu lado no chão. Parecendo estar mentalmente exausto, ele apoiou a cabeça na minha coxa e olhou para o céu.

A brisa da manhã soprou seus cabelos. Não pude evitar e passei meus dedos pelas mechas. Ele fechou os olhos.

Ficamos assim, ouvindo os pássaros cantarem, durante um bom tempo. Eu podia sentir sua dor e confusão nos meus ossos. Estava claro que ele não tinha nem ao menos começado a processar o que tudo aquilo significava.

Não tinha sido exatamente do jeito que imaginei que isso seria, mas não era fruto da minha imaginação romântica. Era a realidade. E a realidade era que não éramos mais somente nós dois na equação. Ele estava noivo de outra mulher. E tinha uma vida em outro país. No seu silêncio persistente, pude sentir a confusão emanando dele.

Enquanto meus dedos continuavam a se enroscar nos seus cabelos lindos e cheios, perguntei-me se estava tocando o meu Gavin ou o Gavin de outra pessoa. Não pude emitir o suspiro de alívio do qual eu precisava desesperadamente. Ao invés disso, meu peito estava contraído. Ele nunca soube que eu o amava. Essa era a minha única chance de dizer a ele como me sentia, mesmo que fosse tarde demais.

Ele abriu os olhos e finalmente olhou para mim. Aquela era a minha deixa.

— Gavin... eu... — Hesitei para recuperar o fôlego. — Eu nunca superei. Nunca te esqueci. Tentei tanto fazer com que os outros relacionamentos que tive dessem certo, mas a lembrança de como era estar com você... Eu sempre sentia como se não estivesse sendo justa. Você não pode entregar o seu coração para alguém quando ele já pertence a outra pessoa. Você sempre teve o meu coração, mesmo que não soubesse.

Ele ergueu a mão e pousou a palma no meu rosto, acariciando minha bochecha com o polegar. Ele permaneceu em silêncio enquanto olhava para mim.

Fechei os olhos por um momento.

— Abrir mão de você foi a coisa mais difícil que já tive que fazer. Foi como se parte de mim tivesse morrido naquele dia, e nunca pude recuperá-la. Tivemos apenas um verão juntos, mas foi tudo para mim. Nunca tive a chance de te dizer como eu me sentia, que eu também estava apaixonada por você. Eu te amava, Gavin. Muito. Ainda amo.

Admitir a última parte foi um pouco arriscado, mas era tudo verdade. Eu ainda o amava, e precisava que ele soubesse.

Ele ficou assentindo e, então, soltou uma lufada de ar trêmula.

— Me desculpe, Raven. Eu sinto muito por minha mãe ter nos manipulado. Sinto muito por ter confiado na palavra dela e nunca ter descoberto a verdade. Naquele tempo, eu implorei que ela me dissesse se teve algo a ver com isso, e ela jurou que não teve. Fui burro e acreditei. Me desculpe por não estar aqui quando a sua mãe morreu. Me desculpe por não estar aqui quando você teve que passar por tudo o que passou desde então. Me desculpe por você ter me visto com a Paige. Eu... sinto muito. Porra, eu sinto muito por tudo.

— Por favor, não se desculpe.

Ele fechou os olhos novamente, mas, dessa vez, não me senti tão confortável em passar a mão nos seus cabelos. Algo no seu pedido de desculpas, na sua relutância em corresponder à minha declaração de amor, me fez sentir pânico por dentro.

— Por que você não me procurou depois que a sua mãe morreu? — ele perguntou. — Por que não me contou a verdade?

Tentei explicar minhas razões da melhor maneira possível.

— Eu fiquei muito mal depois de perdê-la. Senti-me muito vulnerável, e, sinceramente, eu ainda tinha medo da sua mãe, que ela me prejudicasse de alguma maneira por te contar a verdade, ou que ela te prejudicasse. Fazia três anos, e também tive medo de você já ter seguido em frente. Tive muitas razões que pareciam fazer todo sentido na época, mas agora eu vejo que era tudo medo. A mesma razão pela qual levei tanto tempo para admitir a verdade para você.

Esperei que ele dissesse alguma coisa – qualquer coisa – por um tempo agonizante.

Ele suspirou profundamente.

— Não sinto que tenho resposta alguma. Ainda há tantas coisas para compreender e resolver. Há tantas coisas que eu quero te dizer agora, mas não sei se são apropriadas sob as circunstâncias. Preciso recuar e processar tudo isso.

Fiquei tensa.

— Claro.

Ficamos em silêncio por um tempo, até ele quebrar o gelo.

— Tenho que voltar para Londres amanhã.

Eu sabia que ele ia embora, e o que eu esperava que ele dissesse ou fizesse, dadas as circunstâncias? Ele estava noivo. Sua vida estava lá. Mesmo que ele ainda sentisse alguma coisa por mim, ele tinha que voltar. Londres era seu lar.

Eu tinha que aceitar que havia uma boa chance de que o fato de que ele agora sabia da verdade não mudaria nada. Isso passava longe do resultado com o qual eu sonhava. Mas, pelo menos, ele sabia. Pelo menos eu não teria mais que viver com o fardo daquela mentira, que pensei que levaria comigo para o túmulo. Por isso, eu estava grata.

Gavin levantou, e segui seu exemplo. Ele entrelaçou os dedos nos meus. Olhei para cima, encontrando seus lindos olhos azuis, e agradeci a Deus por ao menos ter me dado a oportunidade de dizer a ele como me sentia.

Ele me puxou e me abraçou com firmeza. As batidas frenéticas do seu coração refletiam o turbilhão de emoções dentro dele. Seria essa a nossa despedida?

CAPÍTULO 28

Raven

Gavin tinha ido embora para Londres há duas semanas. Ele não me contatou sequer uma vez.

Isso me deixou tão triste quanto ansiosa — cada dia pior que o outro.

As coisas entre nós ficaram tão estranhas. Ele ainda estava em choque quando o vi pela última vez, e nunca mais o vi depois que ele foi embora da minha casa naquele dia.

Fiz o meu melhor para retornar à minha rotina com o Sr. M. Tudo estava normal, exceto por Weldon ainda estar aqui. Ele passava a maior parte do tempo sozinho na casa da piscina, e eu tinha quase certeza de que ele estava bebendo. Eu suspeitava que as coisas também não tinham ficado muito boas entre Gavin e ele.

Certo dia, ele apareceu no quarto do Sr. M, arrastando sua mala.

Levantei-me, surpresa.

— Você vai embora?

— Até que enfim, né?

— Eu não ia dizer isso.

Ele foi até seu pai, que estava sentado na poltrona reclinável.

— Oi, pai.

— Weldon?

— Sim. Eu queria falar com você antes de ir.

— Para onde você vai?

— Vou voltar para a Califórnia.

O sr. M pousou sua mão no braço de Weldon.

— Fique, filho.

Aquilo aqueceu meu coração.

— Valeu, pai. Mas eu preciso ir. Voltarei logo, eu prometo. Não vai mais ser como antes, quando se passavam anos até nos vermos novamente. — Weldon abraçou o pai.

— Você é um garoto tão bom — o Sr. M murmurou.

Weldon fechou os olhos com força.

— Eu prometo que, na próxima vez que eu estiver aqui, vou te dar razões para se orgulhar de mim.

O Sr. M não estava ciente dos problemas de Weldon. E aquilo provavelmente era uma coisa boa.

— A sua mãe e eu temos muito orgulho de você, filho.

Weldon olhou para mim, e eu sabia que ele estava se perguntando se o Sr. M tinha esquecido que Ruth estava morta. Naquele momento, não dava para ter certeza. Cada dia era diferente em relação ao que ele se lembrava.

Weldon deu tapinhas nas costas do pai.

— Não dê trabalho a Renata, ok, velhote? Comporte-se.

Ele virou-se para sussurrar para mim.

— Tem um carro vindo me buscar daqui a alguns minutos. Posso falar com você lá embaixo antes de ir?

— Claro. — Virei-me para seu pai. — Sr. M, vou levar Weldon até a saída. Voltarei logo.

Ao chegarmos no andar de baixo, Weldon e eu fomos para a cozinha.

— Então, você vai mesmo voltar para a Califórnia...

— Sim. Está na hora.

— O que você vai fazer quando chegar lá?

— O Gavin ligou para alguns lugares e conseguiu me colocar em um programa de reabilitação em Laguna Beach. Ele não confiou que eu tomaria a iniciativa, e essa provavelmente foi uma boa decisão. Três meses. Prometi a ele que iria. Começa na segunda-feira, então...

— Estou muito orgulhosa de você.

— Eu queria te passar todas as minhas informações e o nome do lugar onde estarei. — Ele pegou um bloquinho de papel da gaveta e escreveu algumas coisas. — Por favor, me avise se alguma coisa mudar com o papai. Preciso me envolver mais na vida dele. Quero ser melhor para ele.

— Você será.

Ele olhou para baixo, encarando os pés, como se estivesse um pouco envergonhado.

— Eu sinto muito mesmo pelo que fiz, por ter contado a verdade ao Gavin. Não era meu segredo e eu não tinha o direito. Acabei fodendo tudo.

— Não precisa se desculpar. Na verdade, você me fez um favor. Eu tinha decidido contar antes que ele fosse embora, de qualquer jeito, e você me salvou de ter que explicar.

— Ainda assim, me sinto culpado. Prometi a você que não diria nada. — Ele suspirou. — O que aconteceu entre vocês antes de ele ir embora?

— Gavin não te disse nada?

Ele sacudiu a cabeça.

— Eu sabia que ele tinha ido te ver, e voltou para casa naquele dia parecendo ter sido atropelado por um caminhão. Mas ele não quis conversar, só me fazer prometer que eu o deixaria encontrar um lugar onde eu pudesse fazer reabilitação. Ele disse que me deixaria ficar aqui por mais algumas semanas com essa condição. Acho que ele não teria me expulsado, mas concordei mesmo assim. Eu sabia que precisava do empurrãozinho. — Ele arrastou sua mala até a porta. — Você não falou com ele?

— Não. Nem uma palavra.

— Espero que dê tudo certo entre vocês, Raven. Espero que ele caia em si. Ele vai perder muito se não fizer isso.

— Obrigada. Não sei se alguma coisa irá mudar em nossas vidas, mas estou aliviada por ele saber a verdade. Apenas foque em melhorar. Sei que você pode fazer isso.

— Valeu por acreditar em mim. — Weldon se aproximou e me deu um abraço. Eu sorri. Ele agora era uma das minhas pessoas favoritas, apesar do nosso histórico volátil.

Fiquei olhando-o entrar no Uber e ir embora.

Tudo pareceu ficar mais vazio no instante em que ele partiu. Ter os irmãos aqui novamente foi tão nostálgico. A presença deles trouxe vida de volta a esse lugar. Agora, iria voltar a ser praticamente uma casa de repouso, embora provavelmente a mais linda do mundo.

Naquela tarde, Genevieve se deparou com alguns álbuns de fotos antigos, que estavam juntando poeira no armário de um dos quartos de hóspedes.

— Você acha que talvez o Sr. M queira dar uma olhada em algumas dessas fotos? — ela perguntou.

— Pode ser um bom exercício para ativar a memória dele. Sim, vou levá-los para ele.

O Sr. M estava sentado na cama assistindo à CNN quando entrei. Baixei o volume.

— Genevieve encontrou algumas fotos antigas. O senhor gostaria de dar uma olhada nelas?

Ele confirmou com a cabeça.

Sentei-me na beira da cama e pousei um dos álbuns no seu colo.

Ele começou a passar as páginas e parou em uma foto de Ruth tirada no jardim. Devia ter sido tirada há uns vinte anos. O colar de diamantes que ela sempre usava estava em volta do seu pescoço.

— Minha linda esposa.

Cerrei os dentes.

— Sim, ela era, não era?

Ele voltou a passar as páginas. Havia várias fotos dos garotos de quando eles tinham por volta de seis e dez anos de idade.

Em uma das fotos, minha mãe estava de pé à direita de Gavin, ajudando-o a cortar um pedaço do seu bolo de aniversário. Precisei juntar todas as minhas forças para me impedir de chorar, porque era uma imagem que eu nunca tinha visto antes. Cada lembrança dela era tão preciosa.

Ele apontou para o rosto dela.

— Quem é essa?

Meu coração acelerou um pouco.

— Essa... sou eu.

— Pensei que fosse.

Ele ficou alternando olhares entre a foto e mim. Fiquei nervosa com a possibilidade de ele perceber a diferença, mas ele logo voltou a virar as páginas.

Ele parou em uma foto de Gavin e Weldon pescando.

— Olhe só para eles. São bons garotos.

— Eles são, Sr. M. O senhor tem muita sorte, tem dois filhos maravilhosos que o amam muito.

Ele virou para mim.

— Também tenho sorte por ter você.

Passei um braço em volta dele.

— A sorte é toda minha.

Depois que terminamos de ver aquele álbum, abrimos mais um. Esse continha fotos de quando os garotos estavam no ensino médio.

Em uma delas, Gavin estava usando um smoking, de pé ao lado de uma garota loira com um vestido longo vermelho. Os cabelos dela estavam presos, com algumas mechas soltas emoldurando o rosto. Era de algum baile, tirada provavelmente cerca de cinco anos antes de eu conhecê-lo.

— Quem é esse? — ele perguntou.

— Esse é o Gavin.

Ele pareceu confuso.

— Quantos anos o Gavin tem agora?

— Trinta e um.

— Onde ele está?

— Em Londres. Mas ele esteve aqui há pouco tempo, lembra?

— Ah, sim. Hoje de manhã.

— Não. Aquele era Weldon. Ele voltou para a Califórnia hoje. Gavin esteve aqui por um mês, até algumas semanas atrás. Ele passou bastante tempo com o senhor.

Após um longo momento de silêncio, ele disse:

— Ah, sim. É verdade.

Senti tristeza tomar conta de mim, como sempre acontecia quando ele perdia a noção do tempo e das coisas assim. Às vezes, era passageiro, mas outras vezes, não. Era difícil dizer quando ele realmente se lembrava de alguma coisa e quando ele fingia. Perguntei-me o quão piores as coisas poderiam estar na próxima vez que Gavin viesse para casa.

Entretanto, eu tinha que confessar que, em alguns dias, eu queria que o Sr. M pudesse dividir seus esquecimentos comigo. Havia muitas coisas das quais eu queria poder não me lembrar.

Os dias passaram, e eu continuava sem notícias de Gavin. Fazia quase um mês desde que ele foi embora.

Eu estava quase desistindo da esperança de que ele ia entrar em contato comigo, até que meu celular tocou numa tarde de quarta-feira.

Uma onda de adrenalina me arrebatou, e senti como se a minha vida estivesse em risco.

Limpei a garganta.

— Alô?

— Oi. — Sua voz profunda me agitou, fazendo meu pulso reagir.

— Oi.

— Como estão as coisas por aí? — ele perguntou. — Tenho falado com Genevieve, mas faz um tempo que não falo com você.

— Está tudo bem. Estável. O seu pai está bem.

Ele fez uma pausa.

— Como você está?

— Eu estou... aguentando firme.

— Me desculpe por não dar notícias.

A cada segundo que passava, o pavor me preenchia mais.

— Tudo bem. Quer dizer, eu não estava esperando que você entrasse em contato, exatamente.

— Eu precisava de um tempo para clarear a mente depois de voltar da Flórida.

Engoli em seco.

— Certo...

— Posso te perguntar uma coisa?

— Sim...

— Você confia em mim?

O que isso significa?

— Confio.

— Nós precisamos conversar... pessoalmente. Não quero fazer isso por telefone. Mas não posso sair da Inglaterra agora. Eu estava pensando... será que você poderia pegar um voo e vir para cá?

Senti meus olhos se arregalarem.

— Para Londres? Você quer que eu vá para Londres?

— Sim. — Ele riu. — Você tem passaporte?

Levei alguns segundos para processar sua pergunta.

— Acredite ou não, mesmo que eu não vá a lugar algum, eu tenho um, e está atualizado.

— Você poderia pegar um voo esta noite?

Meu coração acelerou. Eu queria gritar "sim!", mas tinha tantas perguntas a fazer.

— Como isso seria possível? Eu teria que falar com o pessoal do trabalho.

— Eu vou ligar para a agência e deixar tudo arranjado para o papai. E, é claro, vou reservar o seu voo. Se eu fizer isso, você vem?

Como eu poderia dizer não? A curiosidade me mataria.

— Eu... sim. Sim! Eu vou.

Ele soltou um suspiro ao celular.

— Vou fazer algumas ligações e te ligo novamente, ok?

Embora eu mal conseguisse respirar, tentei soar calma.

— Ok.

Desliguei.

O que acabou de acontecer?

Nem preciso dizer que tive muita dificuldade para me concentrar durante o resto da tarde.

Quando senti que não conseguia mais aguentar a espera, fui até o quintal enquanto o Sr. M tirava uma soneca.

Liguei para Marni.

— O que houve? — ela atendeu. — Você não costuma me ligar a essa hora.

— Marni, estou surtando.

— Por quê? O que aconteceu?

— O Gavin quer que eu vá para Londres... hoje à noite.

— O quê? Hoje à noite?

— Ele me ligou e disse que precisa conversar comigo pessoalmente, não quer fazer isso por telefone. Ele não pode sair da Inglaterra agora, então quer que eu pegue um voo para lá. Ele está arranjando substitutos para o pai dele para que eu possa ir esta noite.

— Puta merda! Essa é a coisa mais romântica que já ouvi.

— Romântica? É assustadora!

— Como você pode pensar isso?

— Não tenho evidências de que ele está fazendo isso porque quer voltar comigo. Talvez ele precise me ver pessoalmente para me dar más notícias. Ele não me disse por que me quer lá, somente que precisamos conversar. Isso tudo soou meio sinistro, na minha opinião.

— Não acredito nem um pouco nisso.

— Talvez ele ainda esteja confuso. Talvez precise de tempo comigo para descobrir o que realmente quer? Ou talvez ele só queira me ver uma última vez antes de...

— Pare de ficar criando teorias.

— Ele passou quase um mês sem entrar em contato comigo, e agora quer que eu vá para Londres. Não sei o que pensar disso.

— Não pense nada. Apenas faça. Vá. Arrisque-se, Raven. Você nunca nem saiu do país. Merece uma folga da sua rotina e, Deus sabe, você merece um ponto final em relação a esse homem. De um jeito ou de outro, acho que você vai conseguir, dessa vez.

— Queria que você fosse comigo.

— Nah. Você precisa fazer essa viagem sozinha.

Meu celular apitou. Olhei para a tela. Era Gavin me ligando.

— Ai, meu Deus. Ele está ligando.

— Vá, vá! — ela disse.

Cliquei para atender, tentando soar casual. Minha mão livre cobriu minha testa.

— Alô?

— Oi. Falei com os responsáveis na agência. Eles me asseguraram de que têm uma pessoa que já trabalhou com o papai antes pronta para te substituir por pelo menos alguns dias. Mas eles disseram que cuidariam de tudo pelo tempo que fosse necessário. A substituta já está a caminho.

Voltei para dentro da casa.

— Como você conseguiu fazer isso em um prazo tão curto? — perguntei.

— Isso importa?

As coisas não funcionavam tão bem assim no lugar para o qual eu trabalhava. Fiquei me perguntando para quem ele havia oferecido dinheiro.

— Acho que não.

— Explique ao meu pai que você precisa sair da cidade. Assegure-o de que você vai voltar logo. Pedi um carro para te buscar daqui a meia hora. O motorista irá te levar até a sua casa para você fazer a mala. Depois, ele vai te levar ao Aeroporto Internacional de Palm Beach. Deixe o seu carro na casa do meu pai mesmo. Assim, você não vai ter que se dar ao trabalho de procurar estacionamento no aeroporto.

— Por que tenho a sensação de que estou em um filme com todas essas instruções?

— Quando você entrar no carro, terá uma mala com dinheiro dentro. Pegue-a, leve até o beco e... — Ele deu risada. — Brincadeira.

— Exatamente! É disso mesmo que essa situação me lembra! — Soltei uma lufada nervosa de ar pela boca. — O que eu faço quando chegar em Londres?

— Não se preocupe. Vai ter alguém lá para te buscar.

— Ok. Hum... isso é muito estranho. E empolgante. Só andei de avião uma vez na vida. Estou surtando um pouco.

— Você vai ficar bem. Eu prometo.

— Essa é oficialmente a coisa mais louca que já fiz.

— Bem, então, fico feliz por fazer parte disso.

Olhei para o relógio. Puta merda, eu estaria em Londres em questão de horas.

— Te vejo em breve, eu acho.

— Raven...

— Sim?

— Apenas respire.

CAPÍTULO 29

Raven

Acho que nunca estive tão ansiosa. Estar sentada em um avião da British Airways e sem saber o que me esperava quando pousasse era bem estressante.

Passei a maior parte do voo refletindo sobre a minha vida desde a volta de Gavin.

Quando éramos mais jovens, Gavin e eu costumávamos conversar sobre encontrar nossos propósitos. Eu havia definitivamente encontrado o meu cuidando do Sr. M. Eu sabia que, depois que ele fosse embora desta Terra, ter trabalhado para ele deixaria um impacto duradouro em mim.

Estou muito mais madura e segura do que era dez anos atrás, mas a única coisa que nunca mudou foi o amor no meu coração por um homem com quem acreditei que nunca poderia ficar.

Ver Gavin novamente era uma segunda chance com a qual eu nunca sonhei. Até mesmo o pior cenário — de que Gavin iria seguir com seus planos de se casar com Paige e queria me dizer pessoalmente — me traria um ponto final. E essa era uma viagem para o outro lado do mundo que eu nunca teria aceitado se não fosse esse o caso. Essa experiência, sem dúvidas, mudaria a minha vida, de um jeito ou de outro.

O piloto falou no alto-falante.

"Estamos começando nossa descida para o Aeroporto de Heathrow. Neste momento, certifique-se de que os encostos dos assentos e as mesas estejam na posição vertical e que o cinto de segurança esteja afivelado corretamente. Certifique-se de que todos os dispositivos eletrônicos permaneçam no modo avião. Apreciamos a sua cooperação e agradecemos por escolher a British Airways."

Eu estava mais do que pronta para desembarcar desse avião, mas parte de mim queria ficar no ar por tempo indeterminado. Isso garantiria que eu sempre teria essa esperança. Me caiu a ficha de que eu veria Gavin esta noite. Assim que eu chegasse ao solo e soubesse a verdade, seja lá qual fosse, não haveria mais volta.

Quando comecei a sentir o avião descendo, meus ouvidos estalaram e meu coração acelerou mais do que nunca.

— Você fica nervosa em voos? — o cara sentado ao meu lado perguntou. — Vai ficar tudo bem.

Ele havia interpretado errado o meu nervosismo.

Em vez de explicar, simplesmente falei:

— Obrigada. Espero mesmo que sim.

Quando pousamos, minhas mãos começaram a tremer.

— Tudo bem. Estamos a salvo. — Ele sorriu.

Deus abençoe esse homem por tentar me acalmar, mas era preciso muito mais que isso.

Depois que paramos no portão, agradeci por ter uma fila enorme esperando para descer do avião. A cada passo que eu dava, o medo me preenchia mais. Ao ficar presa por um momento no engarrafamento do corredor enquanto um homem ajudava uma senhora a pegar suas bagagens dos compartimentos, o pânico brotou na minha garganta, mas consegui evitar um ataque total.

Finalmente fora do avião, segui para a alfândega, onde o processo foi surpreendentemente rápido.

Depois disso, caminhei sem pressa pelo aeroporto. Minhas pernas estavam bambas conforme eu olhava em volta. O que eu estava procurando? Uma placa com meu nome? Gavin? Era ao menos ele que viria me buscar, ou tinha mandado um motorista?

Não tinha ninguém esperando por mim, pelo que eu conseguia ver.

Um nome foi chamado no alto-falante. Aparentemente, alguém estava procurando por um ente querido perdido.

Me identifiquei com aquilo.

Por um rápido segundo, perguntei-me se estava sonhando. Esse seria o momento típico para acordar, se esse fosse o caso.

O homem que estava sentado ao meu lado no avião encontrou-se com uma mulher e uma menina, que deduzi serem sua esposa e filha. Sorri diante da empolgação da garotinha ao ver o pai. Mas meus pensamentos felizes desapareceram rapidamente, transformando-se em uma onda de ansiedade.

Não tinha ninguém ali para me buscar.

Segui pela escada rolante em direção à área de retirada de bagagem. Aparentemente, vários voos haviam pousado ao mesmo tempo, porque uma multidão se juntou ali. Completamente sozinha em um novo país, senti-me como uma criança perdida procurando pelos meus pais em um mar de estranhos. Não conseguia encontrar nem mesmo a esteira pertencente ao meu voo.

Perdida, debulhei-me em lágrimas. Eu sabia que isso não tinha nada a ver com estar perdida e tudo a ver com o meu medo do que estava por vir.

Enxugando os olhos, olhei para a minha esquerda, e à distância, eu o avistei. Seus olhos estavam em mim, o que significava que ele provavelmente tinha me visto enxugar as lágrimas. Senti meu coração quase saltar do peito para chegar até ele. Ele estava usando uma jaqueta de couro parecida com a que usava na primeira vez que o vi, e começou a desviar por entre as pessoas o mais rápido que podia.

A cada passo que o aproximava, mais certeza eu tinha de que não aguentaria receber más notícias. Eu nem ao menos queria sair desse aeroporto se significasse ter que reconhecer que tinha perdido qualquer chance com ele para sempre.

Quando ele finalmente me alcançou, estava sem fôlego.

— Você está mesmo aqui. — Ele pousou as mãos quentes nos meus braços. — Por que está chorando?

— Porque estou com medo.

— Por que você está com medo?

Entrei em pânico.

— Porque eu te amo. E não quero te perder de novo. Não sei o que você está prestes a me dizer. Tudo o que sei é que eu te amo, Gavin, mesmo que você ame outra pessoa. Nunca vou parar. Sempre vou te amar.

Seus olhos brilharam quando ele envolveu meu rosto entre as mãos.

— Raven... você acha que eu te diria para entrar em um avião e vir até aqui só para dizer que estou apaixonado por outra pessoa? Eu *nunca* faria isso. — Ele se inclinou e beijou minha testa, e aquele conforto foi a melhor sensação do mundo. — Me desculpe por te deixar esperando. Teve um acidente na estrada que estava engarrafando o trânsito. Cheguei aqui o mais rápido que pude.

Senti a calma tomar conta de mim, e os sentimentos de pânico foram substituídos pelo reconhecimento de que eu estava segura. Era a sensação mais eufórica do mundo.

Ele respirou fundo e apoiou a testa na minha.

— Pensei que teríamos tempo para começar essa conversa aos poucos, mas foda-se. Parece que preciso dizer isso agora mesmo. — Suas mãos quentes massagearam meus ombros.

Permaneci em silêncio enquanto ele falava.

— Me desculpe por não ter entrado em contato com você. Mas eu tive que fazer isso. As últimas semanas foram algumas das mais difíceis da minha vida, não porque eu não tinha certeza do que queria, mas porque sabia que teria que magoar uma boa mulher que me amava. Eu não podia te dizer como realmente me sinto até ter resolvido o que precisava com Paige. Mas, Raven... assim que descobri a verdade sobre o nosso término, nunca houve dúvidas sobre o que eu queria. Eu também nunca deixei de te amar. Apenas reprimi isso. Mesmo quando acreditei que você tinha escolhido terminar comigo, não consegui parar. Procurava você em cada mulher que conhecia, tentando encontrar aquela mesma conexão, as mesmas emoções que eu sentia quando estava com você, mas isso nunca foi possível, porque você é única.

Nossas respirações estavam irregulares quando ele finalmente me beijou. Pensei que iria explodir de felicidade. Conforme nosso beijo foi ficando mais urgente, esqueci que estávamos em um aeroporto abarrotado de gente.

Quando finalmente nos separamos, ele disse:

— Graças a Deus eu descobri a verdade naquele momento... e não depois de me casar. Porque não tenho certeza se o resultado seria diferente. Eu não poderia ignorar isso. Não seria justo estar com outra pessoa quando estou tão profundamente apaixonado por você. Durante todos esses anos, não teve um único dia em que eu não pensasse em você. Mas nunca imaginei que chegaria o dia em que você me diria que sentia o mesmo. Nós perdemos dez anos, mas passarei cada dia do resto da minha vida compensando o tempo perdido.

Comecei a chorar de novo. *Isso está mesmo acontecendo?*

Ele se afastou para me olhar, parecendo estar tão maravilhado com esse momento quanto eu. Ele segurou minhas mãos.

— Pouco tempo depois de começarmos a namorar, eu te disse que você sempre me teria, se precisasse de mim. Eu falei sério. Mesmo naquele tempo, eu sabia que nunca existiria outra pessoa que me fizesse sentir da maneira que você faz. Em dez anos, isso nunca aconteceu. Eu não estava destinado a me sentir completo com outra pessoa. Meu destino é estar com você, Raven. Eu te amo com todo o meu coração e toda a minha alma. Sempre amei.

Senti como se, pela primeira vez depois de uma década, conseguisse respirar de verdade.

Enxuguei os olhos.

— Estou sonhando?

— Não, amor. Isso é muito real.

Passei as mãos por seus cabelos, apreciando cada sensação nas pontas dos meus dedos. Eu podia finalmente dizer "Meu Gavin".

De repente, lembrei-me de onde estávamos. Eu queria tanto ficar sozinha com ele que mal podia esperar para sair logo dali.

— Onde está a sua bagagem? — ele perguntou.

— Não consigo achar — admiti, olhando em volta.

Ele sorriu.

— Minha pequena viajante.

Dei risada pela primeira vez desde que pousei na Inglaterra.

Gavin conseguiu localizar em qual esteira a minha bagagem estava.

Após alguns minutos, avistei minha mala floral.

— Ali está a minha, com a estampa de flores.

Gavin a pegou da esteira.

— Vamos dar o fora daqui.

O *loft* de Gavin era um antigo armazém histórico que foi transformado em uma elegante residência urbana. Ficava à beira do Rio Tâmisa, e era mais lindo do que eu poderia imaginar.

Com um pé-direito triplo e janelas originais com estrutura de metal, a vista era espetacular. O interior apresentava tijolos expostos e vigas de madeira grossas no teto.

Olhei em volta e caminhei até a janela, ainda esperando o momento em que despertaria desse sonho.

Sentia como se tivesse entrado na vida de outra pessoa em um lugar estranho. Parte de mim sabia que eu estava invadindo a vida de Paige. Eu tinha certeza de que a dor do que tinha acontecido com ela era mais recente do que Gavin estava deixando transparecer.

E se ele acabasse se arrependendo dessa decisão? Ainda havia tantas coisas no ar — como o fato de que ele morava aqui e eu, na Flórida.

Gavin retornou após guardar minha mala em um dos quartos. Aparentemente, ele pôde sentir que minha mente estava cheia de questionamentos.

Ele afagou meus braços, posicionando-se atrás de mim.

— Fale comigo.

Virei-me para ficar de frente para ele.

— Paige ainda trabalha com você, não é? — perguntei.

— Não. — Ele suspirou. — Concordamos com um pacote de indenização. Ela não queria mais trabalhar para mim, diante da situação. Não posso culpá-la. Ela ficou compreensivelmente muito magoada. Vou te contar tudo sobre como as coisas terminaram em breve. Mas, esta noite, quero apenas curtir você. Não quero pensar em mais nada.

Queria poder desligar todas as minhas dúvidas.

— Tudo isso... parece... bom demais para ser verdade.

— Seja específica. O fato de você estar aqui? Ou o fato de que ainda te amo?

— Tudo. Não quero que você se apresse em algo que poderá acabar se arrependendo. Quer dizer, nós teremos que namorar à distância. Não vai ser fácil.

— Nada que vale a pena é fácil. Se você quiser ir devagar, tudo bem por mim. Mas preciso te dizer que não preciso testar as águas com você.

Eu não queria ir devagar. Queria mergulhar de cabeça e dar a ele tudo o que segurei todos esses anos.

Mas será que ele tinha pensado bem mesmo nessa decisão? Talvez o problema fosse eu e meu medo impregnado de que, de algum jeito, eu não o merecia. O que quer que fosse, minha mente preocupada não podia ser domada.

Ele estendeu a mão.

— Venha. Quero te mostrar uma coisa.

Gavin me conduziu até seu quarto. A parede que ficava atrás da cama tinha os mesmos tijolos expostos do restante do apartamento. Uma das outras paredes tinha uma estante de livros enorme. Esse quarto era saturado do seu cheiro masculino.

Sentei-me na cama e fiquei olhando Gavin abrir um porta-charutos de madeira que ficava na escrivaninha. Ele retirou uma coisa pequena de lá. Meu coração palpitou.

Ele veio até mim e estendeu a palma, revelando um adesivo pequenino.

— Você reconhece isso?

Peguei o adesivo. Ao inspecionar bem de perto, percebi que nele estava escrito *Chiquita.*

Oh, meu Deus. Era o adesivo que tinha caído das bananas que comprei no dia em que nos conhecemos. Eu me lembrava muito bem de que ele o retirou de mim e o grudou na mão. Depois, ele saiu, levando-o, mas nem em um milhão de anos eu imaginaria que ele tinha guardado durante todo esse tempo.

— Não acredito que você ainda tem isso.

— No instante em que nos conhecemos, você me impressionou. Eu sabia que tinha algo entre nós. Nunca suportaria me separar de qualquer pedacinho de você, nem mesmo desse adesivo. E isso marcou o início do fato de que eu nunca seria capaz de te esquecer. Você não é somente uma garota qualquer. Você é *a* garota. E se estive com outras pessoas foi somente porque eu acreditava que não podia ter você. Vou te dar todo o tempo que precisar. Mas eu quero você. Só você. Não amanhã... agora mesmo, Raven. Não preciso de tempo. Preciso de *você* de volta.

Bem no fundo dos seus olhos, pude ver a verdade. O amor precisava mesmo de alguma justificativa? Não tinha nada a ver com estabilidade ou distância. Não tinha sentido. Ele tinha guardado o adesivo. E dado meu nome a um robô. No decorrer dos anos, o amor de Gavin por mim se manteve inabalável, não mudou diante das circunstâncias. Era incondicional, assim como o meu amor por ele. Isso era tudo de que eu precisava. Eu não ia mais olhar para trás.

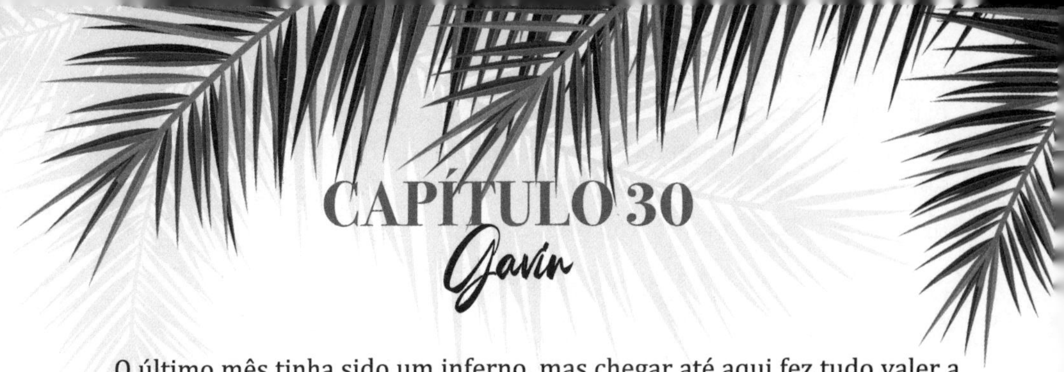

CAPÍTULO 30

Gavin

O último mês tinha sido um inferno, mas chegar até aqui fez tudo valer a pena. Tentei o melhor que pude para não sufocar Raven com o desejo intenso que eu estava sentindo. Mas ia acabar explodindo se não pudesse entrar nela esta noite.

Ajoelhei-me ao pé da minha cama, onde ela estava sentada, e olhei nos seus olhos. Não dava para acreditar que ela estava aqui em Londres. Uma década havia se passado, mas ela ainda era a garota dos meus sonhos. Aqueles lindos cabelos pretos e longos que emolduravam sua pele de porcelana. Aquele nariz redondinho. Aqueles grandes olhos verdes. Aquela linda alma. A garota que sempre enxergou quem eu realmente era. *Minha Raven*. Dez anos atrás, eu estava disposto a abrir mão de tudo. Isso ainda era verdade. Eu abri mão da vida que tinha construído por ela. E faria tudo de novo.

Ela estendeu a mão e enroscou os dedos nos meus cabelos. Eu sempre amei senti-la fazer isso. Tudo ficava certo no mundo.

Fechando os olhos, deleitei-me com seu toque. Eu podia sentir o estresse das últimas semanas se desmanchando aos poucos. Por mais que eu quisesse tomar o controle, precisava deixá-la conduzir, porque não tinha certeza se conseguiria não ir rápido demais. No decorrer dos anos em que estivemos separados, fantasiei com ela mais do que poderia ser considerado normal para uma ex. Entre essa empolgação e o fato de que eu nem ao menos me lembrava de quando tinha sido a última vez que transei, meu corpo estava ávido demais.

Ela me puxou para si, e desabei sobre seu peito. Meu pau estava tão duro que doía; meu desejo por ela era dolorosamente óbvio.

— Você ainda quer ir devagar? — perguntei, pressionando minha ereção contra ela.

— Não. Por favor... eu preciso de você.

Graças a Deus.

Inspirei o cheiro doce da sua pele e distribuí beijos por seu pescoço. Seu corpo ficou tenso conforme desci a boca até seus seios. Eu esperava que ela não estivesse com vergonha dos implantes. Se ela ao menos soubesse o quanto eu a queria nesse momento. Precisei de todas as minhas forças para não gozar somente por estar com o corpo pressionado no seu.

— Posso tirar a sua blusa?

Ela hesitou antes de sussurrar:

— Sim.

Tirei sua blusa e abri o fecho do sutiã. Seus seios pareciam dois globos perfeitamente redondos. Mesmo que fossem mais firmes e diferentes dos seus naturais, em formato de pera, eles eram lindos. *Ela* era linda. Eu ainda amaria cada centímetro do seu corpo mesmo se ela não tivesse seios. Pude perceber que ela estava desconfortável, diante da maneira como seu corpo tensionou novamente.

— Não fique nervosa. Sou eu. — Ergui o olhar para ela. — Você ainda é a garota mais linda do mundo, sabia?

Ela sorriu para mim.

Pousei a boca sobre seu mamilo e girei a língua por ele. Eu não sabia se ela podia sentir alguma coisa. Fui preenchido por uma onda de emoção ao pensar no passo que ela havia tomado para salvar a própria vida.

Desci a boca por seu abdômen. A cada segundo, ela se rendia um pouco mais, relaxando. Por mais que eu quisesse continuar a descer por seu corpo com a boca e devorá-la entre as pernas, queria que ela gozasse comigo dentro dela primeiro. Então, subi os beijos por seu corpo e parei nos seus lábios.

Eu sabia que ela podia sentir as batidas do meu coração contra o seu peito. Eu esperava que isso provasse o quanto ela era importante para mim.

— Preciso de você dentro de mim — ela disse.

— Achei que nunca fosse pedir. Devo pegar uma camisinha?

— Não. Eu tomo pílula.

Isso. Nunca tive a chance de senti-la sem barreira alguma antes.

Ela puxou a camiseta pela minha cabeça e abriu o zíper da minha calça.

Eu queria ir devagar, mas, no instante em que minha glande tocou sua entrada, não pude resistir e a penetrei por completo de uma vez. Sentir sua boceta quente me envolvendo era quase demais para aguentar. Diante do quão tensa ela pareceu estar momentos antes, eu não imaginava que ela estaria tão molhada assim. Ao começar a me movimentar lentamente, tive que fechar os olhos e tentar não explodir. Raven circulou os quadris sob mim.

De olhos fechados, conseguir me recompor e a fodi com mais intensidade, estocando com força dentro dela, incapaz de me impedir o suficiente para me preocupar se estava sendo bruto demais. Em determinado momento, senti-me prestes a gozar, então parei abruptamente.

— Não pare. — Ela enterrou as unhas nos meus ombros.

Agarrei seus quadris e a penetrei ainda mais fundo. Mas eu já tinha chegado ao meu ápice, e o orgasmo me atingiu com força.

— Porra — rosnei, estocando mais rápido. — Eu vou gozar.

Sua respiração ficou irregular conforme ela atingia o próprio clímax junto comigo. Senti os músculos da sua boceta se contraírem ao meu redor enquanto eu liberava até a última gota do meu gozo dentro dela.

Ficamos deitados juntos, ofegantes e saciados.

— Isso foi intenso. Tenho quase certeza de que gozei mais rápido do que na minha primeira vez com você. Foi como se eu tivesse esperado uma eternidade por isso.

Ela sorriu.

— Dez anos, para ser exata.

Depois de passar três dias dentro de casa com ela, tomei como missão mostrar Londres adequadamente para Raven. Fomos a todos os lugares possíveis, desde o Palácio de Buckingham até o Observatório Real. Também a levei para ver algumas das minhas atrações turísticas favoritas em South Bank.

Eu quis mostrar a ela a minha empresa, mas achei que isso poderia ser desconfortável, já que muitos dos amigos de Paige trabalhavam lá. Eu não queria que ninguém a olhasse torto. Então, esse seria um destino para outra viagem.

— Obrigada por esse dia — ela disse quando voltamos para minha casa.

— Bom, pensei que estava na hora de compartilhar você com o mundo um pouquinho, por mais que eu prefira ter você toda para mim.

Desabamos no sofá, e ela pousou a cabeça no meu peito.

Beijei sua testa.

— Queria que você pudesse ficar por mais tempo. Não sei como vou viver aqui sem você. Tem como não ir embora nunca?

— Queria que fosse simples assim. — Ela ergueu o queixo para me olhar. — Mas *quando* vamos nos ver de novo?

— Temos que pensar em um cronograma. Talvez um em que eu vá para a Flórida mês sim, mês não. E talvez você possa vir para cá nos meses que eu não for. Vou falar com a agência para que não dificultem para você. Nós vamos fazer dar certo. É isso que as pessoas fazem quando precisam ficar juntas. Elas simplesmente descobrem um jeito de fazer dar certo, porque ficar separadas não é uma opção.

— Sabe — ela falou. — Eu costumava sentir pena das pessoas que eram forçadas a viajar demais, fosse por trabalho ou qualquer outro motivo. Mas a alternativa, que é não ver você, é muito pior do que qualquer frequência de viagens. Eu iria a qualquer lugar por você.

Entrelacei seus dedos nos meus.

— Isso é apenas provisório, pelo tempo que o meu pai precisar de você. É um alívio imenso saber que você está cuidando dele. É o único motivo pelo qual vou poder me conformar em ficar longe de você.

— Sabe que o prazer é todo meu.

Olhando para seus dedos delicados nos meus, pensei em como a vida é preciosa.

— No que está pensando? — ela perguntou.

— Quanto mais penso na sua cirurgia, mais me sinto grato pela sua decisão. Eu não poderia viver em um mundo sem você. Sei que qualquer um de nós poderia morrer amanhã, mas nem consigo imaginar descobrir que você está doente. Ou, que Deus me livre, se as coisas tivessem sido diferentes e eu tivesse descoberto a verdade sobre o que a minha mãe fez tarde demais... depois que algo tivesse acontecido com você. — Peguei sua mão e a beijei. — Eu teria morrido. Isso teria me matado.

— Vou ficar bem. Entretanto, a mutação que tenho também aumenta o risco de câncer nos ovários. Então, os médicos recomendaram que eu os retire assim que terminar de ter filhos. É algo do qual talvez eu também precise cuidar.

Fui atingido por uma onda de pânico.

— Ai, meu Deus. O seu rosto ficou pálido — ela disse. — Eu estou bem, Gavin. Vou ficar bem.

Eu estava suando.

— Não consigo imaginar alguma coisa acontecendo com você.

Ela se esticou para beijar minha bochecha.

— Provavelmente, não vai.

— O que eu posso fazer?

— Nada.

— Eu estava pensando que talvez eu pudesse te engravidar logo, te dar um monte de bebês para você poder tirar logo os ovários.

Ela deu risada, e eu também, embora não estivesse realmente brincando. Eu começaria uma família com ela em um piscar de olhos. Mal podia esperar por esse dia.

— Acho que ainda temos um tempinho, Gav.

— Você acha que eu sou louco, não é?

— Não. — Ela sorriu. — Acho que você me ama.

CAPÍTULO 31

Raven

Quatro meses depois

Os últimos meses foram uma tortura. Gavin e eu nos falávamos por telefone todas as noites, colocando o papo em dia sobre tudo o que perdemos da vida um do outro no decorrer dos últimos dez anos. Mas, mesmo que estivéssemos mantendo contato depois daquela semana turbulenta em Londres, cada segundo que passávamos separados depois daquilo acabava comigo.

Hoje, no entanto, a frustração havia sido substituída por borboletas no meu estômago. Ao espiar pela janela com vista para a entrada de carros, meu corpo se encheu de expectativa. Gavin chegaria a qualquer momento para sua segunda visita à Flórida desde a minha viagem para Londres.

Na primeira vez que voltou para cá, só pôde ficar por uma semana. Dessa vez, ele pretendia passar um mês. Eu mal conseguia conter minha empolgação.

Avistei a Mercedes preta estacionando e desci as escadas correndo. Quando abri a porta da frente, Gavin já tinha saído do carro. Sem ao menos pegar sua bagagem, ele correu até mim e me ergueu no ar. Envolvi sua cintura com as pernas e derramei lágrimas de alegria.

Grudamos nossos lábios, conforme uma brisa vinda do oceano se juntava à nossa comemoração. Vários minutos se passaram até nos separarmos, em busca de ar.

— Porra, senti tanto a sua falta — ele disse. — Vamos lá para cima. Agora.

Ao invés de me colocar no chão, ele ajustou minha posição nos seus braços para me carregar. Deixando sua bagagem para trás, ele me levou para dentro e seguiu direto para as escadas em direção a um dos quartos de hóspedes. Felizmente, o Sr. M já estava com a enfermeira noturna, porque iríamos passar um bom tempo ali.

Na manhã seguinte, Gavin veio até o quarto do seu pai após o café da manhã. Ele não teve a chance de vê-lo na noite anterior, já que o Sr. M já tinha adormecido quando saímos do nosso pequeno recanto do sexo.

— Oi, pai.

O Sr. M estreitou os olhos.

— Quem é você?

Meu coração apertou. Tive medo de que isso fosse acontecer. Durante os últimos meses, a memória dele havia se deteriorado, a ponto de que, durante a maior parte do tempo, ele não sabia bem quem eu era. Mas sua lembrança sobre Renata havia sido uma das últimas coisas a sumirem da sua memória.

Gavin sentou-se ao lado dele.

— Sou o Gavin.

— Eu sou o Gunther.

— Eu sei. — Ele estendeu a mão para tocar a do pai, mas logo se impediu, provavelmente por não ter certeza se aquilo o assustaria. — Você não sabe quem eu sou?

Sr. M sacudiu a cabeça.

— Não.

— Tudo bem. Não importa.

— Por que você está aqui?

— Bom, eu vim te visitar, e também vim visitar a minha namorada. — Gavin apontou para mim. — Você sabe quem é ela?

Gunther olhou na minha direção.

— Não.

Gavin não pareceu surpreso. Eu já tinha contado a ele que seu pai não me chamava mais de Renata, na maioria dos dias.

— Ela é a minha namorada.

— Ela é linda.

— Obrigado. Eu estou muito apaixonado por ela.

— Eu também já me apaixonei, um dia — o Sr. M disse.

Gavin sorriu.

— É mesmo?

— Sim.

— Como ela se chamava?

— Renata.

Gavin arregalou os olhos para mim.

— Me conte sobre ela.

— Ela era linda. E cuidava de mim.

— O que mais?

— Ela me ouvia.

— Onde ela está?

Ele piscou várias vezes antes de finalmente dizer:

— Ela morreu.

Olhei para Gavin, chocada por ver que, de algum jeito, seu pai se lembrou disso. Isso que era estranho em relação à sua condição. Nunca dava para prever quando vislumbres de memórias antigas surgiriam.

— Eu sinto muito — Gavin disse.

— Quem é você?

Gavin fechou os olhos por um breve momento.

— Eu sou seu filho.

— Eu não te conheço.

— Eu sei. Mas tudo bem. Você não se lembra de mim, mas eu sou seu filho, e te amo. E aquela é a minha namorada, Raven. Ela é sua enfermeira.

Ele ergueu as sobrancelhas.

— Você está se envolvendo com a minha enfermeira?

— Sim.

— Que bom para você.

Não pude evitar minha risada.

— Obrigado. Eu também me orgulho muito disso.

Ficamos em silêncio por um tempinho, e os olhos do Sr. M começaram a pesar. Ele parecia prestes a cair no sono, mas, então, nos surpreendeu quando ergueu o olhar de repente.

— Gavin?

— Sim. — Ele pousou sua mão sobre a do pai. — Sim, pai. Sou eu.

— Bom garoto.

— Eu vim de Londres. Vou ficar aqui por um mês.

— Onde está Weldon?

Gavin olhou para mim, com alívio transbordando nos olhos.

— Ele está na Califórnia. Mandou lembranças.

O Sr. M virou-se para mim.

— Posso tomar sorvete?

Sorri.

— Claro que sim.

Desci até a cozinha para servir uma tigela de sorvete de noz-pecã para ele. Mas, quando voltei para o quarto, ele parecia ter adormecido.

— Ele dormiu, hein?

— Sim. — Gavin me encarou. — Eu sei que você disse que ele tinha piorado, mas é difícil passar pela experiência.

— Eu sabia que seria. — Sentei-me no colo de Gavin e beijei sua testa.

Ele olhou para mim.

— Eu te amo.

— Eu também te amo — declarei, e dei uma colherada de sorvete na sua boca.

Naquela noite, Gavin nos levou para West Palm Beach após o jantar. O pôr do sol no horizonte do oceano estava de tirar o fôlego. Eu tinha tanta sorte por viver em um lugar tão lindo; e tinha ainda mais sorte por ter esse homem ao meu lado.

— Aonde estamos indo?

— É uma surpresa.

— Vamos ver... estamos indo para a minha casa. Você está me levando para a minha casa para me corromper?

— No seu quarto? Aquele onde eu costumava entrar escondido? Isso até que parece mesmo divertido. Não me dê ideias. Mas, não, não é esse o plano.

Acabamos indo parar no antigo clube de improviso. O estacionamento estava bem cheio.

— O que está acontecendo aqui?

— Dê uma olhada.

O letreiro estava iluminado. *Clube de Improviso Ravin.*

RAVIN

Raven e Gavin.

— Oh, meu Deus! O que você fez, Gavin?

Ele me conduziu em direção à entrada.

— Vamos entrar.

Eu o segui, e ele me apresentou a um homem chamado Sam, que, aparentemente, era o gerente. O clube estava quase do mesmo jeito que antes. Um holofote iluminava o centro do palco. Até as toalhas vermelhas nas mesas eram as mesmas. O bar no canto estava iluminado com uma luz azulada.

— Meus parabéns. Esse lugar está incrível — elogiei.

— Sempre foi meu sonho reabrir esse lugar — Sam explicou. — Graças ao Gavin, se tornou realidade.

Quando Sam pediu licença para ir fazer alguma coisa, Gavin me explicou o que estava acontecendo.

— Pesquisei um pouco, localizei alguns proprietários antigos, e descobri que estavam tentando reabrir o clube há um tempo. Eles tinham a vontade, mas não tinham como. Então, entrei como investidor. Minha única exigência foi o nome.

— É perfeito. Fico tão feliz por você ter feito isso. Eu sei o quanto esse lugar é importante para você.

— São as memórias que carrego daqui que são importantes, não exatamente o lugar. Sabe o que quero dizer?

De repente, a ficha caiu.

— Você vai fazer uma apresentação hoje, não vai?

— Claro. É noite do microfone aberto! Reservei uma vaga para nós. — Gavin olhou detrás de mim, sobre o meu ombro. — Acho que você vai gostar da plateia.

Ao me virar, vi Marni e Jenny se aproximando.

— Oh, meu Deus! — Corri até elas. — Oi!

— O Riquinho nos assegurou de que teríamos um entretenimento muito bom hoje à noite.

— Não sei muito bem sobre isso, se o entretenimento depender de mim, mas estou feliz por você ter vindo.

Jenny virou para Gavin.

— No caminho, Marni estava me contando sobre a noite em que te conheceu quando veio deixar a Raven aqui.

— Ela foi tão simpática comigo naquela noite — Gavin provocou. Ele abraçou Marni.

— É. Talvez eu tenha tido vontade de matar você. E, só para saber, ainda bem que a Raven não me deu ouvidos.

Nós quatro pegamos uma mesa e pedimos bebidas, curtindo as primeiras apresentações antes de chegar a vez de Gavin e eu subirmos ao palco.

— Você não está com medo, está?

Arrepios percorreram a minha pele.

— Faz muito tempo.

— Mas eu vou estar com você.

O mestre de cerimônias apareceu no palco para nos anunciar.

— Senhoras e senhores, os próximos a se apresentarem são dois pombinhos que tiveram seu primeiro encontro aqui neste clube há mais de dez anos. Aplausos para Gavin e Raven!

A plateia aplaudiu, e Gavin segurou minha mão para me conduzir até o palco.

Ele me entregou um microfone e começou imediatamente.

Gavin: Oh, meu Deus. É você!

Raven: Eu?

Gavin: Não acredito.

Raven: Quem sou eu, exatamente?

Gavin: Pode me dar seu autógrafo?

Raven: Você claramente está enganado. Não sou alguém importante.

Gavin: Eles não vão acreditar quando eu contar.

Raven: Contar a quem?

Gavin: Os anões.

Raven: Os anões?

Gavin: Você não é a Branca de Neve?

Ai, Deus. *Gavin é louco.*

Hesitei, mas logo comecei a rir junto com a plateia.

Raven: Ok. Você me pegou.

Gavin: Eles me disseram que você se mandou. Saiu para comprar leite e nunca voltou. Estão pendurando a sua foto por todo lugar. E agora, eu te encontro em frente a esse estúdio de tatuagem, vivendo a sua vida como se não tivesse deixado sete bons homens devastados.

Raven: A verdade é que... eles ficaram muito prepotentes.

Gavin: Estou ofendido em nome deles. Prepotentes em que sentido?

Raven: Você sabe... muito dramáticos... zangados... dengosos.

A plateia estava gargalhando incontrolavelmente. Até Gavin precisou fazer uma pausa parar rir.

Gavin: Não sabia que você era tão dondoca.

Raven: E quem é você para me julgar?

Gavin: Eu sou o Príncipe Encantado.

Raven: O namorado da Cinderela?

Gavin: Ex-namorado.

Raven: Não te reconheci mesmo.

Gavin: É, bom, alguém colocou um feitiço em mim. Estou bem diferente agora.

Raven: Sinto muito por isso. Tem algo que eu possa fazer para ajudar?

Gavin: Bom, só tem um jeito de quebrar o feitiço.

Raven: E qual é?

Gavin: Tenho que beijar uma linda mulher de pele clara e cabelos escuros. Conhece alguém?

Raven: Não olhe para mim!

Gavin: Por que não? Você é perfeita para a função.

Raven: O que eu ganho se te ajudar a quebrar o feitiço?

Gavin: Bom, assim como em todos os contos de fadas, nós nos apaixonaremos e viveremos felizes para sempre.

Raven: Você não parece mais tão preocupado com os seus amiguinhos.

Gavin: Só tenho que me preocupar com Zangado e Dengoso. Eles são descontrolados. O Feliz não liga. E o Soneca nem vai notar.

Tive que parar para rir novamente.

Raven: Ok, então. Vamos acabar logo com isso.

Gavin se aproximou e me deu um beijo longo, e a plateia começou a assobiar. Ele me curvou para trás de uma maneira mais dramática.

Por fim, nos separamos para respirar.

Gavin: Acho que deveríamos nos casar.

Ele enfiou a mão no bolso de trás da calça e tirou de lá uma pequena caixa. *Uau, ele veio preparado para essa apresentação.*

Quando olhei nos seus olhos, o humor havia se dissipado da sua expressão.

— Espero que a plateia não se importe se eu sair um pouco do personagem — ele disse.

Gavin apoiou-se em um joelho e a plateia começou a gritar. Não me dei conta direito do que estava acontecendo até ele dizer o meu nome.

Ele ergueu o olhar para mim.

— Raven...

Coloquei a mão sobre o coração, aturdida.

— A nossa história está longe de ser um conto de fadas. Mas tudo acontece por uma razão, mesmo que pareça impossível compreender. Desde que nos conhecemos, passamos mais tempo separados do que juntos, graças a um desvio muito longo. Mas os dias com você são os melhores de toda a minha vida. De agora em diante, quero que os dias com você ultrapassem o número de dias que já passei sem você. Quero passar o resto da minha vida com você. — Ele abriu a caixinha preta. — Eu te amo tanto. Você quer casar comigo?

As luzes do palco destacaram ainda mais o cintilar deslumbrante do diamante.

— Sim! — gritei, jogando as mãos para o ar em empolgação.

Gavin me ergueu do chão, e apesar dos gritos e aplausos da plateia, fomos transportados para o nosso próprio mundinho.

Olhei para o anel estonteante.

— Não acredito. Há quanto tempo você estava planejando isso?

— Praticamente desde o dia em que você foi embora de Londres.

Quando finalmente saímos da nossa bolha de amor e descemos do palco, uma pessoa em particular ainda estava assobiando loucamente, um bom tempo depois da plateia já ter se acalmado. Foi aí que percebi quem estava sentado com Marni e Jenny à nossa mesa. Ele deve ter entrado de fininho quando estávamos nos apresentando.

Weldon.

— O seu irmão está aqui! — comemorei ao andarmos de mãos dadas de volta para a mesa.

— Eu sei. — Gavin sorriu. — Eu o convidei.

Weldon estava incrível. Seus cabelos ainda estavam longos, mas não muito desalinhados. Ele tinha feito a barba e ganhado um pouco de peso. Seus olhos apresentavam certa clareza. E, é claro, notei o copo que estava diante dele: *água.*

— Desculpe por chegar atrasado, irmão. Meu voo atrasou. Mas não perdi a parte importante. — Ele me abraçou. — Você está linda, Raven. Meus parabéns.

— Obrigada. É tão bom te ver, Weldon.

— Bom, é um grande dia. Eu tinha que vir.

— Você vai ficar aqui por quanto tempo?

— Umas duas semanas. A menos que o meu irmão me expulse.

Gavin deu um tapa no braço de Weldon.

— O papai tem pensado em você... bom, pelo menos indiretamente. Quando ele se lembra de quem é, ele me chama de Weldon.

— Anos e anos me sentindo inadequado e, no fim de tudo, é de mim que ele se lembra? Isso é bem irônico, não é?

— Estou realmente feliz por você estar aqui — eu disse.

— E eu estou feliz porque você vai ser minha irmã.

Por ser filha única, eu sempre desejei ter uma família. E por mais que minha experiência com os Mastersons tenha sido *longe* de um conto de fadas, agora Gavin, Weldon e o pai deles eram a minha família.

EPÍLOGO

Gavin

Seis anos depois

Minhas meninas adoravam me derrubar no gramado. Enquanto eu estava deitado de costas, minhas três lindas crias davam risadinhas em cima de mim. Embora eu fingisse que estava lutando contra elas, essa era, definitivamente a minha definição de paraíso.

— Você sempre gostou de ficar preso assim no chão — Raven comentou.

— Não era exatamente o que eu tinha em mente quando disse isso, você sabe.

Nossas três filhas continuaram a se divertir pra valer me atacando. Elas tinham apenas um ano de diferença de idade. Era difícil acreditar que, depois de crescer sem irmãs ou tias, agora eu tinha três meninas. Eu estaria ferrado daqui a uns dez anos.

O dia estava típico de um inverno na Flórida: mais frio e seco, do jeito que eu gostava. As decorações das festas de fim de ano estavam espalhadas por toda a propriedade, e havia uma árvore de Natal gigantesca no gramado frontal. Aparentemente, estávamos tentando competir com o Rockefeller Center. Era muito bom estar em casa nessa época do ano. Estávamos do lado de fora esperando Weldon chegar com uma convidada para o recesso de Natal. Sempre passávamos os feriados prolongados em família aqui.

Os últimos seis anos foram como um furacão. Raven e eu nos casamos um ano após reatarmos, e o meu pai faleceu pouco tempo depois disso. Um ano mais tarde, nossa primeira filha nasceu. Foi uma coisa atrás da outra. Marina agora estava com quatro anos. Nossa segunda filha, Natalia, estava com três, e a caçula, Arianna, com dois anos. Um ano após o nascimento de Arianna, Raven fez uma cirurgia para remover os ovários, o que me trouxe um imenso alívio.

Depois que o meu pai faleceu, decidimos fazer de Londres nosso lar em tempo integral. Vendemos meu antigo *loft* e compramos uma casa fora da cidade, em Surrey.

Como queríamos manter a propriedade de Palm Beach na família, ficamos com ela e a usávamos como casa de férias. Weldon também dividia seu tempo entre a Flórida e a Califórnia. Então, entre todos nós, a casa ainda era bastante usada. Fred e Genevieve continuaram com seus empregos como nossos funcionários, como um agradecimento da nossa parte por seus anos de devoção ao meu pai, e agora minhas filhas poderiam curtir o lugar onde eu havia crescido. Embora algumas das minhas lembranças não fossem boas, eu pretendia fazer muitas novas e melhores por aqui.

Nossas meninas eram tão diferentes uma da outra. Marina era uma cópia minha. Com os cabelos escuros e pele de porcelana, Natalia era igual à mãe. E, por mais estranho que fosse, nossa filha mais nova, Arianna, com seus cabelos loiro-escuros e traços finos, parecia demais com Weldon (e com minha mãe, Ruth). Ele adorava encher o nosso saco por causa disso, brincando que houve uma vez em que Raven o atacara na despensa.

Por falar em Weldon, meu irmão estava nesse momento vindo em nossa direção após estacionar. Ele tinha acabado de chegar do aeroporto, e ao seu lado, estava sua nova *amiga*. Dava para ver de onde eu estava que ela era alta.

Levantei do gramado e minhas filhas correram até ele. Com seus cabelos longos e selvagens e personalidade louca, Weldon fazia um grande sucesso com as meninas; elas adoravam o tio mais do que a seus personagens de desenhos animados favoritos. Ele realmente havia se superado muito.

Ele ergueu a caçula nos braços.

— Você se parece cada vez mais comigo, com o passar dos dias.

Sorri para a mulher que veio com ele. Tudo o que eu sabia era que seu nome era Myra. Ela tinha cabelos pretos longos com mechas azuis e roxas na frente. Seus braços eram cobertos por tatuagens e um piercing brilhava no seu nariz.

— Myra, este é o meu irmão, Gavin, e a esposa dele, Raven.

— Prazer em conhecê-los. Weldon me falou tanto sobre vocês. A história de vocês é incrível.

— Eu particularmente gosto bastante da segunda parte — Raven disse.

Myra perguntou onde ficava o banheiro, então Raven a levou para dentro da casa, já que também ia colocar Arianna para tirar uma soneca.

Weldon se aproximou.

— O que você acha? A mamãe teria adorado a Myra, hein?

Nós dois demos risada. Minha mãe teria pirado ao ver Myra. E aquilo me dava uma grande satisfação. Estava orgulhoso do meu irmão por ter melhorado seu comportamento e permanecido sóbrio todos esses anos, e estava feliz por ele ter encontrado uma mulher com a qual parecia estar se conectando. Depois de passar na prova da Ordem na Califórnia, ele finalmente voltou a praticar advocacia, também.

Raven e Myra estavam rindo ao retornarem de dentro da casa; elas pareciam estar se dando muito bem.

Marina puxou a calça de Weldon.

— Eu quero sorvete!

— Caramba, você não se esquece de nada, não é? Eu disse a ela por telefone outro dia que, quando chegasse aqui, eu a levaria para tomar sorvete. Não acredito que ela lembrou.

— Ah, ela não perde uma — eu confirmei.

— Tudo bem se Myra e eu levarmos as meninas ao centro da cidade? — ele perguntou.

Perfeito. Eu estava mesmo querendo um pouco de tempo sozinho com a minha mulher hoje.

— Tudo bem.

Depois de colocarmos Marina e Natalia no carro alugado de Weldon, virei-me para Raven ao voltarmos para a casa.

— Está ouvindo isso?

— O quê?

— Absolutamente nada. O doce som do silêncio.

— Isso é tão raro hoje em dia, não é?

— Vamos lá em cima comigo. — Peguei sua mão. — Quero te mostrar uma coisa.

— Aposto que sim. — Ela piscou. — Afinal, estamos sozinhos.

— Acredite ou não, dessa vez, não é o que você pensa.

— Hum, estou intrigada.

Assim que entramos no quarto, abri uma gaveta para revelar uma caixa achatada de veludo. Eu tinha ido até o cofre da família mais cedo. Dentro da caixa, estava uma das posses mais estimadas pela minha mãe.

— Oh, meu Deus! O colar de diamantes da sua mãe. Onde você o encontrou?

— Eu sempre o tive. Estava guardado em um cofre no banco, junto com a maioria das outras joias dela.

Ela olhou para a peça de maneira hesitante, como se fosse algo vivo que estava prestes a mordê-la.

— Lembro-me de pensar que era tão ostensivo da parte dela usar isso o tempo todo, até mesmo quando estava em casa.

— Ela gostava mesmo de ostentar sua riqueza — eu concordei, pegando o colar da caixa. — Vamos ver como fica em você.

Raven ergueu a mão em protesto.

— Ah, não. Não posso usar isso.

— Por que não?

— Porque ela me odiava. E eu não quero ter que ficar me lembrando disso.

— Acho que é exatamente por isso que você deveria colocá-lo, pelo simples fato de que ela odiaria isso.

Raven olhou para os diamantes brilhantes na minha mão.

— No dia em que ela foi até a minha casa para me ameaçar, estava usando o colar. Lembro-me dele cintilando enquanto ela gritava. Ela também tinha levado o meu colar, aquele que tinha o meu nome no pingente. Uma empregada o encontrara debaixo da sua cama. Foi assim que a sua mãe descobriu que você tinha me trazido escondido para cá naquele fim de semana.

Uau.

— Eu nunca soube disso.

— É, eu sei. Nunca te contei essa parte. Lembro-me de segurar aquele mísero colar na mão enquanto os diamantes da sua mãe reluziam. Era como uma metáfora em relação ao poder ali, ou pelo menos era como eu interpretava as coisas naquele tempo.

Estendi as mãos e coloquei o colar no seu pescoço.

— E agora, você o está usando — eu disse. — Irônico, não é?

Ela encarou seu reflexo no espelho e inclinou a cabeça para o lado.

— Imagino o que ela deve estar pensando agora.

Fiquei atrás dela e beijei seu pescoço.

— Quer saber o que eu acho?

— O quê?

— Acho que, onde quer que a minha mãe esteja, ela tem uma nova perspectiva. Acho que ela foi forçada a ver a vida que levou e refletir sobre suas ações. E acho que deve estar olhando para nós agora e desejando poder se desculpar. Talvez eu tenha que acreditar nisso para ser capaz de conviver com o que ela fez conosco. Ela te viu como uma ameaça ao nome da nossa família, quando, na verdade, no fim de tudo, era você que a estava mantendo unida, segurando a mão do meu pai quando ele precisou. Ela deveria se orgulhar por você usar isso, mesmo que a opinião dela não importe. Nunca importou.

— É uma visão bem otimista. Não sei se acredito nisso. — Raven olhou-se no espelho, tocando os diamantes. — Quer saber quais são os meus melhores acessórios?

— Quais?

— Minhas cicatrizes. — Ela colocou as mãos atrás do pescoço e tirou o colar. Olhando para os diamantes na sua mão, ela disse: — Isso combina mais com uma rainha, mas quer saber? É uma bobagem. — Ela colocou o objeto sobre a cômoda. — Talvez eu o dê para Marina brincar.

E era exatamente por isso que Raven era e sempre seria a *minha* rainha.

AGRADECIMENTOS

Sempre digo que os agradecimentos são a parte mais difícil de escrever no livro, e continua sendo verdade! É difícil colocar em palavras o quão grata sou por cada leitor que continua a apoiar e divulgar meus livros. O entusiasmo de vocês e a sede pelos meus livros são as coisas que me motivam todos os dias. E para todos os blogueiros literários que me dão apoio, eu simplesmente não estaria aqui se não fosse por vocês.

Para Vi. E eu digo isso toda vez e vou dizer novamente, porque conforme o tempo passa, fica cada vez mais verdadeiro. Você é a melhor amiga e parceira no crime que eu poderia pedir. Eu não conseguiria fazer nada disso sem você. Nossos livros escritos em parceria são um presente, mas a maior benção sempre foi a nossa amizade, que veio antes das histórias e irá continuar depois delas. Vamos para o próximo!

Para Julie. Obrigada pela sua amizade e por sempre me inspirar com a sua escrita incrível, suas atitudes e sua força. Esse ano vai ser o máximo!

Para Luna. Obrigada pelo seu amor e apoio, dia após dia, e por sempre estar a uma mensagem de distância. Que venham mais visitas à Flórida com vinho e bate-papo na sua sala de estar.

Para Erika. Sempre será uma coisa da E. Sou muito grata pelo seu amor, amizade, apoio e ao tempo especial que passamos juntas em julho. Obrigada por sempre iluminar os meus dias com uma perspectiva positiva.

Para o meu grupo de fãs no Facebook, Penelope's Peeps. Amo todos vocês. Sua empolgação me motiva todos os dias. E para a minha Peep Rainha Amy. Obrigada por ter começado o grupo naquela época.

Para minha assistente, Brooke. Obrigada pelo seu trabalho árduo, cuidando dos meus lançamentos e da Vi e tantas outras coisas mais. Nós te apreciamos demais!

Para minha agente extraordinária, Kimberly Brower. Obrigada por todo o seu trabalho e esforço para colocar os meus livros no mercado internacional e por acreditar em mim muito antes de ser minha agente, no tempo em que você era blogueira e eu era autora estreante.

Para minha editora, Jessica Royer Ocken. É sempre um prazer trabalhar com você. Espero que venham muitas outras experiências.

Para Elaine, da Allusion Book Formating and Publishing. Obrigada por ser a melhor revisora, diagramadora e amiga que uma garota poderia pedir.

Para Letitia, da RBA Designs. A melhor designer de capas do mundo! Obrigada por sempre trabalhar comigo até a capa ficar exatamente como eu quero.

Para meu marido. Obrigada por sempre tomar conta de muito mais coisas do que deveria para que eu possa escrever. Eu te amo muito.

Para os melhores pais do mundo. Tenho tanta sorte por ter vocês! Obrigada por tudo que fizeram por mim e por sempre estarem ao meu lado.

Para minhas queridas: Allison, Angela, Tarah e Sonia. Obrigada por aguentarem a amiga que, de repente, se tornou uma escritora maluca.

Por último, mas não menos importante, para minha filha e meu filho. A mamãe ama vocês. Vocês são minha motivação e minha inspiração!